THEATRE COMPLET

DE

BRIEUX

de l'Académie Française

TOME HUITIÈME

La Foi - L'Avocat
Trois Bons Amis

1928

LIBRAIRIE STOCK

DELAMAIN ET BOUTELLEAU - PARIS

THÉATRE COMPLET

DE

R. BRIEUX

DE L'ACADÉMIE FRANÇAISE

TOME HUITIÈME

A LA MÊME LIBRAIRIE

DU MÊME AUTEUR :

Ménages d'artistes, comédie en trois actes.
Blanchette, comédie en trois actes.
La Couvée, comédie en trois actes.
L'Engrenage, comédie en trois actes.
Monsieur de Réboval, comédie en quatre actes (non publiée à part).
La Rose bleue, comédie-vaudeville en un acte.
Les Bienfaiteurs, comédie en quatre actes.
L'Evasion, comédie en trois actes. (*Cour. par l'Ac. franç.*)
L'Ecole des Belles-Mères, comédie en un acte.
Le Berceau, comédie en trois actes.
Résultat des Courses, comédie en six tableaux.
Les Trois Filles de M. Dupont, comédie en quatre actes.
La Robe rouge, pièce en quatre actes. (*Cour. par l'Ac. franç.*)
Les Remplaçantes, pièce en trois actes.
La Petite Amie, comédie en quatre actes.
Les Avariés, pièce en trois actes.
Maternité, pièce en trois actes.
Les Hannetons, comédie en trois actes.
Simone, pièce en trois actes.
La Française, comédie en trois actes.
Suzette, comédie en trois actes.
La Foi, pièce en cinq actes.
La Femme seule, pièce en trois actes.
Le Bourgeois aux champs, comédie en trois actes.
Les Américains chez nous, comédie en trois actes.
Trois bons Amis, comédie en trois actes.
L'Avocat, comédie en trois actes.
Pierrette et Galaor (L'Enfant), comédie en trois actes.
La Famille Lavolette, comédie en trois actes.
Théâtre complet, 8 volumes.

EN COLLABORATION AVEC M. GASTON SALANDRI :

Bernard Palissy, un acte en vers.

EN COLLABORATION AVEC M. PAUL HERVIEU :

L'Armature, pièce en cinq actes.

EN COLLABORATION AVEC M. JEAN SIGAUD :

La Déserteuse, pièce en quatre actes.

Chez Delagrave :

Voyage aux Indes et en Indo-Chine, 1 volume.
Au Japon, 1 volume.

THÉATRE COMPLET

DE

BRIEUX

DE L'ACADÉMIE FRANÇAISE

TOME HUITIÈME

La Foi. — Trois bons amis. — L'Avocat.

1928

LIBRAIRIE STOCK

DELAMAIN ET BOUTELLEAU

7, Rue du Vieux-Colombier — Paris.

LA FOI

PIÈCE EN CINQ ACTES

Représentée pour la première fois à Monte-Carlo,
le 10 avril 1909.
A Londres, à His Majesty's Theater, le 20 septembre 1909.
A Paris, au Théâtre de l'Odéon, le 22 mai 1912.

NOTE

Les hommes portent la robe aux larges manches, relevée par devant en tablier triangulaire, ou le calasiris, sorte de courte tunique de lin tissé, aux manches courtes, dont la bordure est délicatement frangée. Des chaussures de cuir ou de papyrus, à la pointe relevée, couvrent le pied. La tête est coiffée d'une chevelure frisée ou nattée.

Les hommes du peuple sont presque nus.

Tout le monde est imberbe.

Les femmes portent, sur un sarrau ajusté, de longues robes de lin plissé transparentes, attachées par une bretelle sur chaque épaule, et qui laissent la gorge complètement à nu.

Mieris a pour coiffure une sorte de casque formé par une pintade dont les ailes à demi déployées se rabattent sur les tempes, la tête de l'oiseau retombant au milieu du front.

D'autres sont ainsi coiffées d'une tige et d'une fleur de lotus. Toutes sont très fardées.

Des yeux allongés au kohol, des tatouages bleus sur le menton, le front et les seins; les lèvres rouges. La chevelure de certaines est poudrée de bleu. Les cheveux sont tressés en un grand nombre de cordelettes arrêtées à l'extrémité par une petite boule de terre

Tout le monde porte des bijoux au front, au cou, aux bras, aux mains, aux pieds.

Les prêtres ont la peau de panthère autour des reins.

PERSONNAGES

	A MONTE-CARLO	A L'ODÉON
MIÉRIS.	Mlles Vera Sergine.	Mlles Vera Sergine.
YAOUMA	Lifraud.	Sylvie.
DELETHI	Edwige Moore.	Roussey.
KIRJIPA	Mme Aimée Tessandier.	Eugénie Nau
TAYA	Mlles Jeanne Buriel.	Méthivier.
HANOU	Fromentin.	Chapelas.
SITSINIT	Lecœur.	Delmas.
NAGAOU	Coudray.	Mad. Andrée.
RAHASI	Tésorone.	Rosay.
IOUÉNÉ	Philippon.	Dylta.
NKOU	S. Goldenberg.	
'ORIT	G. Goldenberg.	
ne Paralytique . .	Carutta.	
a jeune Aveugle . .	Rossignol.	
a Mère	Rossier.	
ne Femme	Marris.	Mazalto.

	A MONTE-CARLO	A L'ODÉON
SATNI	MM. JEAN WORMS.	MM. HERVÉ.
RHÉOU.	KRAUSS.	CHAMBREUIL.
LE PHARAON . . .	PH. GARNIER.	GRETILLAT.
LE GRAND-PRÊTRE.	RAVET.	JOUBÉ.
BITIOU-LE-NAIN . .	MAURICE LAMY.	DESFONTAINES.
SOKITI.	LAUNAY.	DENIS D'INÈS.
PAKH.	CHALMIN.	MALAVIE.
NOURM.	LEYSSE.	GROUILLET.
L'INTENDANT.	MAURY.	JEAN D'YD.
L'EXORCISTE.	STEPHAN.	MATHILLON.
UN PRÊTRE.	DAVID.	GRÉGOIRE.
UN SERVITEUR	DELESTAX.	DERVIGNY.
UN HOMME.	THIRIAT.	BOGAR.
UN PARALYTIQUE. . .	GIRERD.	PORTAL.
LE FILS	PRAT.	BREUILLOT
L'HOMME AU BANDEAU.	NORELLY.	
UN OFFICIER.		OETTLY.

Une danseuse : MADEMOISELLE TROUHANOWA.

La scène se passe dans la Haute-Égypte,
pendant le Moyen-Empire.

LA FOI

ACTE PREMIER

Le décor représente la première cour intérieure de la maison de Rhéou.

A droite, entre deux grands pylônes, la porte d'entrée. Entre les pylônes et la rampe, un mur à crête ondulée. Le long de ce mur, une plate-forme élevée formant terrasse. Plus bas, sur toute la longueur, un banc de pierre. On monte sur la terrasse par un escalier invisible dont l'accès est près du pylône.

Devant la terrasse, une petite et élégante statue d'Isis en bois, sur une table.

A gauche, le péristyle précédant la demeure intime d'Akhonouti. Les bases des colonnes sont faites d'un bouton de lotus, le fût de la tige, le chapiteau de la fleur épanouie. Dans chaque entre-colonne une statue de dieu.

SCÈNE PREMIÈRE

YAOUMA, TAYA, HANOU, SITSINIT, NAGAOU, DELETHI, RAHASI, MOUÉNÉ

Delethi joue de la harpe et fait danser Nagaou, Rahasi jongle avec des oranges... Mouéné regarde un petit oiseau dans une cage. Yaouma, sur la terrasse, couchée, à demi soulevée sur les coudes, regarde le Nil à côté de Taya.

SITSINIT, *étendue, à plat ventre sur un tapis, une boîte à écrire à côté d'elle, peint un ibis sur la main gauche de Hanou couchée dans la même position.*

Tu ne le savais pas, que celle sur la main gauche de

qui on a peint un ibis noir est assurée d'une journée heureuse?

HANOU.

Une journée heureuse! Alors, c'est moi qui serai peut-être désignée ce soir!

DELETHI, *qui jouait de la harpe, à Nagaou dansant devant elle :*

Plus lentement! Plus lentement!... Tu dois faire penser au balancement du lotus que le Nil voudrait entraîner dans un courant très lent, et qui se relève pour rendre sa caresse à l'eau du fleuve.

NAGAOU.

Oui, oui... Reprenons!...

RAUASI, *qui jongle avec des oranges.*

Nagaou se laisserait emporter tout de suite, voilà!

MOUÉNÉ, *qui saute sur un pied.*

On sait qu'au bord du Nil, à l'heure où les palmiers deviennent noirs devant l'horizon rouge, elle écoute les chansons d'un tresseur de corbeilles.

HANOU, *à Sitsinit.*

Et ce matin, je me suis parfumée tout entière au kiphli mêlé de cinnamone, de myrrhe et de térébinthe...

DELETHI, *à Nagaou.*

C'est bien... Tu pourras danser avec les autres la grande prière à Isis.

NAGAOU, *à Mouéné.*

Eh! oui, je vais le soir, écouter des chansons. Tu es encore trop petite, toi, pour que quelqu'un, tresseur de corbeilles ou autre, prenne attention à toi...

MOUÉNÉ.

Tu crois! Viens voir... Qui m'a donné ce petit oiseau? (*Elle sort d'une petite cage un oiseau attaché par une patte.*) Qui t'a prise, fleur qui vole, qui t'a donnée!... Ne le dis pas! Ne le dis pas...

HANOU, *qui se regardait dans un miroir de métal.*

Sitsinit... Elle est trop courte la ligne noire qui prolonge mon œil... Avec ton roseau, veux-tu l'agrandir? Il me semble que plus je serai belle et plus j'aurai de chances d'être désignée... N'est-ce pas, Taya... Que fais-tu là sans parler?

TAYA.

Je regardais un vol d'ibis aux pattes pendantes s'amoindrir dans le bleu lointain du ciel... N'espère pas être choisie par les dieux... Hanou...

HANOU.

Pourquoi?

TAYA.

Ni toi ni aucune de celles qui sont ici. Les dieux ne demandent jamais deux années de suite le sacrifice au même village.

HANOU.

Jamais!

TAYA.

Rarement.

HANOU.

C'est malheureux? N'est-ce pas, Nagaou?

NAGAOU.

Je ne sais pas.

SITSINIT.

Tu ne serais pas fière?

NAGAOU.

Si. Mais je suis fière aussi de m'appuyer sur l'épaule de celui qui arrête mon cœur en me parlant.

DELETHI.

Être prise par un dieu! Par le Nil!

HANOU.

Prise de préférence à toute autre!

MOUÉNÉ, *la plus jeune.*

Moi, j'aimerais mieux vivre...

TAYA.

Oh! on peut refuser...

DELETHI.

Oui, mais il faut quitter le pays... Aucune des filles de
Ha-Ka-Phtah ne s'y résoudrait.

DELETHI.

Qu'en penses-tu, Yaouma?

Un silence.

YAOUMA, *à elle-même.*

Peut-être...

RAHASI.

Que dis-tu, Yaouma?

YAOUMA.

Rien. Je parlais à mon double.

MOUÉNÉ.

Les yeux de Yaouma pleurent de fatigue, parce qu'elle
les force à regarder plus loin pour voir celui qu'elle attend
et qui ne paraît pas.

YAOUMA.

Tais-toi, petite.

TAYA, *à Delethi.*

Et il faut bien qu'il y en ait une, sur la barque sacrée.

DELETHI.

Sans le sacrifice, le Nil ne déborderait pas et tout le pays
resterait stérile.

HANOU.

Et le blé ne pousserait pas, ni les fèves, ni le dourah,
ni le lotus.

DELETHI.

Et le peuple tout entier périrait lamentablement.

HANOU.

De sorte que celle qui meurt, livrée au Nil, sauve la
vie de tout un monde. Cela vaut mieux, Nagaou, que faire
le bonheur d'un homme.

Un silence.

YAOUMA, *à elle-même.*

Peut-être.

HANOU.

Et de la maison de dieu, le jour fixé, on est conduite
au Nil, au milieu d'un cortège formé par toute la ville.
Le Pharaon (qu'il vive en force et en santé...)

DELETHI.

Tu ne sais pas, Hanou, tu racontes ce que tu ne sais
pas.

HANOU.

Mais si. N'est-ce pas, Taya?... Taya n'ignore rien, elle,
de toute la cérémonie, puisque, l'an dernier, c'est sa
sœur qui a été désignée.

MOUÉNÉ.

Raconte-nous, Taya.

RAHASI.

Oui, dis-nous ce qui est.

TAYA.

Le cinq du mois de Paophi...

MOUÉNÉ.

Mais aujourd'hui, aujourd'hui?

RAHASI.

Oui, que va-t-il se passer?... La prière à Isis... Mais
après? avant?

Elles se rapprochent de Taya.

TAYA.

Sur toutes les terrasses, avant que le soleil n'ait achevé
son voyage du jour, le peuple, prévenu par un appel qui
partira du Temple, entonnera le grand hymne à Isis,
qu'il n'est permis de chanter qu'une fois par an, à cette
occasion. Et les prêtres, réunis dans la maison du dieu,
attendront que leur soit désignée la vierge qui devra être
offerte au Nil pour obtenir l'inondation annuelle. Le
nom de l'élue sera crié du haut du pylône, répété par
ceux qui l'auront entendu les premiers, crié à d'autres
qui le crieront à leur tour en courant vers la maison
qu'Ammon aura favorisée de son choix. Alors celle qui
sera la prochaine victime heureuse, devra se montrer

seule debout au milieu de sa famille prosternée et elle entendra monter jusqu'à elle les acclamations de tous les habitants !

TOUTES, *ravies.*

Oh !

DELETHI.

Et après un mois de purification, elle sera conduite à la maison du dieu !...

TAYA.

Et le jour des Prodiges ?

RAHASI.

Oh ! le jour des Prodiges ?

TAYA.

Elle sera la première, plus près du sanctuaire que tout autre. Elle priera avec la foule implorante, et elle verra s'abaisser la pierre qui cache Isis.

DELETHI.

Elle verra Iris... de près... à pouvoir la toucher.

TOUTES.

Oh !

TAYA.

Elle demandera la première, à la déesse, de vouloir bien incliner la tête, pour montrer qu'une année encore l'Égypte sera protégée. Et lorsque les prières du peuple réuni auront été assez ardentes, la déesse de pierre inclinera la tête. Ce sera le premier prodige...

DELETHI.

La déesse de pierre inclinera la tête, ce sera le premier prodige.

TAYA.

Et dans la foule, il y aura des aveugles qui verront, des sourds qui entendront, des muets qui parleront.

DELETHI.

Peut-être Miéris, notre bonne maîtresse, sera-t-elle enfin guérie...

HANOU.

Et quand celle qui aura été désignée sortira de la maison du dieu... Raconte, Taya, raconte comment elle en sortira.

TAYA.

Trois jours avant la date fixée, dans toute la ville et dans la terre entière, on commencera les préparatifs de la fête. Et le moment arrivé, devant le Temple, la foule se pressera, maintenue par les soldats libyens. Et elle, elle, l'Élue, la Salvatrice, sortira entourée de tous les grands prêtres d'Ammon vêtus de pourpre et d'or; et du haut d'un char élevé où brûleront des parfums, elle verra le peuple tendre ses bras innombrables vers elle. Elle sera étourdie par les bruits éclatants des fanfares, et par les cris d'allégresse.

TOUTES.

Oh!

DELETHI.

Et elle sera conduite au Nil.

TAYA.

Et elle sera conduite au Nil. Elle montera dans la barque d'Ammon, dans la barque sortie des profondeurs du sanctuaire.

DELETHI.

Et la barque s'éloignera du rivage.

TAHA.

Et la barque s'éloignera du rivage où toute une foule sera prosternée. (*Elle s'arrête très émue.*) Et la barque reviendra sans elle.

TOUTES, *à voix basse.*

Et la barque reviendra sans elle.

TAYA.

Et deux jours après les eaux du Nil monteront...

TOUTES.

Les eaux du Nil monteront!

TAYA.

Elles monteront, elles envahiront peu à peu par un

réseau serré de petits canaux, toute la terre de Ha-Ka-
Phtah, et cette année encore les champs seront fertiles,
et cette année encore il y aura des épis et des fèves, des
épis dorés, des lotus et des fèves !

DELETHI.

Et tant que coulera le Nil, le nom de celle qui aura été
sacrifiée sera béni par des paroles reconnaissantes et
attendries.

HANOU.

Si c'était moi !

TOUTES, *sauf Yaouma.*

Si c'était moi !

Yaouma se relève et se tient assise.

TAYA.

Si c'était toi, Yaouma ?

YAOUMA.

Peut-être, je refuserais.

TOUTES.

Oh !

MOUÉNÉ, *espiègle.*

Je sais pourquoi ! Je sais pourquoi !

DELETHI.

On sait pourquoi...

TAYA.

Dites...

YAOUMA.

Dites...

DELETHI.

C'est pour la même raison que depuis plusieurs jours,
tu te tiens là.

YAOUMA.

Oui.

MOUÉNÉ.

Elle regarde si n'apparaît pas enfin la cange aux vingt
rameurs portant les voyageurs qui viennent du Nord et
parmi lesquels il y a un jeune prêtre, le fils du potier.

DELETHI.

Un jeune prêtre, le fils du potier, parti depuis deux ans.

YAOUMA.

Mon fiancé...

RAHASI.

Mais tu sais ce qu'on dit ?...

TAYA.

On dit que sur la même barque revient un scribe qui prêche de nouveaux dieux.

YAOUMA.

Je sais...

DELETHI.

De faux dieux.

MOUÉNÉ, *taquine.*

Les prêtres arrêteront la barque, et Yaouma attendra son fiancé peut-être huit jours encore.

YAOUMA.

J'attendrai.

L'intendant est venu dire quelques mots à l'oreille de Delethi.

DELETHI.

La maîtresse fait dire que l'heure est venue de rentrer.

Elles sortent par la gauche, Sitsinit ramassant sa boîte à écrire, Rahasi jonglant avec ses oranges, Mouéné portant sa cage en sautillant. Delethi joue de la harpe et chante avec Hanou et Nagaou.

DELETHI, HANOU, NAGAOU.

Noire est sa chevelure,
Plus que le noir de la nuit,
Plus que les baies du prunellier...

. . . .

L'intendant est sorti et revient aussitôt, le fouet à la main, suivi d'un pauvre homme vieux, à demi nu, souillé de terre et portant une auge.

SCÈNE II

L'INTENDANT, PAKH

L'INTENDANT, *s'arrêtant devant la statue de Thouéris.*

Voilà. Approche-toi, potier, et regarde. La corne de la déesse Thouéris a été brisée ce matin par accident. Il faut que le Maître ne le voie pas lorsqu'il va rentrer pour la fête de la Désignation. Voici la corne. Replace-la...

PAKH, *avec terreur.*

Moi... il faut... Aujourd'hui qu'arrive mon fils?

L'INTENDANT.

N'es-tu pas notre serviteur?

PAKH.

Je le suis.

L'INTENDANT.

Et potier?

PAKH.

Je le suis.

L'INTENDANT.

Ne m'as-tu pas dit que tu savais faire ce que je te demande?

PAKH.

Je ne croyais pas qu'il faudrait porter la main sur la déesse Thouéris.

L'INTENDANT.

Obéis.

PAKH, *se jetant à genoux.*

Je te prie! Je te prie! Je n'oserai jamais... Et puis... mon fils... mon fils qui revient d'un si long voyage.

L'INTENDANT.

Tu recevras vingt coups de bâton pour avoir fatigué ma

langue. Si tu refuses de m'obéir, tu en recevras deux cents.

PAKH.

Je te prie.

L'INTENDANT, *le frappant de son fouet.*

Relève-toi et travaille.

Il va pour sortir.

PAKH, *courant après lui.*

Écoute, écoute... Je ferai ce que tu veux... Mais je ne le puis sans descendre la statue, et mes membres ne sont pas assez forts pour la porter.

L'INTENDANT.

Fais-toi aider par Sokiti.

Il sort par le fond. En passant, il frappe Sokiti d'un
coup de fouet et lui fait signe d'aller rejoindre Pakh.
Sokiti obéit sans marquer ni douleur, ni surprise.

SCÈNE III

PAKH, SOKITI. BITIOU-LE-NAIN

PAKH.

Il dit qu'il faut descendre la déesse.

SOKITI.

Moi?

PAKH.

Tous les deux.

Sokiti se met à trembler.

SOKITI, *après un silence.*

J'ai peur.

PAKH.

Moi aussi, j'ai peur.

SOKITI.

Quand on la touche, on meurt.

PAKH.

On mourra sous le bâton si on n'obéit pas.

SOKITI.

Pourquoi ne me laisse-t-on pas à mon travail? J'étais heureux.

PAKH.

Il faut... Il faut la prévenir que c'est pour replacer sa corne.

SOKITI.

Oui. Il faut qu'elle le sache.

Ils se prosternent.

PAKH.

O Grande qui as enfanté les dieux, pardonne si nos mains misérables osent te toucher. Ta corne est tombée. C'est pour la replacer...

SOKITI.

Nous sommes forcés d'obéir... ô souffle divin... créateur de l'Univers, pardonne... C'est pour te raccommoder.

PAKH, *se relevant, à Sokiti.*

Viens !

> *Entre Bitiou-le-Nain; c'est un pauvre être difforme. Lorsqu'il voit Pakh et Sokiti toucher la statue, il veut s'éloigner en courant. Il tombe, se relève et va se cacher dans un coin. Peu à peu il regardera et s'approchera pendant ce qui suit.*

SOKITI.

Elle n'a rien dit.

PAKH.

Il faut la mettre sur le ventre.

SOKITI.

Doucement...

PAKH, *lui donnant la corne.*

Tiens-moi cela. (*Il va chercher son auge, prend une poignée de mortier et procède à la réparation.*) Donne... là... Il faut laisser sécher... En attendant, viens voir si on n'aperçoit pas, sur le Nil, la cange qui ramène mon fils.

SOKITI.

Tu ne le verras pas.

PAKH.

Je ne le verrai pas!

SOKITI.

Il est prêtre...

PAKH.

Pas encore.

SOKITI.

Mais il a été élevé dans le Temple, c'est au Temple qu'il ira.

PAKH.

C'est ici... Parce qu'il voudra revoir son père et sa mère...

SOKITI.

Et Yaouma, sa fiancée.

PAKH.

Et Yaouma, sa fiancée.
Il va vers la droite, Bitiou se rapproche de la statue à petits pas, et s'arrête à distance.

SOKITI.

Si loin qu'on regarde, on n'aperçoit rien.

PAKH.

Non... (*Tout à coup.*) Tu as vu le crocodile?

SOKITI.

Oui... Voilà une femme qui va au Nil, avec sa cruche sur la tête.

PAKH.

C'est la mienne, c'est Kirjipa, c'est ma femme. Elle cherche avec ses yeux la cange qui porte notre fils Satni.

SOKITI.

Elle entre dans l'eau.

PAKH.

Ne le faut-il point pour puiser l'eau claire?

SOKITI.

Mais juste à l'endroit où a plongé le crocodile!

PAKH.

Qu'importe! Elle a sur elle une plume d'ibis... Et je sais les paroles d'enchantement. (*Il psalmodie. Musique invisible.*) « Arrière, fils de Sitou! Ne vogue pas. Ne saisis « pas. N'ouvre pas la bouche. Devienne l'eau une nappe « de feu devant toi. Le charme des trente-sept dieux est « dans ton œil. Tu es lié. Tu es lié. Arrête, fils de Sitou. « Protège-la, Ammon, mari de ta mère. »

La musique cesse.

SOKITI, *sans surprise.*

Il est parti!

PAKH, *de même.*

Il ne pouvait faire autrement.

Bitiou qui était tout près de la statue, la touche craintivement du bout du doigt, puis se sauve, tombe et se relève. Il vient auprès de Pakh et de Sokiti.

SOKITI, *désignant la statue.*

Elle est sèche, peut-être.

PAKH.

Oui, allons.

SOKITI.

J'ai encore peur.

PAKH.

Moi aussi. Mais viens m'aider.

Ils replacent la statue sur son piédestal, se reculent pour la regarder.

SOKITI.

Elle ne nous a pas fait de mal.

PAKH.

Non.

SOKITI, *riant.*

Hi! hi!

PAKH.

Hi! hi!

SOKITI.

Hi! hi! hi! hi!

PAKH.

Hi! hi! hi! hi!

*Biliou rit avec eux. On entend au loin un appel de
trompettes. Sokiti et Pakh vont voir sur la terrasse.*

PAKH.

C'est le prince du Nome qu'on conduit à la ville des
Morts. Son âme est en ce moment devant le tribunal où
siège Osiris accompagné des quarante-deux juges.

SOKITI.

Puissent-ils lui rendre tout le mal qu'il a fait.

PAKH.

Le mal qu'il a fait lui sera rendu mille fois... Il passera
d'abord dans le lac de feu...

SOKITI, *riant.*

Pakh! Pakh! Te le représentes-tu dans l'Amentit?

PAKH, *de même.*

Je le vois... « Le pivot de la porte de l'Amentit planté
sur son œil, roule sur son œil droit, et roule sur cet œil,
soit qu'on ferme, soit qu'on ouvre, et sa bouche pousse
de grands cris. »

SOKITI, *bavant de bonheur.*

Et lui qui mangeait tant! Lui qui mangeait tant! « Il
aura sa nourriture, eau et pain, suspendue au-dessus de
lui, et il s'élancera pour la mener bas, tandis que d'autres
creuseront des trous à ses pieds... pour l'empêcher de
l'atteindre. »

PAKH.

Parce que ses méfaits auront été trouvés plus nombreux
que ses mérites...

SOKITI.

Et nous, nous... Dis, répète ce que nous serons.

PAKH.

Nous serons reconnus purs par les quarante-deux
juges.

SOKITI.

Et après? Et après?

PAKH.

Nous irons dans l'Amentit... dans l'Ile des Doubles.

SOKITI.

Oui. Où il y a... dis ce qu'il y a dans l'Ile

PAKH.

Des bains d'eau fraîche...

SOKITI, *dans de gros rires.*

Autre chose... Autre chose...

PAKH, *de même.*

Des épis de blé de deux coudées.

SOKITI, *de même.*

Oui, oui, des épis de blé de deux coudées.

PAKH.

Et des pains de dourah, et des fèves...

SOKITI, *de même.*

Et des coups de bâton... Dis s'il y aura des coups de bâton.

PAKH.

Plus jamais !

SOKITI.

Plus jamais...

PAKH.

J'oublierai tout ce que j'ai supporté.

SOKITI.

Je serai sec; et je pourrai manger jusqu'à ce que je n'aie plus faim... chaque jour !

BITIOU.

Et moi, je serai grand et avec des jambes solides comme celles de tout le monde.

PAKH.

Cela vaudra mieux que d'avoir été prince sur la terre.
Ils rient. Paraît l'Intendant.

L'INTENDANT.

Que faites-vous là ? (*Coups de fouet.*) Voici la maîtresse !
Allez.

*Ils sortent. L'Intendant s'incline profondément devant
Miéris aveugle, qui paraît portant des fleurs et guidée
par Yaouma.*

SCÈNE IV

MIÉRIS, YAOUMA

MIÉRIS, *doucement.*

Laisse-moi, Yaouma... Je saurai bien toute seule parvenir jusqu'à elle.

YAOUMA.

Oui, maîtresse...

Elle l'accompagne cependant sans bruit.

MIÉRIS, *souriant.*

Je sens que tu n'obéis pas. N'aie point peur. (*Elle s'es-
avancée jusqu'à la petite statue d'Isis.*) Tu vois que je ne me
trompe pas. Voilà longtemps que tous les jours, je viens
lui apporter des fleurs... Laisse-moi.

YAOUMA.

Oui, maîtresse.

Elle s'éloigne.

MIÉRIS, *touchant la statue à la façon des aveugles.*

C'est bien toi. Oui, je reconnais ton visage et je devine
ton sourire. Ta face est familière à la sensibilité aiguisée
de mes doigts... (*Elle prend des fleurs qu'elle avait posées sur
le piédestal de la statue.*) Voici mon offrande quotidienne.
Je reconnais ici une fleur de lotus blanc. Elle est pour toi.
Je ne me trompe pas : celle-ci, plus grande et plus parfumée, c'est le lotus rose. Elle est pour toi. Et, en voici

encore, do ces fleurs sacrées, deux. Le matin, elles sortent de l'eau peu à peu ; elles s'épanouissent à midi, et lorsque le soleil disparaît, elles se cachent aussi et se laissent recouvrir par l'eau du Nil comme par un voile. On dit qu'elles sont belles !... Hélas !... j'ignore la beauté des dons que je te fais ! Voici un typha, voici un alima et une fleur d'acacia que je reconnais bien à son parfum violent. Je me suis fait expliquer que la lumière en se jouant dans la délicatesse transparente des corolles, y met des nuances douces aux regards. Puissent les tiens en être réjouis ! J'ignore la beauté des dons que je te fais ! Mais tous les jours de ma vie, je viendrai, suppliante, inlassable, t'obséder de mes prières, jusqu'à ce qu'enfin, tu m'exauces, jusqu'à ce que tu me donnes la faveur dont jouissent tous les êtres, moi exceptée, celle de percevoir les rayons du Dieu brillant, d'Ammon-Râ, le divin soleil. Et cette année encore, suppliante, inlassable, j'irai dans ton temple au jour des Prodiges, et j'attendrai, de toi, la révélation lumineuse des choses. O Isis, souviens-toi comme j'ai été cruellement frappée. J'ai eu un petit enfant. Il voyait, il voyait lui ! et lorsqu'il commença de parler, rien n'était plus doux que de me faire raconter par lui les couleurs et les contours. Il est mort, Isis ! Et je ne l'ai jamais vu... Reçois mes pleurs et ma prière, fais cesser la perpétuelle nuit dans laquelle je respire mal... Et si tu ne le veux pas... livre-moi à la mort, à Celle-Qui-Aime-Le-Silence, afin qu'après le jugement, j'aille retrouver dans l'Amentit mon enfant bien-aimé, que je verrai alors pour la première fois ! Je te donne toutes ces fleurs... (*Elle se lève.*) Viens, Yaouma. (*Elle va pour sortir, s'arrêtant tout à coup, joyeuse.*) Mais j'entends !... oui !... Va chercher l'aiguière et l'eau lustrale, voici le maître... le voici.

Yaouma sort et revient aussitôt. Entre Rhéou.

SCÈNE V

MIÉRIS, YAOUMA, RHÉOU, PAKH

MIÉRIS.

Sois le bienvenu dans ta maison, maître.
*Yaouma lui verse de l'eau sur les mains. Miéris lui
tend un linge.*

RHÉOU.

Je suis heureux de te retrouver dans ta maison, maîtresse. Miéris, as-tu passé une journée heureuse?

MIÉRIS.

Oui, des enfants sont venus jouer près de moi, tu sais
que leurs cris et leurs rires me plaisent. La voix de l'un
d'eux ressemblait à celle du mien. Je l'ai fait venir et
j'ai étendu la main de mon geste d'autrefois. J'ai senti à
la même hauteur des cheveux tièdes de la chaleur d'un
corps vivant, et je n'ai pas pleuré mais ma voix parlait
dans mon cœur et disait : « Petit enfant, tu as l'âge de
celui que m'a enlevé Celle-Qui-Aime-Le-Silence. Mais là
où il est dans l'Amentit, dans l'Ile des Doubles, il est plus
heureux que toi car il est gardé contre tous les malheurs
qui te menacent. Il est plus heureux que toi. Il vit sous
un soleil d'or au milieu des plus belles fleurs et rafraîchi
par des bains parfumés. Et lorsque Celle-Qui-Aime-Le-
Silence me prendra à mon tour, *je le verrai, je le verrai*
pour la première fois... et je le caresserai comme je te
caresse; mais alors sans qu'on puisse jamais nous séparer. Va, petit enfant, les bienheureux ne sont pas de ce
côté-ci de la terre.
Entre Pakh venant chercher son auge.

RHÉOU.

Eh bien! potier, ne vas-tu pas au-devant de ton fils?

PAKU.

Je le voudrais, maître, mais j'ai regardé tout à l'heure;
le Nil est désert.

RHÉOU.

La cange est arrivée cette nuit et l'ordre des prêtres
l'avait fait rester jusqu'à ce moment au tournant du
fleuve. Va.

PAKH.

Merci, maître.
Il sort.

RHÉOU.

Chacun est-il prêt pour la prière solennelle à Isis? Le
soleil baisse à l'horizon.

MIÉRIS.

Va prévenir tout le monde, Yaouma.

YAOUMA, *suppliante, s'agenouille.*

Maîtresse !

MIÉRIS, *posant sa main sur la tête de Yaouma.*
Qu'y a-t-il?

YAOUMA.

La cange...

MIÉRIS.

Eh bien?... Ah! oui, tu étais fiancée au fils du potier...
Mais tu ne dois pas sortir aujourd'hui. Qui nous dit que tu
ne seras pas celle que le dieu Ammon désignera!

YAOUMA.

Le dieu Ammon ne me connaît pas.

MIÉRIS.

S'il te désigne, c'est qu'il te connaît.

YAOUMA.

Moi? Moi? pauvre servante... Il n'est pas possible...

MIÉRIS.

Pourquoi donc?

YAOUMA.

C'est possible, vraiment?

MIÉRIS.

Vraiment, va.

YAOUMA, *sortant, à elle-même.*

Le dieu Ammon... le dieu des dieux...

MIÉRIS.

Rhéou, Rhéou, nous sommes seuls?

RHÉOU.

Oui.

MIÉRIS.

Eh bien?

RHÉOU, *colère.*

C'est une nouvelle insulte qui m'attendait.

MIÉRIS.

Comment?

RHÉOU.

Aussitôt arrivé dans la salle d'audience, je me suis prosterné devant le Pharaon. « Que désires-tu? » m'a-t-il demandé d'une voix dure. Tu sais que l'usage veut qu'on
ne réponde pas, qu'on paraisse à demi mort de frayeur
devant la Majesté!...

MIÉRIS.

N'as-tu point fait ainsi?

RHÉOU.

Si, mais lui...

MIÉRIS.

Surveille-toi. N'y a-t-il là personne qui puisse t'entendre?

RHÉOU.

Personne... Lui, au lieu de dire qu'on me relève, au
lieu de m'inviter à parler — oh! ce chien d'Ethiopie! —
il a feint de ne plus me voir... pendant longtemps, très
longtemps... Lorsqu'enfin il s'est souvenu que j'étais là,
la colère m'étouffait, il l'a vu: il a déclaré qu'un mauvais esprit était en moi, et après m'avoir plaint par déri-
sion, il m'a ordonné de me retirer... Il oublie que si je
voulais...

MIÉRIS.

Tais-toi! Tais-toi!... Ne sais-tu pas qu'il y a là, près de toi, les dieux qui t'entendent!

RHÉOU, *incrédule.*

Oh! les dieux!...

MIÉRIS.

Que veux-tu dire?

RHÉOU, *de même.*

Je suis fils de grand-prêtre, je les connais... Il oublie que si je voulais rappeler au peuple les services rendus par mon père, si j'armais tous les hommes qui travaillent sur mon domaine, et si je les lançais contre lui...

MIÉRIS.

Rhéou! Rhéou!

RHÉOU.

Crois-tu que tous ne m'obéiraient pas! On ne me pardonne pas d'être le fils du Grand-Prêtre, ami du Pharaon, qui voulait remplacer les dieux d'Égypte par un dieu unique. On ne sait pas que si je déclarais l'avoir vu en songe, tous ceux qui me connaissent, tous les pauvres gens au dos meurtri par le bâton du receveur d'impôts, tous ceux qu'épouvantent les projets de guerre, tous ceux-là accepteraient comme des paroles divines les ordres que je leur donnerais...

MIÉRIS.

Ils seraient retenus par la crainte des dieux.

RHÉOU.

Pas longtemps peut-être.

MIÉRIS.

J'entends que l'on vient pour la prière!

RHÉOU.

Oui. Prions. Qu'on ne puisse rien me reprocher jusqu'au moment que j'aurai choisi.

MIÉRIS.

Quel moment?

RHÉOU.

Si je pouvais réaliser l'œuvre que rêvait mon père, et du même coup me venger, me venger de toutes ces humiliations...

MIÉRIS.

Silence... J'entends...

Entrent peu à peu les chanteuses et les serviteurs.

SCÈNE VI

TOUT LE MONDE

RHÉOU, *allant vers la terrasse.*

Le soleil n'est pas encore au-dessus de la colline... Mais voici sur le Nil... Yaouma!... Voici la barque qui ramène ton fiancé.

YAOUMA.

La voici! La voici!... « Elle est arrêtée, on prend le maillet... on enfonce le pieu. Le poupe du navire a été mise contre terre. On a amarré... Des hommes descendent. » Voici l'étranger.

RHÉOU.

Ce n'est pas un étranger.

YAOUMA.

Je m'y trompais à son vêtement.

Rentre Pakh.

RHÉOU.

N'as-tu point attendu ton fils?

PAKH, *très ému.*

Maître, sur le chemin qui conduit au Nil, j'ai vu deux scarabées morts.

RHÉOU.

Nul alors, si ce n'est le Grand-Prêtre, ne peut passer avant que le chemin n'ait été purifié,

PAKH.

J'ai prévenu les arrivants, ils doivent faire un long dé-
tour.

RHÉOU.

Tu as reconnu ton fils?

PAKH.

Non. Sans doute, il sortira parmi les derniers.
Il s'écarte.

YAOUMA.

Mais... Mais voici cet homme, cet inconnu, qui seul se
dirige de ce côté. Où étaient-ils, les scarabées, Pakh?

PAKH.

Près du figuier.

YAOUMA, *affolée.*

Il va passer... Il ne sait donc pas!... (*Soulagée.*) Ah!
enfin, on le prévient.

RHÉOU.

Il s'arrête.

YAOUMA.

Près du figuier, as-tu dit!... Mais il continue... Il
marche... Il s'avance... Il passe!... (*A Miéris.*) Venez, maîtresse, venez! Oh! Ammon!...
Elle s'enfuit avec Miéris en se cachant les yeux.

RHÉOU.

Il se dirige vers notre porte... Le voici.
Entre Satni.

SATNI, *s'inclinant devant Rhéou.*

Rhéou, je te salue!

RHÉOU.

Hé quoi!... C'est toi, Satni?...

PAKH.

Mon fils!...

SATNI, *s'agenouillant.*

Père!

PAKH.

C'est toi... toi qui as passé malgré les scarabées?

SATNI.

Oui. Je t'expliquerai...

PAKH.

Tu sais sans doute les paroles magiques... Mais moi, moi qui les ai vus... Il faut que j'aille me purifier avant la prière... C'est aujourd'hui la fête de la Désignation, ne le sais-tu pas?

SATNI.

Je sais... Et Yaouma?

PAKH.

Elle est ici... Tout à l'heure, tu la verras.

RHÉOU.

Satni!

SATNI.

Tu m'as appelé?

RHÉOU.

Oui. N'as-tu point vu les deux scarabées sur ton chemin?

SATNI.

Je les ai vus.

RHÉOU.

Et tu ne t'es pas arrêté?

SATNI.

Non.

RHÉOU.

Pourquoi?

SATNI,

J'ai beaucoup appris dans les pays d'où je viens.

RHÉOU.

Tu es prêtre. Ton devoir n'était-il pas d'aller au temple, avant même de t'agenouiller devant ton père?

SATNI.

Plus jamais je n'entrerai dans le temple.

On entend au loin un long appel de trompette.

RHÉOU.

Le signal pour la prière.

Il monte sur la terrasse et étend les bras vers le soleil couchant. Des femmes jouent de la harpe, du tympanon, de la flûte double. D'autres agitent des crotales, des sistres. Des danseuses s'avancent et balancent leurs corps dans de lents mouvements. D'autres marquent le rythme par des battements de mains.

RHÉOU.

O Isis! Isis! Isis! Par trois fois je prononce ton nom.

TOUT LE MONDE, *à mi-voix en répons.*

O Isis, Isis! Isis! par trois fois je prononce ton nom.

RHÉOU.

O Isis, toi qui préserves les grains des vents meurtriers et les corps de nos pères du travail destructeur du temps...

TOUT LE MONDE, *de même.*

O Isis, toi qui préserves les grains des vents meurtriers et les corps de nos pères du travail destructeur du temps...

RHÉOU.

O Isis, préserve-nous.

TOUT LE MONDE.

O Isis, préserve-nous.

RHÉOU.

Par trois fois que ton nom soit répété.

TOUT LE MONDE.

Par trois fois que ton nom soit répété.

RHÉOU.

Et ici et là et là...

TOUT LE MONDE.

Et ici et là et là.

RHÉOU.

Et aujourd'hui, et toujours, et dans les siècles des siècles aussi longtemps que les temples de nos dieux se mireront dans les eaux du Nil.

TOUT LE MONDE.

Et aujourd'hui, et toujours, et dans les siècles des siècles aussi longtemps que les temples de nos dieux se mireront dans les eaux du Nil.

RHÉOU.

Isis!

TOUT LE MONDE.

Isis!

RHÉOU.

Isis!

TOUS.

Isis!

RHÉOU.

Isis!

TOUS.

Isis!

Tout le monde est prosterné, sauf les chanteuses et les danseuses.

RHÉOU.

Nous te supplions, Ammon! Désigne la vierge qui sera offerte au sacrifice! Daigne la désigner, Ammon!

TOUS.

Daigne la désigner.

La musique cesse. Un silence. Puis au loin, un appel de trompette.

RHÉOU.

Relevez-vous. Le dieu a fait son choix.

Tout le monde se relève. Brouhaha de conversations profanes.

RHÉOU, *à Satni.*

Seul, tu n'as pas prié, et tu es resté debout. Pourquoi?

SATNI.

Je reviens d'un pays où j'ai appris la sagesse...

RHÉOU.

Toi!... Toi qui allais être prêtre d'Ammon.

SATNI.

Je ne serai pas prêtre d'Ammon.

DES VOIX.

Écoutez! Écoutez! Le nom! On commence à crier le nom!

On entend une rumeur lointaine.

RHÉOU.

Le nom! le nom!

Il monte sur la terrasse. Le soleil couchant rougit le ciel.

SATNI, *à Yaouma.*

Enfin, je te retrouve, Yaouma! Et tu portes toujours le calasiris des vierges. Tu m'as attendu?

YAOUMA.

Oui? Satni, je t'ai attendu.

SATNI.

Ton souvenir ne m'a jamais quitté.

YAOUMA.

Écoute...

Rumeurs lointaines.

QUELQU'UN.

Il me semble que c'est Raonit du village voisin.

UN AUTRE.

Non! Non! Ce n'est pas ce nom-là.

SATNI, *à Yaouma.*

Que t'importent leurs cris? As-tu oublié nos promesses?

YAOUMA.

Non... Écoute...

Rumeurs.

QUELQU'UN.

C'est Amterra! C'est Amterra!

UN AUTRE.

Non!... C'est Hibourr!

UN AUTRE.

Non! Amterra demeure de l'autre côté...

UN AUTRE.

On ne distingue plus rien.

UN AUTRE.

Parce qu'ils passent derrière le bouquet de palmiers...

SATNI, *à Yaouma.*

Réponds-moi... Tu n'as d'oreilles que pour ces clameurs... Je t'aime, Yaouma.

QUELQU'UN.

Ils approchent! Ils approchent!

UN AUTRE.

Alors, c'est Barnou, de la maison voisine...

UN AUTRE.

Non, c'est Hene-Ahon, je vous dis, ou Karma! Karma!

SATNI, *à Yaouma.*

As-tu donc cessé de m'aimer?

YAOUMA, *distraite.*

Non, non, je t'aime, Satni... Mais il me semble distinguer mon nom parmi les cris

SATNI.

Ils peuvent crier ton nom... Moi je veille sur toi.

YAOUMA.

Si le dieu m'avait choisie, Satni?

SATNI.

Quel dieu? Ce sont les prêtres qui le font parler.

Les rumeurs se rapprochent.

QUELQU'UN.

C'est Yaouma!... Ils viennent ici! vite! vite! Qu'on leur fasse honneur à leur entrée...

UN AUTRE.

Non!

UN AUTRE.

Si!

UN AUTRE.

C'est elle!

UN AUTRE.

Non.

UN AUTRE.

Si! Si! Yaouma!

SATNI.

Ne sois pas dupe! Le dieu n'est qu'une pierre...

YAOUMA, *qui ne l'écoute plus.*

J'entends bien que c'est mon nom!

QUELQU'UN.

Ils viennent ici...

UN AUTRE.

Les voici!

Tout le monde commence à sortir.

UN AUTRE, *en sortant.*

C'est Yaouma!

UNE CLAMEUR, *au dehors.*

C'est Yaouma!

L'INTENDANT, *à Rhéou.*

Maître, c'est Yaouma!

RHÉOU.

Allez, selon l'usage, allez tous au-devant de ceux qui s'approchent.

Tout le monde sort, sauf Yaouma et Satni.

SCÈNE VII

YAOUMA, SATNI

SATNI.

C'est toi...

YAOUMA, *radieuse.*

C'est moi!

SATNI.

Tu as le droit de refuser.

YAOUMA.

Oui, mais il faudrait quitter l'Égypte.

SATNI.

Nous la quitterons ensemble.

YAOUMA.

C'est moi!... C'est bien moi... Satni, réfléchis à cela : le dieu, entre toutes mes compagnes, le dieu m'a désignée!...

SATNI.

Ne reste pas ici.

YAOUMA.

Où veux-tu que j'aille?

SATNI.

Viens avec moi.

YAOUMA, *distraite.*

Oui... oui... Tu les entends?... C'est moi!

SATNI.

Tu vas refuser!

YAOUMA, *dans un sourire, rayonnante.*

Tu ne m'aimerais plus si je refusais!...

SATNI.

Tu ne sais donc pas... C'est la mort!

YAOUMA.

Oui! Mais quelle mort, Satni!

SATNI.

Tu es à moi... Tu m'as fait le serment... Tu te rappelles?

YAOUMA.

Oui... Quand je t'ai fait ce serment-là, Satni, je ne savais pas le bonheur qui m'attendait.

SATNI.

Viens!...

YAOUMA.

Laisse-moi.

SATNI.

Viens!

YAOUMA.

Est-ce que vraiment, tu veux que je refuse?

SATNI.

Je le veux. Je t'aime!

YAOUMA.

Que je me refuse au choix des dieux!

SATNI.

Refuse-toi à la mort!

YAOUMA.

Que dirait-on de moi! Réfléchis. Le dieu m'a distinguée, moi, dans mon obscurité; entre toutes, il m'a préférée. Il m'a préférée à de plus belles, à de plus riches, et je me cacherais!

SATNI.

C'est donc par orgueil que tu veux mourir?

YAOUMA.

C'est pour obtenir l'inondation du Nil. C'est pour donner des champs fertiles à toute l'Egypte... Si je ne répondais pas aux voix qui m'appelleront, mon nom serait détesté dans tous les lieux que le soleil touche de ses rayons. Et une autre que moi revêtirait la tunique éclatante tissée de fils de lin et de fils d'or, une autre que moi recevrait sur ses cheveux la couronne de lotus sacrés, une autre entendrait les acclamations du peuple tout entier! Une autre serait donnée au Nil!

SATNI.

Une autre mourrait, et toi, tu vivrais, pour ton bonheur et pour le mien.

YAOUMA.

Pour ma honte et pour la tienne.

SATNI.

Éclaire la terre de ta beauté. Vis, Yaouma, et demeure avec moi, le sein paré de fleurs de perséa, les cheveux alourdis d'essences odorantes.

YAOUMA.

Ce sont les flots du Nil qui seront ma parure... Oh! la belle robe verte! avec de si jolies fleurs!...

SATNI.

Tu m'aimais...

YAOUMA.

Oui, je t'aimais...

SATNI.

Rappelle-toi, rappelle-toi mon départ, Yaouma, il y a deux ans. Comme tu pleurais lorsque je me suis embarqué! Tu courais sur la rive, tu suivais la cange qui m'emportait. Je te vois encore, toute mince avec tes jambes agiles et fluettes, j'entends encore le bruit de tes petits pieds nus sur le sable. Et quand la cange s'est échouée... tu te souviens? Pendant des heures les hommes de la manœuvre poussaient le fond avec de longues perches, tout en chantant, et toi, je te voyais, tu battais des mains, et tu criais mon nom. Et lorsqu'enfin la cange a flotté, il y a eu des rires et des cris de joie, et toi, je t'ai vue subitement devenir immobile, et j'ai deviné que tu pleurais. Tu es montée sur une digue, et tu agitais les bras, et tu es devenue plus petite, plus petite, plus petite, jusqu'au moment où nous avons tourné derrière un bouquet de palmiers. Tu m'avais promis de m'attendre!

YAOUMA.

Ne t'ai-je pas attendu?

SATNI.

Nous avions choisi l'endroit où nous bâtirions notre demeure pour nous y faire une existence heureuse... Tu ne te le rappelles pas?

YAOUMA.

Si.

SATNI.

Nous rêvions des nuits futures pendant lesquelles ta tête dormirait sur mon cœur.

YAOUMA.

Oui...

SATNI.

Et tu préférerais aller t'ensevelir dans le limon du fleuve!...

YAOUMA.

« Le limon du fleuve est saint. Le fleuve est saint, le Nil est neuf fois saint. Il est le père de l'Egypte. Il fait pousser l'herbe pour les bestiaux et l'encens est excellent qui vient par lui. Il boit les pleurs de tous les yeux. »

SATNI.

Je vais te faire une révélation, Yaouma. Tu te sacrifies à des mensonges.

YAOUMA.

A la vérité des dieux... Redoute leur colère.

SATNI.

Je ne la redoute pas. Ils sont impuissants.

YAOUMA.

Comment peux-tu le penser ? Je la subis, leur puissance : elle est plus forte que l'amour... Jusqu'à ce jour, je t'aimais plus que tout ce qui vit sur la terre entière. C'étaient les souffles de ta bouche qui seuls donnaient la vie à mon cœur. Ce matin, encore, je redoutais d'être choisie par les dieux. Eh bien, qui donc m'a aussi complètement transformée si ce n'est pas eux ? Tu n'es plus rien pour moi. Et moi qui tremblais devant un scorpion, moi qui pleurais d'une piqûre de cactus, je suis tout heureuse à l'idée de mourir bientôt. Comment cela pourrait-il être si les dieux ne l'avaient pas voulu ?

SATNI.

Consens à m'écouter et je te prouverai...

YAOUMA.

Tes paroles ne diminueront pas ma fierté d'avoir été choisie par les dieux.

SATNI.

Par les prêtres.

YAOUMA.

C'est la même chose. Ils sont la voix des dieux.

SATNI.

C'est eux qui le disent. Les dieux d'Égypte n'existent que parce qu'on les a inventés.

YAOUMA.

Les peuples de chez qui tu viens t'ont fait perdre la raison. (*Avec un sourire de pitié.*) Dire que nos dieux n'existent pas! Réfléchis, Satni.

SATNI.

... Ni les champs d'Yalou, ni le monde inférieur, ni l'enfer.

YAOUMA.

Ah! ah! Tu vas convenir que tu es fou... Tu nies l'enfer... mais l'enfer, nous savons qu'il existe!

SATNI.

Comment?

YAOUMA.

Le soir, lorsque le soleil rougit, n'est-ce pas parce qu'il reçoit le reflet de l'enfer en arrivant au-dessus. Tu n'as qu'à ouvrir les yeux!... (*Riant.*) Les dieux n'existent pas!...

SATNI.

Mais non! Les sanctuaires de nos temples ne sont occupés que par des animaux immondes et ridicules ou par des statues insensibles... Crois-moi, Yaouma! Je t'aime et je ne veux pas que tu meures! Ton sacrifice est inutile. Ce n'est pas parce qu'on t'immolera que les eaux du Nil monteront. Refuse-toi, cache-toi, elles monteront tout de même!... Oh! Te perdre pour ce mensonge! Te perdre, toi! Comment te convaincre?... Mais j'y pense, tu m'as vu, malgré les scarabées, continuer mon chemin... Et je vis! La colère me monte à te voir insensible à mes paroles... Ta raison! Ta raison! Éveille ta raison...

YAOUMA.

J'écoute mon cœur.

SATNI.

Je te sauverai, malgré toi.

YAOUMA.

Comment?

SATNI.

Je te retiendrai par la force.

YAOUMA.

De quel droit ?

SATNI.

Je te le dirai après.

YAOUMA.

Si tu faisais cela, je te haïrais.

SATNI.

Qu'importe, je t'aurai sauvée.

YAOUMA.

Et je me tuerais !

SATNI, *la saisissant.*

Mais comprends-moi donc, le dieu-bœuf, le dieu-hippo-
potame, le dieu-chacal ne sont que des idoles.

YAOUMA.

Mon père les adorait...

SCÈNE DERNIÈRE

Tout le monde rentre. RHÉOU *qui, pendant la fin de la scène
précédente, était caché derrière une colonne va vers les
arrivants.*

DES HOMMES.

Yaouma ! Yaouma !

QUELQU'UN.

Sur la terrasse !

D'AUTRES.

Sur la terrasse ! Il faut qu'elle vienne sur la terrasse !

UN AUTRE.

Et qu'elle lève les bras au ciel pour montrer qu'elle
accepte.

SATNI, *à Yaouma.*

Reste ! Reste ! Nous fuirons !

YAOUMA, *en extase.*

Il m'a choisie entre toutes les autres...

TOUS.

Yaouma.

SATNI.

Elle refuse ! Elle refuse ! Et je l'emmène...

TOUS.

Non ! non !... à la terrasse ! A la prière ! A la prière !

RHÉOU.

Va prier, Yaouma.

SATNI.

Elle refuse...

RHÉOU.

Ne la retiens pas... Laisse-la libre...

MIÉRIS.

Choisis, Yaouma... Entre un dieu et un homme...

RHÉOU.

Entre la gloire du sacrifice...

SATNI.

Entre le mensonge et moi, Yaouma.

YAOUMA.

Le dieu m'a choisie pour sauver mes frères...

SATNI.

Tu vas à la mort !

YAOUMA.

A la vie réelle ! A la vie avec les dieux...

SATNI.

Ils mentent !

YAOUMA.

Tais-toi...

SATNI.

Je te sauverai malgré toi !

> *Elle monte sur la terrasse, elle apparaît toute droite
> dans l'embrasement du soleil couchant, et lève ses
> bras au ciel. Une immense acclamation.*

SATNI, *à pleine voix.*

Écoutez-moi... Je connais des dieux meilleurs, des dieux qui ne demandent pas de victimes...

LE PEUPLE.

Ce sont de faux dieux...

SATNI.

Des dieux meilleurs...

L'INTENDANT.

Rhéou ! Rhéou ! fais-le taire...

RHÉOU, *bas.*

Non pas! Laisse-le parler au contraire... Cela pourra servir mes desseins... Laisse-le parler.

SATNI.

Je viens pour vous sauver de l'erreur, pour renverser les idoles... pour vous révéler des vérités éternelles...

RHÉOU, *à l'intendant qui s'approchait.*

Laisse-le parler...

La musique s'éteint au loin. Le rideau baisse pendant que Satni parle encore et que Miéris emmène Yaouma.

ACTE DEUXIÈME

Même décor qu'au premier acte.

SCÈNE PREMIÈRE

RHÉOU *puis* L'INTENDANT. *Au lever du rideau, Rhéou est seul; après un instant, paraît l'Intendant qui vient du dehors.*

RHÉOU.

Qu'as-tu vu ?

L'INTENDANT.

On continue les préparatifs.

RHÉOU.

Au temple ?

L'INTENDANT.

Au temple.

RHÉOU.

Pour la fête des Prodiges ?

L'INTENDANT

Pour la fête des Prodiges.

RHÉOU.

Les prêtres croient pouvoir la célébrer demain ?

L'INTENDANT.

Rien ne permet de supposer le contraire.

RHÉOU.

Sans Yaouma ?

L'INTENDANT.

Je ne sais

RHÉOU.

Tu te trompes, sans doute. Es-tu descendu jusqu'au
Nil ?

L'INTENDANT.

Oui maître.

RHÉOU.

Eh bien ?...

L'INTENDANT.

On achève de parer la barque sacrée...

RHÉOU.

Je ne comprends pas.

L'INTENDANT.

Moi non plus, car je sais qu'un certain nombre de soldats ont refusé de renouveler la tentative d'hier.

RHÉOU.

Ils ont refusé ?

L'INTENDANT.

Oui.

RHÉOU.

Qu'ont-ils dit ?

L'INTENDANT.

Qu'ils avaient peur.

RHÉOU.

De quoi, de qui ?

L'INTENDANT.

De Satni ?

RHÉOU.

De Satni ?

L'INTENDANT.

Oui. Ils disent que c'est lui qui a provoqué le miracle
d'hier.

RHÉOU.

Quoi, que disent-ils ?

L'INTENDANT.

Que c'est lui qui...

RHÉOU.

Lui, Satni...

L'INTENDANT.

Oui.

RHÉOU.

Qui a provoqué le miracle d'hier ?

L'INTENDANT.

Oui.

RHÉOU.

Le miracle qui les a empêchés d'exécuter l'ordre donné par le grand-prêtre ?

L'INTENDANT.

Oui.

RHÉOU.

L'ordre de venir ici pour s'emparer d'Yaouma ?

L'INTENDANT.

Oui.

RHÉOU.

Ils disent cela ?

L'INTENDANT.

Tout le monde le dit.

RHÉOU, *après un long moment de réflexion.*

Eh bien, il est temps que tu saches la vérité, afin de pouvoir la répéter à tous. Dans les pays où il est allé, Satni a appris de nombreuses choses, de grandes choses. Approche-toi. Tends l'oreille. Il affirme qu'il y a d'autres dieux que les dieux d'Égypte... et plus puissants. Si tu te rappelles, mon père et le Pharaon Amenotep le disaient aussi et tous les deux voulaient nous les révéler. Tu sais comment on les en a empêchés. Il paraît, moi je ne sais pas — c'est Satni qui n'a cessé de me le répéter depuis deux mois qu'il est de retour — il paraît — et tu verras tout à l'heure que ce que dit Satni mérite d'être écouté -- il paraît donc que le temps est arrivé où ces dieux veulent

se faire connaître à nous. Ils ont donné à Satni un pouvoir surhumain. Cela, je le sais et nul maintenant ne
peut plus en douter. Satni entend garder sa fiancée. Et
les Libyens ne se trompent pas; c'est lui qui a fait hier
éclater le tonnerre et précipiter les eaux du ciel sur les
soldats envoyés ici pour prendre Yaouma.

L'INTENDANT.

Les vieillards ne se rappellent avoir vu qu'une fois une
telle épouvante.

RHÉOU.

Ce que je t'ai dit, répète-le à tous. Et ceci aussi tu le
diras : chaque fois qu'on voudra agir contre les volontés
de Satni, les téméraires qui l'essaieront seront dispersés,
par la terreur, comme ceux d'hier ont été dispersés.
Ajoute que Satni est guidé par l'esprit du Pharaon défunt;
que j'ai vu, cette nuit, celui de mon père — et que de
grands événements vont s'accomplir en Égypte.

L'INTENDANT.

Je le dirai.

RHÉOU.

Voici l'Envoyé des dieux nouveaux !... Laisse-moi
m'entretenir avec lui. Va répéter mes paroles.

L'intendant sort; entre Satni, venant du dehors.

SCÈNE II

SATNI *et* RHÉOU. *Rhéou se prosterne devant Satni.*

SATNI, *regardant derrière soi.*
Devant quel dieu te prosternes-tu encore?

RHÉOU.

Devant toi. Si tu n'es pas un dieu, tu es l'esprit d'un
dieu.

SATNI.

Je ne comprends pas tes paroles.

RHÉOU.

Seul, un envoyé divin fait, à sa volonté, descendre la
foudre du ciel.

SATNI.

Je ne suis pas...

RHÉOU.

C'est bon, c'est bon; tu veux qu'on ignore ton pouvoir
de faire des miracles. Après ce que tu as accompli hier,
tu ne peux plus le cacher. Désormais, Satni, il ne faut
plus réserver ton enseignement à Miéris, à moi, à tes
parents, à Yaouma, à quelques-uns; tu peux dorénavant,
t'adresser à tous. Ce miracle a ouvert toutes les oreilles.

SATNI.

Laissons cela, je t'en prie, relève-toi et dis-moi plutôt
ce qu'il est advenu d'Yaouma.

RHÉOU.

Yaouma?... N'a-t-elle pas, d'abord, interprété ce coup de
tonnerre comme une marque de la colère d'Ammon
contre elle !

SATNI.

Elle croit donc encore à Ammon, malgré tout ce que
je lui ai dit?

RHÉOU.

Heureusement je l'ai détrompée. Je lui ai fait comprendre qu'au contraire les éléments étaient tes serviteurs
et que ce qui l'avait tant effrayée était un signe de ta
puissance...

SATNI.

Pourquoi mentir?

RHÉOU.

D'abord ce n'est pas mentir. Et il est heureux que j'aie
pu lui donner cette explication. Si tu l'avais vue...

SATNI.

Tous mes efforts depuis deux mois ont donc été inutiles?

RHÉOU.

Tu te rappelles, lorsque tu nous as quittés hier matin ?... Tu pouvais croire avoir aboli en elle toutes les superstitions. Elle ne te répondait plus, elle ne trouvait plus rien à t'objecter et son silence, à tes dernières paroles, t'autorisait à croire que tu l'avais enfin reprise à Ammon. Mais après ton départ, au moment de rentrer dans l'asile secret où elle échappera à toutes les recherches, elle a été tout à coup prise de fureur, comme si un mauvais esprit était subitement entré en elle ; elle a pleuré, elle a crié, crié, en trépignant et en s'arrachant les cheveux.

SATNI.

Que disait-elle ?

RHÉOU.

Elle disait : « Au temple ! au temple !... Je veux aller au temple ! le dieu m'a choisie ! le dieu m'attend ! l'Égypte va périr !... » Enfin, des paroles insensées. Elle voulait se tuer.

SATNI.

Se tuer !

RHÉOU.

On a dû la défendre contre elle-même et c'est seulement après le coup de tonnerre, lorsque je l'ai amenée sur cette terrasse et lui ai montré dispersés les soldats venus pour se saisir d'elle, qu'elle a enfin compris que ton Dieu était le plus puissant : « Quoi, disait-elle, c'est lui, lui, mon Satni, qui a ébranlé le ciel et la terre pour moi !... Pour moi, répétait-elle, pour moi ! ». Elle veut baiser tes sandales, t'offrir un sacrifice, te rendre un culte, t'adorer. La voici avec Miéris. Reste !

SATNI.

Non.

Il sort. Rhéou l'accompagne pendant un moment.

MIÉRIS, *à Yaouma.*

Est-il là ?

YAOUMA.

Non.

MIÉRIS

Laisse-moi. (*Yaouma sort.*)

SCÈNE III

RHÉOU, *et* **MIÉRIS.** *Miéris, seule, fait quelques pas incertains vers la statue d'Isis, puis s'en approche tout à fait. Elle la touche. Un silence.*

MIÉRIS.

... Si ce n'est que du bois !
> *Un grand geste découragé. Elle s'éloigne lentement,*
> *laisser tomber ses fleurs, navrée, et se met à pleurer.*

RHÉOU, *revenant.*

Quoi, Miéris... tu apportes encore des fleurs à Isis?

MIÉRIS.

C'est la dernière fois. Écoute... Il faut demander à Salni de me guérir. Ne me dis pas que c'est impossible; il a guéri Ahmarsti.

RHÉOU.

Il a guéri Ahmarsti?

MIÉRIS.

Oui. Il lui fit boire un liquide où sans doute, était retenu un bon esprit et le mauvais génie qui la tourmentait fut chassé.

RHÉOU, *crédule.*

Est-ce possible !

MIÉRIS.

Tous l'ont vu. Et Kitoui...

RHÉOU.

Eh bien?

MIÉRIS.

Kitoul l'infirme est allée elle-même ce matin puiser de
l'eau au Nil devant tous ses voisins qui criaient de surprise et de joie. Et simplement, sans même qu'il le sut,
elle avait touché le bas de sa tunique. Il a aussi guéri
l'enfant de Riti. Il connaît des dieux plus puissants que
les nôtres... Des dieux plus jeunes, peut-être; les nôtres
sont si vieux !... Si cela n'était pas, comment aurait-il pu,
le jour de son arrivée, passer, sans être frappé de mort,
sur le chemin ou gisaient les scarabées? Depuis qu'il est
ici on l'a vu faire mille choses défendues... On l'a vu
défier nos dieux par son irrespect. Sans la protection
d'une puissance supérieure, comment échapperait-il au
châtiment dont mourrait tout autre? Quels sont ses
dieux?... Il faut qu'il te les fasse connaître.

RHÉOU.

Il refuse.

MIÉRIS.

Pour quelles raisons?

RHÉOU.

Celle qu'il donne est absurde... Il dit qu'il n'y a pas de
dieux.

MIÉRIS.

Pas de dieux! pas de dieux!... Il se moque de toi!

RHÉOU.

Peut-être est-il obligé au secret.

MIÉRIS.

Sais-tu, Rhéou, que cette Ahmarsti, voilà deux ans de
suite que je l'entends à côté de moi, le jour des Prodiges,
hurler à la déesse des prières qui n'ont pas été exaucées.

RHÉOU.

Je le sais. Il dit qu'il aurait pu guérir tous ceux que la
déesse a soulagés!

MIÉRIS, *à elle-même.*

Il soulage même celles qu'elle a abandonnées... (*Après*

un silence). Il faut qu'il t'apprenne les paroles qui font ces miracles.

RHÉOU.

Il s'y refuse...

MIÉRIS.

Contrains-le !

RHÉOU.

Il dit qu'il n'y en a pas.

MIÉRIS.

Menace-le de mort... il parlera.

RHÉOU.

Non.

MIÉRIS, *exaltée.*

Mais tu n'as donc pas compris?... Il a guéri Ahmarsti, il a guéri Kitoui : pourquoi ne me guérirait-il pas, moi?

RHÉOU, *douloureusement.*

Ah! Miéris! Miéris... crois-tu donc que j'aie attendu ta prière pour le lui demander?...

MIÉRIS.

Eh bien?... Eh bien?...

RHÉOU.

Je n'ai pu obtenir de lui que ces mots : « Si je pouvais vaincre le mal dont souffre Miéris, elle se réjouirait déjà de la splendeur du jour. »

MIÉRIS.

Rien n'est possible aux dieux, même aux nôtres; à plus forte raison aux siens!... Il n'a pas cédé à tes supplications? Exige, ordonne, menace! Force-le à parler. Tu as le droit de commander. Ce n'est que le fils d'un potier, après tout. Fais-le fouetter jusqu'à ce qu'il cède. Fais n'importe quoi, fais-le fouetter jusqu'à la mort; ou mieux, offre-lui nos champs, la colline couverte de dattiers qui nous appartient; offre-lui nos troupeaux et mes bijoux et mes pierres brillantes... Dis-lui que nous le reconnaîtrons pour un dieu vivant... Mais je veux guérir! Je veux voir! voir!... (*Colère.*) Ah! tu ne connais pas la valeur de la lumière, toi dont elle remplit les yeux!... Tu ne te doutes pas de mon malheur, toi qui n'en souffres pas!... Tu me plains sans doute, mais tu crois avoir assez fait après m'avoir donné de la pitié!... Non, non, j'ai tort. Je suis injuste. Mais pardonne-moi : cette idée que je pourrais guérir me rend folle. Comprends-moi, Rhéou... Pense à ce que c'est que d'être aveugle, de l'avoir toujours été et de savoir qu'il y a, à côté ce soi, des gens qui voient... *qui voient !* Le plus humble de tes gardiens de troupeaux, la plus misérable de nos tisseuses, je les envie. Et, lorsque parfois je les entends se plaindre, je me retiens pour ne pas les frapper, ces brutes qui méconnaissent leur bonheur. Il me semble que vous tous, vous qui voyez, vous ne devriez jamais interrompre des chants de joie et des hymnes de reconnaissance aux dieux... (*Avec éclat*) J'en parle. Réfléchis, Rhéou, il m'est même impossible de me faire une idée exacte de ce que c'est que de « voir ». Reconnaître sans toucher !... Savoir sans besoin d'entendre ! Sentir le soleil autrement que par la chaleur de ses rayons !... On dit que les fleurs sont si belles !... Je veux te voir mon bien-aimé. Oh! le jour où je verrai tes yeux !... Je veux voir pour que tu me montres comment était le petit enfant que nous avons perdu. Tu me désigneras, parmi tous les autres, ceux qui pourraient lui ressembler. Je ne le dis pas, chaque fois que je souffre de ma misère, mon aimé, mais j'en souffre !... j'en souffre ! (*Elle est dans ses bras.*) Si après m'avoir enlevé l'espoir de la guérison par l'intervention de nos dieux, on ne la remplace pas, sais-tu ce que je ferai?... Je partirai seule une nuit, en touchant les murs et les arbres de mes bras étendus; je descendrai jusqu'au Nil et je m'y laisserai doucement glisser pour mourir.

RHÉOU.

Tais-toi, ô bien-aimée!

MIÉRIS.

Je l'entends .. il vient. Je te laisse avec lui!... Con-

duis-moi jusqu'à ma porte... aime-moi, sauve-moi!...
*Elle veut sortir; il la conduit. Entre Satni, suivi de
Nourm, Sokiti et Bitiou.*

SCÈNE IV

SATNI, NOURM, SOKITI, BITIOU.

NOURM.

Si! Toi qui es puissant... Si! Si!... Fais-moi riche... Il
y a si longtemps que je reçois des coups de bâton!... Je
voudrais être riche, pour pouvoir en donner à mon
tour!... Tu n'as qu'à dire les paroles magiques.

SATNI, *un peu brutal.*

Laisse-moi, je ne suis pas magicien.

SOKITI.

Moi je ne te demande pas d'argent. Ne l'écoute pas, lui,
il est mauvais... Moi je te demande seulement de faire
mourir Khamès; il m'a pris la fille que j'allais épouser.
(*Satni le repousse; Sokiti, pleurant, se suspend à ses vête-
ments.*) Je t'en supplie! Je t'en supplie!... Elle a emporté
ma vie... Fais-le mourir, je t'en prie.

SATNI.

Laisse-moi!

SOKITI.

Écoute-moi...

BITIOU, *intervenant; frappant Sokiti.*

Va-t'en! Va-t'en!... Lui veut pas t'entendre!...(*Sokiti est
parti.*) Écoute... écoute. Tu vois, je l'ai fait partir. Tous
ceux que tu voudras, je les battrai. Écoute... si tu peux me
rendre grand comme toi et solide sur mes jambes... voilà :
j'ai quelque part bien cachés, trois anneaux d'or, que j'ai
volés il y a longtemps : je te les donnerai.

SATNI.

Va les porter au grand-prêtre...

BITIOU, *pitoyable.*

Je lui en ai donné quatre !

*Sokiti et Nourm se sont rapprochés. Entre Rhéou. Ils
s'enfuient. Et aussi Bitiou qui tombe, se relève et
disparaît.*

SCÈNE V

RHÉOU, SATNI, *puis* YAOUMA *et* L'INTENDANT

RHÉOU.

Que te veulent-ils ?

SATNI, *à Rhéou.*

Ils m'ont poursuivi jusqu'ici ; ils me croient investi d'un
pouvoir surnaturel et me demandent des miracles.

RHÉOU.

Tu en as fait deux...

SATNI.

Pas un.

RHÉOU,

Et tu en feras un encore. Tu guériras Miéris.

SATNI.

Nul ne peut la guérir, ni moi, ni d'autres.

RHÉOU.

Donne-lui un peu d'espérance.

SATNI.

Comment le pourrais-je ?

RHÉOU.

Dis-lui que tu invoqueras ton dieu et qu'un jour peut-
être...

SATNI.

Je n'ai pas de dieu. S'il en est un, il est si grand, si
loin de nous, si hors de proportion avec les hommes que
c'est pour nous comme s'il n'existait pas. Croire qu'un
de nos actes, croire qu'une prière peut agir sur la volonté
de Dieu, c'est l'amoindrir et le nier.

RHÉOU.

Nos anciens dieux, au moins, permettaient l'espérance.

SATNI.

Garde-les.

RHÉOU.

Dans le cœur de Miéris tu les as détruits.

SATNI.

Tu le regrettes?

RHÉOU.

Pas encore.

SATNI.

Que veux-tu dire?

RHÉOU.

Même s'il est vrai que la vue ne lui sera jamais donnée,
ne le dis pas. Au contraire, promets-lui la guérison.

SATNI.

Et à tous les autres il faudra la promettre aussi?...
Parce que, dans une maison, j'ai soulagé un enfant dont
la maladie provenait d'une cause que j'ai pu supprimer,
parce qu'une femme malade d'imagination s'est guérie
elle-même en touchant le bas de ma robe, faut-il donc
que je m'abaisse au rôle de sorcier?... J'avais là, tout à
l'heure, derrière moi, une meute de misérables qui
m'imploraient, me croyant tout-puissant, et sollicitaient,
pour eux et pour les leurs, des miracles irréalisables.
Dois-je donc les tromper aussi, tous ceux-là, et leur promettre ce que je sais ne pouvoir leur donner?... Je suis
venu ici pour abolir des mensonges et non pour les remplacer par d'autres.

RHÉOU, *passionné*.

Ah! tu ne veux pas mentir. Tu ne veux pas mentir aux misérables. Tu ne veux pas mentir à Miéris... Tu ne veux mentir à personne, n'est-ce pas?...

SATNI.

A personne.

RHÉOU.

Nous allons voir!... (*Appelant à gauche.*) Yaouma! Qu'on fasse venir Yaouma!... (*A Satni :*) A celle-ci non plus, alors?... Eh bien, si tu lui dis la vérité, si tu lui affirmes que tu n'as aucun pouvoir surnaturel, si tu l'obliges à croire que tu n'es pour rien dans le miracle qui l'a sauvée hier, elle se livre aux prêtres ou elle se tue!... Que vas-tu faire?...

> *Entre Yaouma; elle veut se prosterner devant Satni, celui-ci l'en empêche. Pendant ce temps, l'Intendant, très ému, est venu parler à l'oreille de Rhéou.*

RHÉOU, *très ému à son tour.*

Il est là?

L'INTENDANT.

Lui-même.

RHÉOU.

C'est un ordre du Pharaon, alors?

L'INTENDANT.

Oui.

RHÉOU.

Je tremble!

> *Il sort avec l'Intendant.*

SCÈNE VI

SATNI, YAOUMA.

SATNI.

Qu'est-ce que tu as? Pourquoi es-tu si triste?

YAOUMA.

Tu ne vas plus vouloir de moi, maintenant que tu es un dieu.

SATNI.

Rassure-toi; je ne suis pas un dieu.

YAOUMA.

Presque. C'est une fille de Pharaon que tu épouseras.

SATNI.

Ce sera toi.

YAOUMA.

Tu en fais le serment?

SATNI.

Oui.

YAOUMA.

Sur Ammon?... (Se reprenant.) Sur ton dieu?

SATNI.

Mon dieu ne s'occupe pas de nous.

YAOUMA.

Qui donc s'occupe de nous?

SATNI.

Personne.

YAOUMA.

Tu ne veux pas me le dire. Tu me traites comme une petite fille. Tu te moques de moi.

SATNI.

Qu'as-tu besoin d'un serment?... Je t'aime et tu seras ma femme.

YAOUMA, *radieuse.*

Je serai ta femme!... Moi, la petite Yaouma, je serai la femme d'un homme qui commande le ciel!... (*Silence.*) Quand je pense que tu as dérangé le tonnerre pour moi...

SATNI.

Mais non, petite orgueilleuse, je n'ai pas dérangé le tonnerre!

YAOUMA.

Bien, bien, bien... j'ai compris : tu ne veux pas qu'on sache que tu as trouvé le livre de Thot... Sois tranquille, je saurai me taire. (*Très câline, elle lui passe les bras autour du cou et frotte doucement sa joue contre celle de Satni.*) Dis-moi comment tu l'as trouvé?

SATNI.

Je n'ai pas trouvé le livre des formules magiques; il ne m'eut, d'ailleurs, servi de rien.

YAOUMA.

Assieds-toi... Tu ne veux pas t'asseoir?... On dit qu'il est enfermé dans trois coffrets, cachés au fond de la mer.

SATNI.

Je te répète que je ne l'ai ni cherché, ni trouvé.

YAOUMA.

Comment fais-tu alors. pour allumer le feu du ciel?...

SATNI.

Je ne l'ai pas allumé.

YAOUMA.

Tiens, je ne t'aime plus!... Si, si,. si, je t'aime! (*Un silence. Puis avec coquetterie.*) Alors, quand tu es parti sur la cange, cela t'amusait, de me voir courir pieds nus sur la rive?...

SATNI.

Oui.

YAOUMA, *colère.*

Mais parle, parle!... (*Se reprenant, plus câline encore.*) Tu avais envie de pleurer? Non? Tu me l'as dit. Moi, je

ne sais pas : cette fois-là, je n'ai rien vu, mais lorsqu'à
ton retour tu as appris que j'étais choisie pour le sacrifice, là, j'ai bien vu tes yeux... Tu m'aimes. Tu l'avais
bien dit, que tu m'empêcherais d'aller au Nil. Je ne te
croyais pas, tu sais... Tiens! même hier, oui, hier encore,
malgré toutes tes paroles j'étais décidée à m'échapper
pour aller au temple. Il a fallu cette preuve de ta force!...
N'est-ce pas que c'est toi qui as ébranlé le ciel et la terre
pour moi?...

SATNI.

Non.

YAOUMA.

Encore!... Mais tu m'estimes bien peu, si tu crois que
je répéterais ce que tu m'aurais dit de taire. (*Elle pose ses
mains sur les joues de Satni.*) N'est-ce pas que c'est toi?...

SATNI.

Non, non, non! Mille fois non!

YAOUMA.

Ce sont les dieux... tes dieux que je ne connais pas.

SATNI.

Non.

YAOUMA.

Qui est-ce alors?

SATNI.

Personne.

YAOUMA, *décontenancée.*

Ah!... (*Un silence.*) Tu ne possèdes pas un pouvoir que
n'ont pas les autres hommes?

SATNI.

Non.

YAOUMA, *décontenancée.*

Tu as l'air de dire la vérité.

SATNI.

Je dis la vérité.

YAOUMA.

C'est malheureux!

VIII.   3

SATNI.

Pourquoi?

YAOUMA.

C'était plus beau... (*Un long silence. Grave.*) D'aller dans
la barque sur le Nil, cela aussi, c'était plus beau.

Entrent Rhéou et l'Intendant.

RHÉOU, *ému.*

Rentre, Yaouma. (*A l'Intendant.*) Conduis-la auprès de
sa maîtresse... et apprends-leur ce qui s'est passé,

Yaouma et l'Intendant sortent.

SCÈNE VII

RHÉOU, SATNI

RHÉOU.

Satni, on vient de m'apprendre une nouvelle terrible :
Le Pharaon, qui sent grandir l'hostilité contre lui, a pris
peur; il frappe le premier. Et c'est sur moi que tombent
ses premiers coups. Il confisque mes biens et m'envoie
en exil. Le grand maître du Palais vient de m'apporter
l'ordre de quitter ma maison et d'aller me livrer à l'armée
qui doit partir pour l'Éthiopie.

SATNI.

Ne peux-tu rien contre cet ordre?

RHÉOU.

Si... Je peux tuer ceux qui l'ont donné.

SATNI.

Tuer!

RHÉOU.

Écoute-moi. Je t'apporte le moyen de faire triompher
tes idées en même temps que tu serviras mes intérêts. Je
puis armer tous les hommes qui vivent sur mon domaine.

Nous nous mettrons à leur tête. Ils te suivront parce qu'ils
te savent tout-puissant. Ne m'interromps pas... Attends!...
Les soldats, qui te craignent, n'oseront nous résister. Nous
tuerons le Grand-Prêtre et le Pharaon, s'il le faut, et nous
serons les maîtres de l'Égypte.

SATNI.

Je ne veux pas tuer.

RHÉOU.

Soit. Il suffira que tu te déclares prêt à renouveler le
miracle d'hier.

SATNI.

Je ne veux pas mentir.

RHÉOU.

Si tu ne veux ni tuer ni mentir, tu n'arriveras jamais à
diriger les hommes.

SATNI.

Je veux combattre les prêtres d'Ammon et non les
imiter.

RHÉOU.

Tu ne triompheras pas sans arriver là. Profite des circonstances. Ne nie pas le pouvoir qu'on t'attribue. Les
hommes ne te suivront pas, si tu te bornes à agir sur
leur raison. Tu es au-dessus de la multitude par ta science ;
cela te donne des droits. Tu veux conduire les hommes
sur des sommets ; on bande les yeux à ceux qui sont sujets
au vertige.

SATNI.

Je refuse.

RHÉOU.

On dirait que tu as peur de vaincre.

SATNI.

Ce que tu cherches, toi, ce n'est pas la victoire de mes
idées, c'est l'assouvissement de ta vengeance et de ton
ambition.

RHÉOU.

On veut conduire le peuple d'Égypte à une guerre

injuste, cruelle, inutile. On hésite; on sent le peuple sans enthousiasme et c'est pourquoi on a retardé le départ de l'armée jusqu'à la fête des Prodiges. Demain on fera parler la déesse et l'on entraînera tous ces malheureux. Tu peux sauver des milliers d'existences en en sacrifiant quelques-unes.

SATNI.

C'est sans cruauté et sans mensonge que s'imposera la vérité.

RHÉOU.

Jamais : la multitude n'est pas une femme'qu'on charme par de longs soins délicats. Il faut la prendre de force, ardemment, dans un viol. Il faut la dominer avant de la persuader.

SATNI.

Ne parle pas plus longtemps.

RHÉOU.

Obstiné ! Aveugle ! Poltron !

Entre Miéris, conduite par Yaouma.

SCÈNE VIII

RHÉOU, SATNI, YAOUMA, MIÉRIS, *puis* DES HOMMES BITIOU, SOKITI, NOURM

MIÉRIS.

Rhéou !... Où es-tu ? Où es-tu ?... (*Yaouma la conduit vers lui.*) C'est vrai ce que je viens d'apprendre : l'exil, la misère ?

RHÉOU.

C'est vrai !

MIÉRIS.

Courage... Moi, tu sais, un palais ou une hutte : je ne sais pas la différence.

RHÉOU, *à Satni.*

Refuses-tu encore, Satni?

SATNI.

Je ne veux pas tuer, je te dis.

MIÉRIS.

Je te comprends, Satni. Il ne faut pas tuer!... Mais, maintenant que tu me vois pauvre et que je vais partir, ne consens-tu pas à me guérir?...

SATNI, *angoissé.*

Si je le pouvais, est-ce que je ne l'aurais pas déjà fait?...

MIÉRIS.

Tu le peux! Je le sais. Tu le peux! Fais un miracle!

YAOUMA.

Fais un miracle!... Montre que ton dieu est plus fort que les nôtres. Si tu ne le fais pas, j'irai, malgré tout, livrer aux prêtres la victime qu'ils attendent, ou je me tuerai!...

UN HOMME, *qui vient d'entrer.*

Guéris-nous!

SATNI.

Je ne veux pas.

UN AUTRE.

Fais un miracle.

SATNI.

Il n'y a pas de miracles!...

UN HOMME.

Alors tes dieux sont moins puissants que les nôtres.

SATNI.

Les vôtres n'existent pas!

LES HOMMES, *effrayés du blasphème.*

Oh!

UN HOMME.

Pourquoi nous détournes-tu de nos dieux, si tu n'en as pas d'autres à nous donner?

UN AUTRE.

Nous ne te laisserons plus insulter nos dieux.

UN HOMME.

Nous te livrerons aux prêtres, pour ne pas que les dieux nous punissent de t'avoir écouté.

UN AUTRE.

Ammon nous châtiera.

SATNI.

Non.

UN HOMME.

Isis nous abandonnera!

SATNI.

Vous n'en serez pas plus misérables...

UN AUTRE.

Alors, montre-nous que tu es plus fort que nos dieux.

MIÉRIS.

Un miracle!

RHÉOU.

Il est plus fort que nos dieux!

YAOUMA.

Un miracle, ou je meurs.

Ensemble.

SATNI.

Vous le voulez! Vous voulez un miracle! Eh bien, je vais en accomplir un, mais devant vous tous!... Allez! Allez! Allez sur tout le domaine et conduisez ici ceux que vous trouverez courbés sur la terre et ceux qui sont pendus aux perches à tirer de l'eau. Allez, vous autres, rassembler les esclaves, les ouvriers lamentables... Appelez ici les tireurs de pierres, qu'ils laissent tomber la corde dont leurs épaules sont écorchées et qu'ils viennent.

MIÉRIS.

Que vas-tu faire ?

SATNI.

Les convaincre.

MIÉRIS.

Tout à coup, brutalement ?

SATNI.

Brutalement.

RHÉOU.

Les crois-tu prêts à de telles révélations?

SATNI.

Tu as peur.

RHÉOU.

Le jour ne succède pas brutalement à la nuit; entre eux, il y a l'aurore.

SATNI.

Je veux le jour, la pleine lumière! Tout de suite! Pour tous!... C'est un crime de les laisser une heure de plus dans l'espérance trompeuse d'une vie meilleure. C'est les voler! C'est promettre à leur peine un salaire dont nous savons qu'il ne leur sera jamais payé!

RHÉOU.

Ils sont si misérables...

SATNI.

La vérité n'est-elle bonne que pour les riches?... Ajouteras-tu cette injustice à toutes les autres?... Les voici!...

Peu à peu, des esclaves et des ouvriers de tous genres sont entrés. Ils remplissent le théâtre. Parmi eux, Pakh, Sokiti, Bitiou le Nain.

SATNI.

Oui, les voilà les victimes; les voilà, les misérables. Je vous reconnais.

Toi, tu es berger; tu es nourri moins bien que tes troupeaux, et tes bêtes, au moins, ne reçoivent pas la bastonnade: on ne bat pas les vaches ni les brebis. Toi, tu sèmes et tu récoltes; sous le soleil, harcelé par les mouches, tu coupes d'abondantes moissons; tu dors dans un trou: certains mangent le blé que tu as fait pousser et couchent sur des étoffes précieuses. Toi, tu tires incessamment l'eau du Nil; entre toi et le buffle attelé à une autre machine, il n'y a pas de différence et cependant tu es un homme. Toi, tu es de ceux qui traînent les pierres énormes, destinées à des monuments d'orgueil. Toi, tu creuses les tombeaux et tu vis un mois et plus sans voir

le jour : tu donnes ta vie pour glorifier la mort des autres.
Toi, tu dresses des lions pour la guerre ; ton père fut
dévoré : on eut pleuré la mort du lion. Comment se fait-il
que vous acceptiez cela, alors que vous, voyez à côté de
vous le bonheur sans travail et l'abondance sans efforts?...
C'est qu'au nom du dieu Ammon on vous a dit : « Prenez
patience, cette injustice ne durera que pendant toute votre
existence »... — Imbéciles ! rien que cela ! — Pendant tout le
temps que vous passerez sur la terre, souffrez, produisez
pour les autres ; acceptez la faim, vous qui produisez la
nourriture ; acceptez d'être traités plus mal que les pour-
ceaux dont vous avez la garde ; acceptez de coucher dehors,
vous qui construisez les palais et les temples ; acceptez
toutes les misères, vous qui ciselez l'or et sertissez les
pierres précieuses ; contemplez sans envie et sans colère le bien-être de ceux qui ne font rien : cela ne durera
que pendant toute votre existence !... Après, dans un
autre monde, vous aurez la jouissance de toutes les moissons et la joie de tous les plaisirs... Eh bien, on vous a
menti ! Il n'y a pas d'Ile des Doubles, il n'y a pas de champs
d'Yalou, il n'y a pas de vie réparatrice après celle-ci !

Et on a offert à votre servilité ces dieux à adorer. On
vous a conseillé : inclinez-vous, ceux-là vous vengeront ; on
vous a dit : prosternez-vous, ceux-là sont justes ; on vous a
dit : jetez-vous à terre, ceux-là sont bons ; on vous a déclaré qu'ils étaient tout-puissants ; puis on les a enfermés
dans l'horreur et les ténèbres des sanctuaires et on vous
les montre une fois l'an, pour vous terroriser. On vous
fait croire, enfin, que nul mortel ne peut toucher à leurs
images, sans encourir la mort. Je vous dis qu'on a
menti !... Et je vais vous montrer qu'on vous a menti.
Voici le plus puissant : Ammon, le père des dieux... Je
lui crie ma haine. Tu n'es qu'une idole ! Je te maudis
pour le mal qu'on a pu faire en invoquant ton pouvoir. Je
te maudis au nom de tous les asservis, au nom de tous
ceux qu'on a trompés par l'espérance d'une vie venge-

resse ; au nom de tous ceux qui, depuis des milliers d'années, ont gémi, ont pleuré, ont accepté les injures, les
outrages, les coups et la mort sans penser à se révolter,
parce que les promesses faites en ton nom avaient endormi leurs colères... Et je te maudis pour la douleur
que je ressens en ce moment et pour le mal que tu fais
encore en disparaissant. Meurs!... (*Il jette un tabouret à
la face de la statue.*) Vous autres, faites comme moi. Allez !
Grimpez sur les piédestaux ! Accrochez-vous à leurs mains,
elles sont inertes !... Frappez, ce ne sont que des images!
Crachez sur leurs figures, elles sont insensibles ! Souffletez ! Pillez !... Tout cela n'est que de la boue durcie !

> *Le peuple, qui avait coupé par des menaces et des cris
> les paroles de Satni, s'est approché des statues der
> rière lui et a suivi son exemple, avec des hurlements
> de colère et des blasphèmes ; les plus courageux ont
> commencé, ont été hissés sur les socles ; les autres
> ont suivi. Les dieux sont renversés.*

RHÉOU

Maintenant, qu'on ouvre mes greniers et que chacun y
puise ; qu'on prenne dans mes troupeaux de quoi vous
rassasier tous !

> *Des cris de joie. Ils sortent lentement. Bitiou, pendant
> ce temps, s'approche d'une statue renversée et, avec
> un reste de terreur, la frappe du pied. Il veut se
> sauver, tombe se relève et, voyant que décidément il
> ne court aucun danger, il s'assied sur le ventre de
> la déesse et se met à rire aux éclats, triomphant,
> bestial.*

BITIOU.

Ah! Ah! Ah! Ah! Ah! Ah! Ah! Ah!...

> *Puis il aperçoit la petite statue d'Isis, que Miéri en
> toure de ses bras ; il la désigne à deux hommes qui
> s'en approchent.*

YAOUMA.

Maîtresse, ils veulent Isis.

MIÉRIS, éplorée.

Laissez-la moi!

RHÉOU.

Non, Miéris...

MIÉRIS, se détachant.

Prenez-la... (Puis.) Attendez.

RHÉOU.

Pourquoi?

MIÉRIS.

La laisseras-tu partir sans émotion?... Tout à l'heure, en désignant les dieux à la colère de la foule, Satni n'a pas tout dit... Toi qui peux la voir, contemple cette petite statue, songe combien de larmes ont été répandues devant elle, depuis qu'elle a été créée. Elle appartient à notre famille depuis bien des années. Évoque la foule innombrable de ceux qui ont fixé leurs regards anxieux sur ses yeux morts comme les miens. C'est pour toutes les angoisses qu'elle a vues qu'il faut la respecter. Les pleurs sanctifient. Sans doute, tu as raison : il faut la briser aussi... mais pas sans un adieu. (A la statue :) O toi qui ne m'as pas guérie, mais qui m'as consolée; ô toi qui entendis tant de supplications et d'actions de grâces, tu n'es que matière!... Mais les hommes t'avaient donné la vie. Ta vie n'était pas en toi, elle était en eux, et, la preuve, c'est que tu meurs, parce qu'ils t'ont retiré leur âme. Je te livre à ceux qui vont te briser, mais je te vénère, mais je te salue, et je te remercie de l'espérance que tu m'as donnée; je te remercie au nom de toutes les douleurs que tu as soulagées. (Aux hommes :) Emportez-la... Qu'on la détruise avec respect.

On emporte la statue.

SATNI, après un silence; à Yaouma qui est parmi la foule.

Yaouma! les dieux sont morts et je suis vivant... regarde-les!... Me crois-tu? me crois-tu?

Yaouma, très douloureusement, contemple les statues
brisées et éclate en sanglots devant Satni stupéfait.

RIDEAU

ACTE TROISIÈME

Le décor représente une cour devant la maison du potier. A droite les murailles en terre battue de la maison Deux portes inégales. Le mur est un peu elevé et supporte une terrasse où des poteries de tous genres sèchent au soleil. A gauche, un mur à hauteur d'appui. Entre ce mur et celui de la maison, une ouverture donnant sur un plan incliné invisible qui descend au Nil, dont on aperçoit l'eau et la berge de l'autre rive. Derrière la maison et au premier plan à gauche, de hauts palmiers. Aspect misérable sous la splendeur d'un ciel éclatant de lumière.

SCÈNE PREMIÈRE

KIRJIPA, SATNI. *Kirjipa, accroupie, broie des grains sur une pierre plus petite. Satni, assis sur le mur, rêve.*

KIRJIPA.

Fils?

SATNI.

Mère?

KIRJIPA.

Vraiment, tu ne crois pas que si la lune diminue peu à peu, c'est qu'elle est dévorée par un porc?

SATNI.

Non, mère.

KIRJIPA.

Alors quelle est la bête qui la mange?

SATNI.

Elle n'est pas mangée.

KIRJIPA *se met à rire.*

Tu as des idées qui ne sont pas raisonnables. Ce qui m'étonne c'est que ton père ait l'air de les comprendre... Il faut que je me hâte de préparer le pain pour qu'il le trouve en rentrant.

SATNI.

Voilà l'envoyé de Rhéou.

KIRJIPA, *avec horreur.*

L'envoyé de celui qui tue les dieux!

SATNI.

On ne tue pas ce qui ne vit pas.

KIRJIPA.

Je ne veux pas le voir.

Elle ramasse son grain.

SATNI.

Pourquoi?

KIRJIPA.

Brrr!... (*A elle-même.*) Demain, je brûlerai ici des herbes sacrées.

Elle sort. Entre l'Intendant.

SCÈNE II

SATNI, L'INTENDANT

L'INTENDANT.

Satni, ne sais-tu rien de ce qui s'est passé depuis ce matin?

SATNI.

Non.

L'INTENDANT.

Ah! des faits malheureux, bien malheureux.

SATNI.

Yaouma n'est pas en danger, ni Miéris, ni Rhéou?

L'INTENDANT.

Non. Tous les trois sont en sûreté dans le palais.

SATNI.

Alors?

L'INTENDANT.

Il y a eu, parmi les nôtres, des mauvaises pensées. Ils ont accompli des actes méchants. L'intendant du maître voisin a été tué par eux.

SATNI.

Comment?

L'INTENDANT.

Tu te rappelles l'ordre que m'a donné le Maître, ce matin, après la mort des dieux?

SATNI.

Non.

L'INTENDANT.

Si, d'ouvrir ses greniers à tous.

SATNI.

Oui, oui, eh bien?

L'INTENDANT.

Je suis allé pour obéir. Mais j'ai été assez étonné de voir les hommes rester devant la porte, se concerter et s'éloigner sans entrer. Voici : ils sont allés chez le maître voisin. Ils ont excité ses domestiques, ses laboureurs, ils ont voulu les forcer à renverser les statues de ses dieux et lui voler son blé. Ils ont tué l'intendant. Des soldats sont venus... Nepk a été tué. D'autres aussi. Tous se sont alors dispersés. Le maître m'envoie vers toi pour que tu ramènes à la raison ceux que tu pourras rencontrer. Et j'en ai vu quelques-uns, en entrant chez toi, qui venaient s'y réfugier... Tiens, regarde. Les voici... (*A des hommes qui sont dehors.*) Entrez... Venez... Satni vous appelle.

    Il les fait entrer.

SCÈNE III

SATNI, L'INTENDANT, BITIOU, SOKITI, NOURM

SATNI, *à Bitiou.*

Où vas-tu?

L'INTENDANT.

Où vas-tu?... D'où viens-tu?...

BITIOU.

J'ai suivi les autres...

L'INTENDANT.

D'où viens-tu?

BITIOU.

Je suis rentré avec les autres, Sokiti et Nourm.

SATNI.

Où sont-ils?

BITIOU

Là.

L'INTENDANT.

Fais-les venir.

SATNI, *allant à la porte.*

Sokiti, Nourm, venez !

Ils entrent, penauds.

L'INTENDANT.

Pourquoi vous cachez-vous?

NOURM.

Nous ne nous cachions pas de toi, mais des soldats libyens.

SATNI.

Pourquoi avez-vous peur d'eux?

SOKITI.

Parce qu'ils nous poursuivaient.

L'INTENDANT.

Et pourquoi vous poursuivaient-ils?
Les trois hommes se regardent.

SATNI.

Bitiou, réponds.

BITIOU.

Bitiou sait pas.

L'INTENDANT, *aux autres.*

Vous le savez, vous.

NOURM.

Ils nous ont pris pour les autres.

SATNI.

Quels autres?

NOURM.

Peut-être pour ceux du maître voisin.

L'INTENDANT.

Ils ont donc fait du mal, ceux du maître voisin? (*Silence.*)
Réponds, toi.

NOURM.

Ils ont fait chez lui ce que tu nous as fait faire chez
nous.

L'INTENDANT.

Les prêtres l'ont su?

NOURM.

Non, mais le maître a envoyé chercher les soldats.

SATNI.

Rien que pour cela?

NOURM.

Je ne sais pas.

SATNI.

S'il n'y avait pas autre chose, il n'aurait pas envoyé
chercher les Libyens. Il connaît nos projets et il est avec
nous. Il y a autre chose, hein?... (*Bitiou bâille bruyam-
ment.*) Hein?...

SOKITI.

Oui.

SATNI.

Quoi?

SOKITI, *a Nourm.*

Dis.

NOURM.

Ils étaient colère contre le maître. Il était méchant, le maître.

L'INTENDANT.

Il est dur, mais il donne beaucoup à ceux qui n'ont rien.

SOKITI.

Il donnait maintenant pour recevoir plus tard.

NOURM.

Après sa mort.

SATNI.

Et maintenant, il ne donne plus?

NOURM.

Rien.

SATNI.

Ah!

BITIOU.

Rien... Alors, tous ventres vides, beaucoup.
   Il rit.

NOURM.

Il ne donnait plus que des coups de bâton.

SOKITI, *convaincu.*

On ne peut pas vivre seulement avec ça.

NOURM.

Alors ses serviteurs lui ont demandé du blé.

BITIOU.

Pas voulu... coups de bâton seulement.

L'INTENDANT.

Ils ont pris le blé qu'on leur refusait.

BITIOU, *riant.*

Faim!
   Geste.

SATNI.

Vous le saviez, qu'ils allaient faire cela?

SOKITI.

Oui.

SATNI.

C'est pour cela que vous êtes allés les rejoindre?

NOURM.

Oui.

L'INTENDANT.

Pourquoi?

NOURM.

Il est venu ceci dans notre tête : Meilleur de ne pas prendre blé du bon maître et prendre celui du méchant.

SOKITI.

Justice.

BITIOU, *à l'intendant.*

Toi content. Toi encore tout ton blé.

Il rit, ses camarades rient avec lui.

NOURM.

Nous t'aimons, toi.

BITIOU.

Toi, bon : nous, bons.

SOKITI.

Voilà.

BITIOU, *assemblant deux idées.*

Attendez : maître voisin, mauvais : eux, mauvais. (*Aux autres*). Hein?... Hein?... Voilà... Hein?... Hein? (*Tous trois sont fiers et rient.*) Et l'intendant, lui, méchant, lui, mort... Bien fait!

SATNI.

Que veut-il dire?

SOKITI, *riant.*

Ils ont pris l'intendant et puis...

Il ne peut continuer tant il rit.

NOURM.

Ils lui ont rendu tous les coups de bâton qu'ils en avaient reçu.

SATNI.

Tu l'as vu?

NOURM.

Oui.

SOKITI, *fier.*

Moi aussi, moi aussi...

BITIOU.

Beaucoup ri... parce que... parce que... intendant grand, fort, et puis quand beaucoup battu, tombé tombé... à terre... Comme moi! comme moi! Lui grand, lui tombé tout de même... Lui comme Bitiou... Moi content.

Pendant ce qui suit il joue avec son pied.

L'INTENDANT.

C'est mal ce qu'ils ont fait?

NOURM.

Non. L'intendant avait été heureux toute sa vie. Il était vieux.

SOKITI.

Il était vieux. Alors ce n'est pas mal de l'avoir tué... Il était gros et n'avait plus d'appétit...

NOURM.

Juste qu'il laisse sa place à un autre.

SATNI.

Il ne faut pas tuer.

SOKITI.

Qu'est-ce que ça fait?

NOURM.

Si. Tuer un bon, c'est mauvais. Mais tuer un mauvais, c'est bon.

SATNI.

Et si tu te trompes?

SOKITI.

Non, il est méchant, je le tue.

SATNI.

Et si tu le crois méchant, et qu'il ne le soit pas.

SOKITI.

S'il ne l'était pas je ne le croirais pas.

L'INTENDANT.

Vous ne comprenez pas... Écoutez. Je ne suis pas méchant, moi?

SOKITI.

Mais on ne veut pas te tuer.

L'INTENDANT.

Laissez-moi parler. Vous vous rappelez, Kob, le noir. Il me croyait méchant.

NOURM.

Oui.

L'INTENDANT.

Et s'il m'avait tué?

SOKITI.

Nous ne sommes pas des noirs...

L'INTENDANT.

Vous ne m'avez pas compris. Réfléchissez. Il me croyait méchant. Je ne le suis pas. Ce que vous disiez le justifierait, s'il m'avait tué.

Ils réfléchissent.

SOKITI.

J'ai compris. Tu dis : si l'esclave m'avait tué... Non, ce n'est pas cela.

SATNI.

La vie humaine doit être respectée.

> *Graves, ils font des signes d'aquiescement pour qu'on
> ne les tourmente plus. Nourm ramasse un paquet
> qu'il avait apporté et cherche à sortir sans se faire
> remarquer.*

L'INTENDANT.

Qu'emportes-tu là?

NOURM.

Rien, c'est à moi...

BITIOU.

Ça, un collier... fais voir.
Il commence à ouvrir le paquet.

NOURM.

Oui, un collier.

SATNI.

A qui l'as-tu pris?

NOURM.

Au maître voisin.

SATNI.

Crois-tu avoir bien agi?

NOURM, *hésitant.*

Mais... Oui.

SATNI.

Tu te trompes.

NOURM.

Sois tranquille, personne ne m'a vu.

SATNI.

C'est mal.

NOURM.

Non. Est mal ce qui peut me faire du mal. Puisque personne ne m'a vu, on ne me punira pas. Alors ce n'est pas mal.

SATNI.

Ce n'est pas à toi, c'est au maître voisin.

NOURM.

Il en a beaucoup d'autres.

SOKITI.

Et depuis longtemps. Lui, Nourm, n'en avait jamais eu? Pas juste. Moi je n'ai jamais eu ça.
Il montre un objet.

SATNI.

Tu as pris ce bracelet?

SOKITI, *joyeux.*

Il est à moi.

BITIOU.

Nous sommes contents.

   Rires.

NOURM.

Et Bitiou...

SOKITI.

Oui! Bitiou...

NOURM.

Il avait pris bien plus beau.

L'INTENDANT.

Quoi?

BITIOU.

Une femme.

L'INTENDANT.

De force?

BITIOU.

Jamais femme vouloir venir autrement avec Bitiou.

SOKITI.

Mais elle lui a échappé.

BITIOU.

Oui.

   Il pleure.

SATNI.

Il faudra rendre ce collier et ce bracelet au maître voisin.

NOURM.

Rendre... Mais il en a d'autres.

SATNI.

Tu ne peux pas t'instituer juge de cela. Alors si tu vendais des parfums par exemple, trouverais-tu naturel qu'un homme vînt te les prendre parce que tu en aurais beaucoup et lui pas du tout?

NOURM.

Tu me dis des choses difficiles.

SATNI.

Il faudra rendre ce bracelet, Sokiti.

SOKITI.

Oui, maître.

SATNI.

Et toi ce collier.

NOURM.

Oui, maître.
Tristesse. Silence.

SATNI.

Vous voilà tristes. Vous apercevez-vous que vous avez eu tort.

SOKITI.

Oui, nous avons eu tort.

SATNI.

Ah!

SOKITI.

Nous avons eu tort de dire ce que nous avons fait puisque que tu n'es pas content.

SATNI.

C'est pour vous que j'ai de la peine.

NOURM.

Alors, tu n'as pas dit vrai, il y a l'enfer et il y a l'île des Doubles.

SATNI.

Non.

NOURM.

Si les dieux ne punissent pas, puisque les hommes n'ayant pas vu ne puniront pas non plus... (*Silence.*) Enfin... je le rendrai.

SOKITI.

Moi je ne rendrai pas. Pas volé. Un autre, un serviteur, au maître voisin a volé bracelet, moi pas.

L'INTENDANT.

Tu l'as cependant.

SOKITI.

Je l'ai pris à l'autre.

L'INTENDANT.

Il s'est laissé faire ?

SOKITI.

Oui, pouvait pas faire autrement, il était blessé.

SATNI.

Il fallait le secourir.

SOKITI.

Je ne le connaissais pas.

SATNI.

C'est un homme comme toi.

SOKITI.

Il y en a beaucoup.

SATNI.

Il faut faire du bien aux autres.

SOKITI.

Qu'est-ce que ça me rapportera ?

SATNI.

Tu seras content de toi.

SOKITI.

Pas tant que d'avoir pris le bracelet...

SATNI.

Les hommes ne peuvent approcher du bonheur qu
s'ils ne se font pas de mal réciproquement et si au con
traire ils se prêtent concours... as-tu compris ?

SOKITI, *morne.*

Oui.

SATNI.

Et toi, et toi...

NOURM *et* BITIOU, *avec des accents différents.*

Oui, oui.

L'INTENDANT, *à Sokiti.*

Répète, alors.

SOKITI.

Si les hommes ne volaient pas les bracelets...

L'INTENDANT.

Eh bien ?

SOKITI.

Bracelets.

Il rit.

SATNI, *à Nourm.*

Et toi?

NOURM.

Il a eu tort de prendre le bracelet.

SATNI.

Pourquoi?

NOURM.

Parce que cela ne te plaît pas.

SATNI.

Non, ce n'est pas pour cela!

SOKITI.

Je n'ai pas eu tort...

NOURM.

Si! attends! J'ai compris... Si tu voles, un autre peut te voler. Pareil si tu tues...

SATNI.

Bien, et pourquoi faut-il être bon?

NOURM.

Attends. (*A Sokiti.*) Si tu fais du bien à un que tu ne connais pas, un autre qui ne te connaît pas peut te faire du bien.

L'INTENDANT.

Ah!... As-tu compris, Sokiti?

SOKITI.

Je crois.

SATNI.

Explique.

SOKITI, *après un grand effort.*

Tu ne veux pas qu'on vole tes bracelets...

SATNI.

Je veux qu'on ne vole personne... Comprends-tu?

SOKITI

Non.

L'INTENDANT, *à Bitiou qui écoute avidement.*
Et toi ?

BITIOU.
Moi, j'ai mal derrière le front...

Satni va causer avec l'intendant. Bitiou et Sokiti s'es-
quivent.

L'INTENDANT.
Regarde-les...

SATNI.
L'arbre qui a été courbé depuis sa naissance, ce n'est
pas en un jour que tu le redresseras.

L'INTENDANT.
Il faut le laisser tel qu'il est ou l'arracher ?

SATNI.
Non. Il faut chercher patiemment à le redresser. (*Avec*
force.) Et surtout il ne faut pas laisser courber ceux qui
sont jeunes.

On entend des cris au dehors.

L'INTENDANT.
Ces cris...

SATNI.
Des femmes affolées...

Entre Yaouma conduisant Miéris. Elles sont toutes les
deux très émues.

YAOUMA.
Viens, maîtresse... viens... Nous sommes chez le po-
tier, chez le père de Satni... Satni, au secours... Vite!
Vite! courez! Ton père, Satni!

SATNI.
Miéris! Yaouma? comment êtes-vous ici ?

YAOUMA.
On te le dira, va.

MIÉRIS.
Allez à son secours, il est blessé!... J'ai envoyé au palais chercher ceux qui chassent les mauvais esprits.

YAOUMA.

Des hommes nous ont assaillies.

MIÉRIS.

Il nous a défendues... mais ils vont le tuer... allez!

> *Saïni et l'Intendant saisissent les armes laissées par Nourm et sortent en courant.*

MIÉRIS.

Yaouma! Il est blessé! blessé en nous défendant. Un esclave!

NOURM.

Maîtresse!

MIÉRIS.

Cours au palais! Qu'on amène ici ceux qui chassent les mauvais esprits...

YAOUMA.

Hélas! Maîtresse, j'ai bien peur,... Déjà, il était terrassé.

MIÉRIS.

On le sauvera, on le ramènera ici...

YAOUMA.

Le ramènera-t-on vivant!

MIÉRIS, *à Nourm.*

Nourm! Cours!... Tu entends!... Cours au palais et dis que se tiennent prêts à venir les assistants de l'heure dernière. S'il est mort pour nous défendre, je veux qu'il soit honoré comme je l'eusse été moi-même; va.

> *Nourm sort.*

SCÈNE IV

MIÉRIS *et* YAOUMA

MIÉRIS.

Maintenant, Yaouma, remets-moi sur le chemin du Nil,

YAOUMA.

Tu veux mourir, maîtresse! Tu es donc bien malheureuse!

MIÉRIS.

Hélas! hélas! pourquoi t'es-tu aperçue de ma fuite,
pourquoi m'as-tu recherchée, rejointe et ramenée?...

YAOUMA.

Est-ce que je n'ai pas deviné ton projet?

MIÉRIS.

Je n'ai plus aucune raison de vivre.

YAOUMA.

Malgré ton malheur, tu vivais autrefois, qu'y a-t-il de
changé?

MIÉRIS.

Je vivais dans l'attente du miracle.

YAOUMA.

Peut-être ne se serait-il jamais produit.

MIÉRIS.

Même à mon dernier soupir, je l'aurais encore attendu.

YAOUMA.

Si ce qu'ils disent est vrai, tu aurais, à ce moment-là
constaté le mensonge dont tu aurais été bercée...

MIÉRIS.

Malgré tout je serais morte dans un sourire, en pensant que la mort n'était qu'un départ pour le pays où
j'aurais retrouvé mon enfant perdu. La mort d'un enfant,
une mère n'y croira jamais tout à fait, c'est trop injuste
et trop cruel pour être possible. On se dit : ce n'est qu'une
séparation. Tes doctrines, Satni, peuvent exprimer la vérité mais puisqu'elles affirment l'éternité de cette désunion, puisqu'elles affirment cette chose irréparable, révol-
tante, que la mort de l'être aimé est définitive, je puis
te prédire que les femmes ne l'accepteront jamais. Ce
qu'il y a de changé!...

YAOUMA, *ardente.*

Maîtresse, ils ne disent pas la vérité.

MIÉRIS.

Hélas! ils m'ont trop convaincue!

YAOUMA.

Maîtresse, ils ne disent pas la vérité!

MIÉRIS.

Nos dieux, s'ils existaient, se seraient déjà vengés.

YAOUMA.

Avant l'outrage, ils s'étaient déjà vengés sur toi.

MIÉRIS.

Bonne Yaouma, tu voudrais me rendre ma croyance, toi qui n'as pas su garder la tienne.

YAOUMA.

Maîtresse, je t'ai menti. Rien n'est détruit en moi.

MIÉRIS.

Tu te refuses au sacrifice!... oh! tu as raison!...

YAOUMA.

Je ne m'y refuse pas.

MIÉRIS.

Tu ne t'y refuses pas?

YAOUMA.

Non. Sais-tu comment tout à l'heure, je me suis aperçue de ton départ?

MIÉRIS.

Comment?

YAOUMA.

C'est en cherchant moi-même à fuir.

MIÉRIS.

Tu as voulu t'échapper?

YAOUMA

Pour aller au Temple, pour me remettre aux mains des Prêtres, pour donner à Ammon la victime qu'il a choisie.

MIÉRIS.

Tu persistes à croire à toutes ces fables!

YAOUMA, *à voix basse.*

Maîtresse, j'ai vu Isis.

MIÉRIS.

On a donc épargné une de ses statues ?

YAOUMA.

Ce n'est pas une statue que j'ai vue. C'est Isis elle-même,
la déesse... je l'ai vue !

MIÉRIS.

Tu... Tu as vu... Qu'est-ce que c'est ?... Je n'en sais plus
rien... Voir... ce mot-là n'a pas de sens précis pour moi.

YAOUMA.

Elle m'a parlé...

MIÉRIS.

... Tu as entendu sa voix...

YAOUMA.

J'ai entendu sa voix...

MIÉRIS.

Comment ! Comment !... Tu dormais et tu as rêvé ?

YAOUMA.

Je ne dormais pas. Je n'ai pas rêvé. Je l'ai vue et entendue. J'étais seule et je pleurais. Un grand bruit m'a
emplie de terreur. Une clarté m'a éblouie. Des parfums
inconnus m'ont jetée dans le ravissement. Et j'ai vu la
déesse, plus belle qu'une reine. Puis tout a disparu.

MIÉRIS.

Mais sa voix...

YAOUMA.

Le lendemain, elle est revenue. Elle m'a parlé. Elle m'a
appelée par mon nom et elle m'a dit : « L'Egypte sera
sauvée par toi. »

MIÉRIS.

Pourquoi n'as-tu rien dit ?

YAOUMA.

J'ai eu peur qu'on ne me croie pas.

MIÉRIS.

Ah ! que je t'envie, Yaouma ! Si tu savais le mal que l'on
m'a fait ! On m'a tuée à demi en tuant en moi tous les
souvenirs et toutes mes légendes. On m'a fait rougir de

ma crédulité. J'ai eu honte d'avoir été facilement trompée par de grossiers artifices. Et maintenant, qu'ai-je gagné à cette révélation? Mon âme est comme une maison après l'incendie, vide, noire, dévastée. Il n'y reste plus que des ruines, et des ruines ridicules. (*Larmes.*) Je suis dévorée par la soif, je suis affamée, je tremble de froid, on a rendu mon âme aveugle aussi! J'ai besoin d'une aide, d'une consolation. Oh! un mensonge, un autre mensonge pour remplacer celui qu'on m'a enlevé!

YAOUMA.

Pourquoi demander un mensonge?... Pourquoi ne pas oublier ce que l'on t'a dit? Pourquoi ne pas te rappeler ce que ta mère t'avait appris?... Pourquoi ne pas les relever toi-même dans ton cœur, les statues renversées?

MIÉRIS.

Oui! oui! Je vais faire cela! Ils ont éveillé ma raison et tué ma croyance: je tuerai ma raison pour ressusciter nos dieux. Même ne croyant plus, je ferai les gestes des croyants... et si mon dieu est faux, je croirai si fort en lui que je le rendrai vrai!... Oui, les superstitions les plus basses et les plus insensées, je les vénère, je les exalte, je les grandis, je les proclame! Les plus laids, les plus difformes; les plus invraisemblables de nos dieux, je les adore, et je me prosterne devant leur impassibilité. (*Elle s'agenouille.*) Oh! j'étouffais dans leur monde amoindri, triste comme une forêt sans oiseaux! De l'air, de l'air, des chansons! des bruits d'ailes! Des choses qui volent!

YAOUMA, *agenouillée.*

Je veux me sacrifier!

MIÉRIS.

Je veux une raison de vivre!

YAOUMA.

Je veux donner ma vie aux dieux qui m'ont fait naître!

MIÉRIS.

Je veux croire qu'il y a quelqu'un au-dessus des hommes!

YAOUMA.

Quelqu'un qui nous regarde avec bonté.

MIÉRIS.

Qui nous consolera par sa justice.

YAOUMA.

Quelqu'un à qui crier nos douleurs!

MIÉRIS.

Oui, quelqu'un à implorer et à remercier!

YAOUMA *sanglote.*

Oh! ce serait trop triste de se sentir abandonnée!

MIÉRIS, *se jetant dans ses bras.*

Je ne veux pas être abandonnée!

YAOUMA.

Nous ne le sommes pas! Des dieux! des dieux!

MIÉRIS.

Des dieux! Il nous faut des dieux! Il y a trop de douleurs, il n'est pas possible que la terre gémisse comme
elle gémit sous un ciel insensible! Ammon révèle-toi!

YAOUMA, *après un silence.*

Isis, montre-toi! Aie pitié!... (*Après un cri et avec la plus
grande émotion.*) Maîtresse! Je crois qu'elle va m'appa-
raitre encore!... Isis!... Maîtresse, entends-tu...

MIÉRIS.

Je n'entends rien.

YAOUMA.

Des chants... des harpes... c'est elle!...

MIÉRIS.

Je n'entends pas...

YAOUMA.

Elle parle! Oui... déesse!

MIÉRIS.

Tu la vois?

YAOUMA, *en extase.*

Je la vois. Elle se penche sur nous...

MIÉRIS.

O déesse!...

YAOUMA.

Elle est partie... Tu n'as pu la voir, ô maîtresse, mais as-tu entendu le bruit de ses pas?

MIÉRIS.

Oui, je crois l'avoir entendu... je crois et je suis consolée.

YAOUMA.

Je suis heureuse! Au Temple! Elle me fait signe! Au temple! Viens!

MIÉRIS.

Au temple! Allons prier!

Elles sortent rapidement.

SCÈNE V

SATNI, PAKH, *des hommes,* puis L'EXORCISTE *et ses aides.* KIRJIPA. *Entrent, avec d'autres, l'Exorciste et ses deux aides. Puis Pakh, blessé, porté sur un brancard. La musique commence. Des femmes soutiennent Kirjipa anéantie et entrent avec elle dans la maison. L'exorciste fait une boule avec de l'argile contenue dans le coffret porté par un aide, puis commence l'incantation.*

L'EXORCISTE.

Pakh! fils de Rittii! Par ta blessure, un mauvais esprit est entré en toi! Je vais dire les mots qui l'éloigneront :
« Les vertus de celui qui est là et qui souffre sont les vertus du père des dieux. Les vertus de son front sont les vertus du front de Toumou. Les vertus de son œil sont les vertus de l'œil de Horus qui détruit les êtres. »

Un silence.

PAKH.

Allez-vous en!

L'EXORCISTE.

« Sa lèvre supérieure est Isis... sa lèvre inférieure est Nephtis, son cou est la déesse, ses dents sont des glaives, ses chairs sont Osiris, ses mains sont les âmes divines, ses doigts sont les serpents bleus, les couleuvres, fils de la déesse Selkit. »

PAKH.

Allez vous-en! Je ne crois plus en votre pouvoir!

L'EXORCISTE, *tirant du coffret une poupée.*

« Horus est là! Rê est là! Qu'on crie aux chefs d'Héliopolis... »

PAKH.

Finissez!

Il fait tomber la poupée que l'Exorciste approche de lui. La musique cesse brusquement.

L'EXORCISTE.

Les mauvais esprits sont les plus forts. Il va mourir. Seul son fils a le droit d'assister à sa fin.

Tout le monde sort, sauf Pakh et Satni.

SCÈNE VI

PAKH, SATNI

SATNI.

Mon père...

PAKH.

Tu es là, mon fils... C'est bien... Je suis content que ce faiseur de sortilèges soit parti... (*Simplement.*) Guéris-moi...

SATNI.

Oui, père, tu guériras, mais il faut que tu prennes patience.

PAKH, *de même.*

Guéris-moi tout de suite.

SATNI.

Je ne le puis.

PAKH.

Pourquoi ne veux-tu pas me guérir? Ne vois-tu pas que je suis blessé? Je souffre, soulage-moi!...

SATNI.

Je donnerais tout pour que ce soit en mon pouvoir.

PAKH.

Tu sais des prières que nos prêtres ignorent.

SATNI.

Je ne sais pas de prières.

PAKH, *angoissé.*

Tu ne vas pas me laisser mourir?

SATNI.

Tu ne mourras pas. Aie confiance.

PAKH.

Confiance?... En quoi?... (*Un silence.*) Tu ne veux pas me guérir?

SATNI.

Je ne peux pas!

PAKH.

Tout ton savoir, ce n'est donc que de savoir détruire?... Mon fils, je t'en prie... mon sang s'écoule avec ma vie... Je ne veux pas mourir... je t'en supplie... Donne-moi ta main... Il me semble que je m'enfonce dans la nuit... Retiens-moi... Tu ne vas pas me laisser mourir?... Ton

père... Je suis ton père... Je t'ai donné la vie... Retiens-
moi !... Tout s'efface autour de moi !... Mais au moins
agis, parle... Dis les incantations (*Il se redresse.*) Non !
Non ! Je n'accepte pas la mort ! Je ne suis pas vieux !
(*Avec force.*) Je ne veux pas ! Je ne veux pas ! Ne me lâche
pas la main. Je veux vivre ! vivre... Toute ma vie j'ai tra-
vaillé, j'ai peiné, j'ai souffert, Satni... Vas-tu me laisser
partir sans que je profite de la paix et du bonheur que tu
m'as promis...

SATNI.

Oh ! mon père.

PAKH.

Tu pleures... Je suis donc perdu... Oui... Je viens de le
voir dans tes yeux. Et le silence se fait autour de moi...
Mourir .. Mourir... (*Un long silence.*) Et après ?... (*Un
silence.*) Tu ne reponds pas... Alors, c'est ça la vie d'un
homme pauvre ? Le travail dès l'enfance, les coups. Puis
le travail, toujours le travail sans profit, seulement pour
la nourriture. Et encore le travail... pour les autres. Pas
une joie. On meurt... Et c'est fini !... Tu es revenu pour
m'apprendre cela... Du travail, des coups, la misère... la
fin. Naître, souffrir, mourir. Toute existence tient dans
ces trois mots (*Silence.*) Qu'est-ce que tu es venu faire ici ?
C'est ça ton œuvre ? (*Avec force.*) Satni ! Satni ! Rends-moi
ma foi, je le veux !... Ah ! Pourquoi es-tu né, destructeur ?...
C'est ça, ta vérité ? Tu as su me convaincre que tout était
faux. Prouve-moi maintenant que tu mentais ! Je le veux !
Rends-moi ma foi, ma naïveté ! Rends-moi la simplicité
qui m'apaisera. Rends-moi ma foi !

SATNI.

Ne désespère pas !

PAKH.

Je désespère puisqu'ils n'existent pas, les champs bienheureux.

SATNI.

Si, mon père, ils existent.

PAKH.

Tu as donc menti ?

SATNI.

J'ai menti.

PAKH.

Ils existent... Et si je meurs ?

SATNI.

Si tu meurs, tu iras vers Osiris, tu deviendras Osiris.

PAKH.

Ce n'est pas vrai ! C'est maintenant que tu mens... Il n'y a pas d'Osiris ! Il n'y a pas d'Osiris ! Rien ! Il n'y a rien... que la vie !... Je te maudis, toi qui m'as appris cela !... Ma foi ! Rends-moi ma foi ! (*Il va tomber de son lit. Satni pieusement le relève et le replace.*) Ah ! Maudit ! Maudit ! Je meurs dans la haine, dans la rage, dans l'épouvante ! Mauvais fils ! Mauvais homme ! Je te maudis. Je voudrais te faire du mal... Approche-toi plus près... (*Il le saisit à la gorge.*) Oh ! si j'étais assez fort !... Je voudrais que mes ongles pénètrent dans ta gorge. Tiens ! Tiens ! Maudit !... (*Il le lâche.*) Ah ! Toute ma vie perdue ! Toutes mes souffrances inutiles... Pour toujours... Jamais ! jamais je ne saurai... Pitié !...

Il tend les bras vers Satni et tombe. Il est mort.

SATNI, *épouvanté.*

Il est mort !... (*Il le relève pieusement.*) Pauvre père !... Pour moi aussi en ce moment le mensonge eut été plus doux...

> *Il pleure agenouillé, les bras étendus sur le corps de son père. Kirjipa paraît devant la porte de la maison... Elle s'approche puis se redresse et crie aux quatre points de l'horizon en s'arrachant les cheveux.)*

KIRJIPA.

Le maître est mort! Le maître est mort! Le maître est mort! Le maître est mort!

SCÈNE VII

Les Mêmes; KIRJIPA, LES PLEUREUSES.

KIRJIPA, *avec des cris qui sont des appels.*

Le maître est mort! Le maître est mort!

Entrent les Pleureuses.

LES PLEUREUSES.

Le maître est mort! Le maître est mort!

Musique jusqu'à la fin.

KIRJIPA.

O mon père !

LES PLEUREUSES, *plus fort et traînant la voix.*

O mon maître! O mon père!

KIRJIPA.

O mon aimé!

LES PLEUREUSES.

La chienne, la mort, la chienne, la mort, la chienne l'a pris!

Elles se ruent sur le cadavre, l'embrassent. Cris déchirants. Elles se frappent la poitrine, puis, avec des cris prolongés espacés de longs silences Kirjipa et une autre femme dansent une danse hiératique, lente, les pieds glissant sur place. Elles se baissent pour ramasser de la terre qu'elles répandent sur leur tête, tout en dansant. Les cris redoublent.

KIRJIPA, *après s'être inclinée devant le cadavre*

Va en paix vers Abydos. Va en paix vers Osiris.

TOUTES.

Vers Abydos! Vers Osiris! A l'Occident, toi qui fus le meilleur des hommes!

KIRJIPA.

S'il plait aux dieux, quand le jour de l'éternité viendra, nous te verrons, car voici que tu vas vers la terre qui mêle les hommes.

TOUTES.

Vers Abydos! Vers Osiris!

On fait mine d'emporter le cadavre; mouvement rituel.

KIRJIPA.

O mon époux! O mon frère! O mon aimé!... Reste, demeure en ta place. Ne t'éloigne pas du lieu terrestre où tu es! Laissez-le. Laissez-le! Pourquoi êtes-vous venu prendre celui qui m'abandonne?

LES PLEUREUSES, *dans une furie de désespoir.*

Plaintes! Plaintes! Larmes! Sanglots! Sanglots!... Faites, faites des lamentations sans cesse aussi stridentes que vous pouvez!

La musique cesse.

KIRJIPA.

Ne désespère pas, ton fils est là!

On le montre.

TOUTES.

Ne désespère pas, ton fils est là!

DELETHI.

Lorsque j'aurai parlé, et après moi, Aunou, et après elle Norit, ton fils dira les paroles magiques, dont le pouvoir te fera parvenir jusqu'à Osiris, devant les quarante-deux juges. On mettra ton cœur dans la balance, et tu

diras : « Je n'ai fait de mal à aucun homme, je n'ai rien
« fait qui soit abominable aux dieux!... »

SATNI, à lui-même.

Non, je ne dirai pas les paroles magiques.

La musique reprend.

TOUTES.

Ne désespère pas, ton fils est là!

AUNOU.

Ne désespère pas ton fils est là!... Lorsque j'aurai parlé,
et après moi Norit, ton fils dira les prières magiques dont
le pouvoir te fera parvenir jusqu'à Osiris, et tu déclareras :

« Je n'ai pas affamé, je n'ai pas fait pleurer, je n'ai pas
tué, je n'ai pas pillé le bien des temples! »

SATNI, à lui-même.

Non, je ne dirai pas les paroles inutiles.

TOUTES.

Ne désespère pas ton fils est là!

NORIT.

Ne désespère pas! Ton fils est là... Lorsque j'aurai
parlé, il prononcera les paroles sacrées, dont le pouvoir
te fera parvenir jusqu'à Osiris et tu déclareras :

« Je n'ai pas enlevé les bandelettes des momies, je n'ai
« pas usé de faux poids, je n'ai pas pris au filet des
oiseaux divins! Je suis pur! »

TOUTES.

Je suis pur! Je suis pur!

KIRJIPA, continuant.

« Donnez-moi ce qui me revient, à moi qui suis pur.
« Donnez-moi tout ce que donne le ciel, tout ce que produit
« la terre, tout ce que le Nil apporte de ses sources mysté-
« rieuses!... »

Ne désespère pas! Ton fils est là! Ton fils va dire les
paroles sacrées!...

Un silence, tout le monde regarde Satni.

SATNI.

Non, je ne dirai pas les paroles menteuses!

Consternation générale.

KIRJIPA *s'approche de lui, lui met les mains
sur les épaules.*

Prononce les paroles sacrées!

SATNI.

Non!

KIRJIPA.

Maudit!...

*Elle tombe raide, évanouie. On s'empresse autour d'elle.
Satni éclate en sanglots.*

RIDEAU.

ACTE QUATRIÈME

L'intérieur d'un temple.
Colonnes larges comme des tours et couvertes d'hiéroglyphes.
A gauche, le sanctuaire. Au premier plan, un petit réduit. invisible aux fidèles, visible aux spectateurs, où est installée la machinerie du miracle : un levier et un cordage. Au milieu, adossés chacun à un pilier, et se faisant face, deux trônes, l'un somptueux, celui du Pharaon, l'autre modeste, celui du Grand-Prêtre.

SCÈNE PREMIÈRE

LE PHARAON, LE GRAND-PRÊTRE, un Officier,
un Vieillard, six Prêtres

L'OFFICIER, *prosterné devant le Pharaon.*
Pharaon! Qu'Ammon-Râ te garde en vie, en santé et en force !

LE PHARAON, *furieux.*
Mes ordres! Mes ordres !

L'OFFICIER.
Maître des Deux-Egyptes, ami de Râ, favori de Moutou, puisse Ammon...

LE PHARAON.
Assez! Mes ordres !

L'OFFICIER.
J'aurais voulu mourir...

LE PHARAON.

Ton souhait sera exaucé, sois-en sûr, et bientôt! Mes ordres! pourquoi, chien, n'as-tu pas exécuté mes ordres?

L'OFFICIER.

Satni...

LE PHARAON.

Satni! Oui, Satni! l'imposteur! Où est-il?

L'OFFICIER.

Pharaon... puissent Ammon, Râ, Horus...

LE PHARAON.

Je vais te faire rendre ton sang sous le bâton... Satni! Où est Satni! Je t'ai envoyé te saisir de lui! Où est-il?

L'OFFICIER.

Nul ne le sait!

LE PHARAON.

Bandit! Tu es son complice!

L'OFFICIER.

O Ammon!

LE PHARAON.

Es-tu allé chez son père et chez Rhéou?

L'OFFICIER.

Nous l'y avons cherché en vain.

LE PHARAON.

Alors est-il en fuite?

L'OFFICIER.

Je ne sais pas.

LE PHARAON.

Tu es un traître! Tu mourras! Qu'on l'emmène! Et vous tous, prenez les ordres du Grand-Prêtre et sortez!

LE GRAND-PRÊTRE.

Que chacun de vous remplisse la mission dont il est chargé. Que les jeunes prêtres disséminés parmi la foule dès que l'accès du temple lui sera permis, excitent sa piété afin d'obtenir de la déesse le plus grand nombre possible de prodiges. Lorsque vous allez vous être retirés, les portes qui ferment les enceintes sacrées vont s'ouvrir

devant le Pharaon et le Grand-Prêtre qui ont le droit de
contempler avant tous le visage de la déesse. Prosternés
devant elle avec humilité, nous allons lui dire les paroles
mystérieuses que les autres hommes n'ont jamais enten-
dues. Inclinez-vous devant le Pharaon, qu'il vive en force
et en santé... (*Tous s'agenouillent et demeurent la face contre
terre pendant ce qui suit, sauf un vieillard que le Grand-
Prêtre vient d'appeler auprès de lui, par un signe). Bas au
vieillard :*) Fais sortir de la crypte l'homme qui y est enfermé. (*Le vieillard s'incline. Aux autres.*) Relevez-vous !...
(*Au Pharaon.*) Fils d'Ammon-Râ incline-toi devant celui
qui représente le dieu.

> *Le Pharaon se lève et s'incline devant le Grand-Prêtre
> après une petite hésitation. Immobiles, le Grand-
> Prêtre et le Pharaon attendent que le dernier des
> assistants soit sorti.*

SCÈNE II

LE GRAND-PRÊTRE, LE PHARAON

LE PHARAON, *perdant son attitude hiératique. Avec colère.*
Je voudrais que toutes les mouches d'Égypte te dévorent
la langue !

LE GRAND-PRÊTRE, *sans s'émouvoir.*
Les mouches d'Égypte sont trop nombreuses et ma
langue trop petite, pour que ton vœu se réalise, Pharaon.

LE PHARAON.
Voilà le résultat de ma faiblesse.

LE GRAND-PRÊTRE, *commençant une flatterie.*
Pharaon, fils d'Ammon-Râ... Maître des Deux-Égyptes,
ami de Râ.

LE PHARAON.

C'est bien... c'est bien! Nous sommes seuls. Tes paroles ne tromperont personne ici et je ne suis pas dupe de ton respect simulé. Tu n'as pas voulu me laisser envoyer Satni à la mort, tu m'as encombré l'esprit de tes subtilités, je t'ai cédé et maintenant Satni nous échappe.

LE GRAND-PRÊTRE.

Tu ne devrais pas, pour cela, te laisser aller à la colère.

LE PHARAON.

Satni a dit à mille oreilles que le miracle ne se produirait pas.

LE GRAND-PRÊTRE.

Le miracle s'accomplira.

LE PHARAON.

Qui sait?...

LE GRAND-PRÊTRE.

Moi.

LE PHARAON

Satni a affirmé qu'il entrerait dans le temple.

LE GRAND-PRÊTRE.

C'est possible.

LE PHARAON.

Il a déclaré connaître le réduit secret d'où l'un des vôtres fait mouvoir la tête de la statue.

LE GRAND-PRÊTRE.

Il dit vrai, probablement.

LE PHARAON.

Et il répète que le miracle ne se produira pas. Si le peuple éprouvait cette déception, veux-tu m'apprendre comment la guerre de conquête que je veux faire en Éthiopie serait possible?

LE GRAND-PRÊTRE.

Pourquoi aller faire la guerre en Éthiopie?

LE PHARAON.

J'ai besoin d'or. J'ai besoin de femmes. J'ai besoin d'esclaves. Sur le butin, il y aura une part pour tes temples.

LE GRAND-PRÊTRE.

Je n'aime pas le sang.

LE PHARAON.

Le trésor est vide. Et c'est en vain qu'on donne la bastonnade. Les coups ne font plus rentrer d'impôts. Qu'est-
ce que ce sera demain, si le peuple perd sa confiance dans
les dieux? Qui me suivra, si l'on ne croit pas que les
dieux veulent ce que j'ordonne?

LE GRAND-PRÊTRE.

Satni n'empêchera pas le miracle.

LE PHARAON.

Tu n'en sais rien.

LE GRAND-PRÊTRE.

Je le sais.

LE PHARAON.

Est-il mort?

LE GRAND-PRÊTRE.

Il ne l'est pas.

LE PHARAON, *devinant tout à coup.*

Tu le caches!

LE GRAND-PRÊTRE.

Oui.

LE PHARAON.

Tu as su que j'allais me débarrasser de lui, et tu l'as
pris pour m'en empêcher.

LE GRAND-PRÊTRE.

Oui.

LE PHARAON.

Quelle est ton intention?

LE GRAND-PRÊTRE.

Il sera fait de lui ce que je voudrai et non ce que tu
veux.

LE PHARAON.

Son crime est un crime contre l'Égypte...

LE GRAND-PRÊTRE.

Contre moi. C'est plus grave. Demeure donc en paix.

LE PHARAON.

Alors pourquoi toutes ces cérémonies avant de le tuer ?

LE GRAND-PRÊTRE.

Pour que chacun sache ses fautes.

LE PHARAON.

Satni fut l'un des vôtres et vous le défendez.

LE GRAND-PRÊTRE.

Il ne faut pas faire de martyrs... si l'on peut s'en dispenser. En tuant Satni tu n'aurais tué qu'un homme. Si ce que je rêve réussit, j'aurai tué son œuvre, ce qui est meilleur.

LE PHARAON.

Que veux-tu faire de lui ?

LE GRAND-PRÊTRE.

Un prêtre.

LE PHARAON.

Un prêtre ?

LE GRAND-PRÊTRE.

Il avait reçu la première initiation avant son départ. C'était un jeune homme déjà pieux et savant. En voyage il a perdu de la piété et gagné de la science.

LE PHARAON.

Je l'ai toujours dit : Voyager n'est pas bon.

LE GRAND-PRÊTRE.

Je suis de ton avis. Cela instruit trop. Mais j'espère le ramener à nos dieux.

LE PHARAON.

Tu n'y parviendras pas.

LE GRAND-PRÊTRE.

Lorsque l'on a longtemps respiré l'air des temples, on ne peut jamais en vider complètement sa poitrine. S'il s'incline, il ne sortira plus de la maison du dieu. S'il demeure rebelle, il en sortira pour aller à la mort.

LE PHARAON.

Je t'ordonne de me livrer Satni.

LE GRAND-PRÊTRE.

Je voudrais obéir à ta volonté. Mais il est prêtre : sa vie est sacrée. Et je ne puis enfreindre les ordres que j'ai reçus des dieux.

LE PHARAON.

Quelles sottises me racontes-tu ? Me prends-tu pour un de tes prêtres ? Obéis! J'ordonne!

LE GRAND-PRÊTRE.

Me prends-tu pour un de tes soldats ?

LE PHARAON.

Je veux!

LE GRAND-PRÊTRE.

Le dieu ne veut pas.

LE PHARAON.

Je me moque de ton dieu!

LE GRAND-PRÊTRE.

Prends garde que ton peuple entende.

LE PHARAON.

Je veux être le maître réel. Et désormais, je me refuse à l'humiliation que tu m'as encore imposée là tout à l'heure.

LE GRAND-PRÊTRE.

En quoi es-tu humilié? Les plus grands s'inclinent devant toi.

LE PHARAON.

Oui, mais ensuite il me faut te saluer.

LE GRAND-PRÊTRE.

Ce n'est pas moi que tu salues, c'est le dieu que je représente.

LE PHARAON.

C'est au dieu que j'adresse mes hommages et c'est le prêtre qui les reçoit!

LE GRAND-PRÊTRE, *avec un demi-sourire.*

Rassure-toi. Je les lui transmets.

LE PHARAON.

Et de plus, tu me railles! Ah! si j'osais te tuer, hypocrite!

LE GRAND-PRÊTRE.

Vaniteux !

LE PHARAON.

Tu trembles devant une épée, lâche !

LE GRAND-PRÊTRE.

Tu ne sais que tuer, bourreau !

LE PHARAON.

Menteur !

LE GRAND-PRÊTRE.

Qui t'a fait Pharaon ?

LE PHARAON.

Prends garde qu'un jour je ne te jette à mes lions !

LE GRAND-PRÊTRE.

Prends garde qu'un jour je ne fasse tomber de ta tête la couronne des Deux-Égyptes, en annonçant au peuple que la divinité s'est retirée de toi !... (*Un silence.*) Allons, restons unis. Nous nous complétons. Pour dominer les hommes, nous avons et la réalité des maux que tu leur infliges et l'espérance des biens que je leur promets... Crois-moi, restons unis. Le jour où l'un de nous disparaîtra, le sort de l'autre sera compromis... J'aperçois qu'on me fait signe. On pense que nos prières sont ferventes et trop prolongées. L'heure est venue pour toi de recevoir les acclamations de ton peuple et de le suivre devant la statue... où Satni n'empêchera pas le miracle, je te l'affirme...

> *Entrée du cortège et sortie avec le Pharaon. Devant le grand-prêtre on amène Satni.*

SCÈNE III

LE GRAND-PRÊTRE, SATNI

LE GRAND-PRÊTRE.

Tu me reconnais?

SATNI, *troublé.*

Oui, tu es le grand-prêtre.

LE GRAND-PRÊTRE, *très doux.*

Moi aussi, je te reconnais. Tu es fils d'un potier. Nous
t'avons élevé, instruit. Dans la foule des néophytes, je
t'avais distingué pour ta douceur, ta grande intelligence,
et je te voyais promis aux plus hautes dignités. J'avais de
l'estime et de l'affeçtion pour toi. Nous t'avons tiré de la
misère. Ce que tu sais, tu nous le dois en grande partie.
Ta conduite devrait m'irriter, elle m'attriste, mon enfant.
Tu es troublé?

SATNI.

Oui, je m'attendais à des menaces, à des tortures. La
douceur de ta voix me déconcerte.

LE GRAND-PRÊTRE.

Remets-toi. Oublie qui je suis. Nul ne nous entend.
Causons ensemble comme un père et un fils. Mieux,
puisque ta science t'a élevé : causons comme deux
hommes. Tu as annoncé partout que le miracle ne s'ac-
complirait pas...

SATNI.

La déesse est de pierre. La pierre ne se meut pas. La
statue n'inclinera la tête que si des hommes intervien-
nent.

LE GRAND-PRÊTRE.

Évidemment!

SATNI.

Tu le reconnais!

LE GRAND-PRÊTRE.

Devant toi, oui. On donne à chacun la foi dont il est digne. Si tu étais resté avec nous, à chaque degré de la hiérarchie que tu aurais gravi, tu aurais vu les dieux s'élever avec toi, et devenir plus immatériels et plus nobles à mesure que tu serais devenu plus instruit. Nous donnons au peuple les dieux qu'il peut comprendre. Le nôtre est différent, « il est celui qui existe par essence, le seul qui vive en substance, le seul générateur qui ne soit pas engendré, le père du père, la mère des mères, l'unique!... » Et nous lui demandons pardon de l'abaisser jusqu'au miracle. Mais il est des croyances dont les simples seuls ont besoin. Tu es au-dessus d'eux... J'avoue sans peine qu'on pourrait empêcher la réalisation du miracle. Tu as affirmé qu'il ne se produirait pas... Tu as trouvé le moyen de le rendre impossible?...

SATNI, *qui sent le piège.*

J'ai dit que réduite à ses propres forces la déesse resterait immobile.

LE GRAND-PRÊTRE.

Cette affirmation seule n'eût pas servi tes projets. Ton intention était d'intervenir. Allons. Avoue-le. C'est certain.

SATNI.

Peut-être.

LE GRAND-PRÊTRE.

En me saisissant de toi, je t'ai empêché de commettre ce sacrilège. Tes projets ne se réaliseront pas. La fête du Prodige aura lieu dans une heure, et tu es mon prisonnier. Par conséquent le miracle s'accomplira. Tu le crois, n'est-ce pas?

SATNI, *après un silence.*

Oui, je le crois.

LE GRAND-PRÊTRE.

Ta cause est donc perdue. Écoute-moi. Les prêtres qui ont reçu la Suprême Initiation sont aussi savants que toi et aussi peu crédules. Je t'offre de prendre place parmi eux. Reviens avec nous.

SATNI.

Je refuse.

LE GRAND-PRÊTRE.

Mon enfant, tu ne me causeras pas ce chagrin. Pense à quelles douloureuses sévérités la persistance de ton refus me contraindrait... Satni, ne me force pas à t'envoyer devant le tribunal dont la sentence ne pourrait être que la mort. La mort, pour toi si jeune, et dont l'avenir est si beau!

SATNI.

Je ne crains pas la mort.

LE GRAND-PRÊTRE.

Et même... J'y pense... Tu étais fiancé à cette petite Yaouma que le dieu a choisie pour victime. Tu sais qu'elle peut être sauvée du sacrifice si elle devient l'épouse d'un prêtre. On l'avait mal gardée chez Rhéou, elle est ici. Je l'ai vue, elle est gracieuse et douce, et tu vivrais avec elle une vie heureuse...

SATNI.

Il pleure.
Yaouma! Yaouma!

LE GRAND-PRÊTRE, *lui posant la main sur l'épaule.*

Il y a donc : d'un côté, la mort de Yaouma et la tienne ; de l'autre, le bonheur avec elle et la puissance. Ne dis rien. Je te parle paternellement, tu le vois. J'ajoute que

tu serviras mieux la foule en lui laissant ses dieux. Je
veux t'en convaincre et tu resteras parmi nous... Tu
resteras, n'est-ce pas? Attends. Ne réponds pas avant
d'avoir encore entendu quelques mots. Tu veux le bonheur des humbles? Il n'est pas, pour eux, de bonheur
sans religion... Déjà tu as vu ce qu'ils deviennent lorsqu'ils en sont privés. Les désordres d'hier ont coûté la
vie à ton père. Il a souffert beaucoup, m'a-t-on dit. Est-ce
vrai? Je ne connais pas les détails. Tu l'as vu mourir,
n'est-ce pas? Raconte-moi comment cela s'est passé...

SATNI.

Ah! J'avais raison! C'était bien la torture qui m'attendait ici. Tu as deviné que tu n'obtiendrais rien en broyant
ma chair; c'est mon cœur que tu tenailles.

LE GRAND-PRÊTRE.

Te dis-je autre chose que ce qui est vrai? N'est-ce point
pendant les troubles qui ont suivi les conversions faites
par ta parole, que ton père a été blessé? Je le connaissais, c'était un homme simple et bon. Tu es la cause de
sa mort, comme tu serais la cause de celle de Yaouma.

SATNI.

Tais-toi. Tu veux que ma douleur tue ma volonté!

LE GRAND-PRÊTRE.

Non. Je ne vais plus te parler de ceux qui te sont pro-
ches. Les malheurs que tu aurais attirés sur eux ne
seraient rien à côté de ceux que tu déchaînerais sur tout
le peuple d'Égypte. Si tu lui enlèves sa religion, quelle
morale soutiendra sa vertu?

SATNI.

Ce que vous appelez sa vertu, c'est seulement sa soumission.

LE GRAND-PRÊTRE.

Lui enlever la crainte des dieux, c'est déchaîner ses
plus vils instincts.

SATNI.

La crainte des dieux a empêché moins de crimes qu'il
n'en a fallu pour l'imposer.

LE GRAND-PRÊTRE.

Soit. Mais elle existe.

SATNI.

Ton intérêt est de faire croire qu'elle est un frein. Et
tu sais que ce n'est pas. Vous ne laissez pas aux dieux le
soin de châtier les crimes. Vous avez la bastonnade, les
durs travaux dans les mines; vous avez des bûchers, vous
avez des bourreaux. La vérité, c'est que personne n'y
croit sincèrement à la vie heureuse après la mort. Si on
y croyait, on se tuerait pour arriver plus tôt dans l'Ile des
Doubles, aux champs d'Yalou.

LE GRAND-PRÊTRE.

Par quoi sont donc retenus les appétits?

SATNI.

Par les lois et par le besoin de l'estime des autres...

LE GRAND-PRÊTRE.

Nous venons de le voir, en effet. Alors, c'est donc de
vertu que le peuple a fait preuve hier, après que vous lui
avez fait briser ses dieux? Il s'est montré peu soucieux de
l'estime des autres, car il a volé, il a pillé, il a tué. Est-ce
que tu l'approuves? Ont-ils gagné ton estime à toi, ceux
qui ont fait ce qu'ils ont fait?

SATNI.

Je sais! Je sais! Oh! c'est ton argument le plus fort.
Dans l'ivresse des premières heures de liberté, des êtres
avilis par des siècles d'esclavage commettent des crimes :
vous en concluez qu'ils ne peuvent être que des esclaves.
Oui, en effet; si l'on retire un enfant du chariot qui jusque-
là soutenait ses pas, l'enfant tombe. Mais vous qui la guet-
tiez, sa chute vous réjouit parce que vous vous en auto-

risez pour affirmer qu'il faut le remettre dans le chariot
et l'y laisser jusqu'à la mort.

LE GRAND-PRÊTRE.

Et tu déclares, toi, qu'il faut supprimer tous les sou-
tiens? (*Un silence.*) La religion est un appui. Elle soulage
et console. L'ébranler, c'est commettre une action mauvaise.

SATNI.

Bien des religions sont mortes avant la nôtre. La fin de
chacune d'elles a causé les douleurs que tu prévois. Fallait-il donc conserver la première afin de ne troubler
personne?

LE GRAND-PRÊTRE.

La nôtre est jeune encore quoique si vieille : Regarde
dans les salles des temples les innombrables stèles de
reconnaissance qui y sont déposées, à la suite d'une
prière exaucée.

SATNI.

Vos temples ne pourraient pas contenir les stèles, infi-
niment plus nombreuses, que pourraient déposer tous
ceux qui n'ont pas été exaucés et qui, cependant, avait
prié aussi bien que les autres.

LE GRAND-PRÊTRE.

Même inexaucés, ils ont reçu un bienfait. Ils ont espéré.
Et c'est aussi un bienfait que de promettre aux pauvres
les biens futurs.

SATNI.

Vous leur promettez les biens futurs afin de leur faire
oublier que vous possédez tous les biens présents.

LE GRAND-PRÊTRE.

Peux-tu leur donner à tous le bonheur sur la terre?
Nous sommes plus généreux que toi. Nous distribuons au
moins des consolations.

SATNI.

Vous les faites payer cher.

LE GRAND-PRÊTRE.

En effet, les greniers de nos temples regorgent de blé.
Livré à lui-même, le peuple, pendant les années d'abondantes moissons, ne penserait pas aux années de disette.
Nous y pensons pour lui et il nous apporte avec joie ce
qu'il refuserait s'il ne croyait pas le donner aux dieux.
Nous avons déclaré le Nil sacré et il est défendu d'en
souiller les eaux. Est-ce pour l'honorer comme un dieu?
Non, c'est pour éviter la peste. Et tous les animaux que
nous avons déifiés sont des animaux bienfaisants dont
nous assurons ainsi la conservation. Tu n'as pas tout
appris dans tes voyages.

SATNI.

Vous voulez que le fellah reste en enfance parce que
vous avez peur des comptes qu'il vous demanderait si vous
le laissiez grandir. Vous savez qu'alors vous ne l'arrête-
riez plus en lui montrant le dieu-chacal, le dieu-bélier,
le dieu-taureau, qui n'existent pas.

LE GRAND-PRÊTRE.

Es-tu bien certain qu'ils n'existent pas?

SATNI.

Oui.

LE GRAND-PRÊTRE.

Sais-tu où tu es?

SATNI.

Dans le temple.

LE GRAND-PRÊTRE.

Dans le temple où tu as été élevé. Jadis tu n'aurais
jamais osé franchir la première enceinte sacrée. Tu es
dans la troisième. Regarde. Voici le Saint des Saints. A
ma volonté, la pierre qui en masque l'entrée peut s'abaisser et la déesse t'apparaître. Nul mortel, si ce n'est le
grand-prêtre et le Pharaon — s'il est prêtre lui-même, —

n'a pu la regarder sans mourir, sauf à l'occasion qui va
se produire tout à l'heure, de la fête annuelle des Prodiges. Crois-tu que toi, tu supporterais d'être seul en sa
présence ?

SATNI.

Je le crois.

LE GRAND-PRÊTRE.

Nous allons voir. Si tu as peur, appelle et prosterne-toi.
Tu iras ensuite dire à ceux que tu as trompés ce que tu
auras vu.

Le grand-prêtre fait un geste : nuit complète.

SATNI.

Ah!...

*Affolé, il bondit en avant. Une faible lumière revient
lentement. Le temple est vide.*

SCÈNE IV

SATNI, *seul.*

Je suis seul !... (*Il est terrifié, debout contre le pilier, face
au public.*)... seul dans le temple... et la divinité va m'apparaître. Je sais pourtant qu'elle n'est qu'une statue...
Mais je suis pénétré de terreur jusque dans la moelle de
mes os. (*Il jette un grand cri.*) Ah !... J'ai cru distinguer
dans l'obscurité... Non... Je sais qu'il n'y a rien... Oh!
lâcheté de l'homme!... Parce que j'ai été bercé par des
récits religieux, parce que j'ai grandi dans la frayeur des
dieux, parce que mon père et le père de mon père, et
tous ceux de qui je viens, jusqu'au plus profond de la
nuit des temps ont été dominés par cette peur, je tremble
et ma raison vacille. Je sais pourtant que tout est faux et
que le dieu obéit au prêtre. Mais il tombe de ces colonnes
énormes du mystère et de l'effroi... — (*La pierre qui*

masquait l'entrée du sanctuaire se déplace lentement. Il essaie de regarder.) Le Saint des Saints s'entr'ouvre. J'ai peur... *(Il bredouille des mots. Il s'essuie le front du revers de sa main. Il tremble. Il est tombé à terre. Il pleure. Cela dure pendant un long moment, puis :)* C'est la bête qui a eu peur en moi...! O chair! que tu es lâche! *(Il se mord les mains.)* Je te vaincrai... Je voudrais me châtier de ma faiblesse. J'ai honte... J'ai honte... Je veux pourtant la regarder en face. Je veux!... J'ai à lutter contre tant de souvenirs... Et contre tous mes morts dont l'esprit a formé mon esprit... Je triompherai des morts! Ma vie et ma volonté... Moi... Moi... Courage!

> *Et, par un grand effort il se ressaisit, il se raidit, se redresse, s'y reprend à plusieurs fois avant de pouvoir se mettre debout. Il y réussit et, rentré enfin en pleine possession de soi-même, il marche, les bras croisés, la tête haute, vers la déesse. Le grand-prêtre réapparaît et lui met la main sur l'épaule.*

LE-GRAND-PRÊTRE.

Tu n'es pas accessible à la terreur. Nous allons voir si tu résisteras à la pitié. Viens... *(Il tire un rideau qui cachait au public le petit réduit de gauche.)* Regarde. C'est en abaissant ce levier qu'un des nôtres devait tout à l'heure provoquer le miracle. Je te laisse à sa place. A mon signal les portes de l'enceinte sacrée vont s'ouvrir, et le peuple s'approchera du sanctuaire. Ecoute-le. Et si ses appels t'émeuvent, c'est toi qui lui donneras le mensonge consolant qu'il implore.

SATNI.

Le miracle ne s'accomplira pas.

LE GRAND-PRÊTRE.

Regarde et écoute.

> *Il sort du réduit. La pierre se replace. — Satni reste visible aux spectateurs. Le grand-prêtre fait un signe. — Des prêtres paraissent.*

SCÈNE V

DES PRÊTRES

LE GRAND-PRÊTRE.

Tout est prêt?

UN PRÊTRE.

Tout.

LE GRAND-PRÊTRE, *à un autre.*

Ecoute.

> *Il lui parle bas. Le prêtre s'incline et sort. Pendant que le peuple entrera, on verra ce prêtre pénétrer dans la cachette de gauche, un poignard à la main, et se tenir debout derrière Satni.*

LE GRAND-PRÊTRE.

Alors qu'on laisse entrer.

> *Il fait un geste et tous disparaissent.*

SCÈNE VI

LE PEUPLE. *Une foule lamentable fait irruption dans le temple, se bousculant, courant, pénétrant par tous les espaces laissés libres. Quatre hommes portent un brancard sur lequel est une belle jeune femme vêtue d'étoffes précieuses.* MIÉRIS, YAOUMA, *tous les personnages.*

LA JEUNE FEMME.

Plus près, placez-moi plus près de la déesse. Elle va chasser le mauvais esprit qui force mes jambes à l'immobilité.

*Des boiteux, des béquillards, des êtres avec les pieds
ou les mains enveloppés de linges, se dressent à côté
d'elle.*

UNE JEUNE FILLE AVEUGLE, *à son conducteur.*

Quand la pierre se lèvera, regarde bien la déesse pour
pouvoir me la raconter ensuite, si elle ne me guérit pas,
si elle ne me permet pas encore de la voir.

Un paralytique se traîne sur les mains

LE PARALYTIQUE.

Je veux être tout près, tout près. Tout à l'heure je
marcherai.

*Deux fils conduisent leur mère qui est folle, et la
calment. Une mère, tenant son enfant dans les bras,
sollicite qu'on la laisse s'approcher. Un homme dont
la tête est couverte d'un bandeau avec des trous pour
les yeux et la bouche, bouscule ses voisins. Beaucoup
d'aveugles, des gens qu'on porte sur des chaises.*

UNE FEMME.

Elle parlera, elle dira : oui. Elle se reconnaîtra encore
comme la protectrice de l'Égypte.

UNE AUTRE.

On dit que non. On dit que de grandes calamités nous
attendent.

UNE AUTRE.

Si elle ne répondait pas ?

UNE AUTRE.

Silence !...

*Musique. Le grand-prêtre s'installe sur un trône. Le
peuple se prosterne.*

SCÈNE VII

LE PEUPLE, LE GRAND-PRÊTRE, RHÉOU

LE GRAND-PRÊTRE.

Ammon est grand! (*Silence.*)

LE PEUPLE.

Ammon est grand!

LE GRAND-PRÊTRE.

La porte du sanctuaire va s'ouvrir.

DES VOIX.

La pierre va s'abaisser! J'ai peur... On va voir la déesse! Chut!... Chut!...

Le grand-prêtre lève les bras au ciel.

UN PRÊTRE *dans le réduit, aux hommes préposés à la manœuvre des câbles, à voix basse.*

Allez!

Les hommes agissent sur les câbles. La pierre se déplace et la statue, invisible aux spectateurs, apparaît au peuple, qui s'étend à terre. Ceux qui ne le peuvent se cachent la figure de leurs bras.

LE GRAND-PRÊTRE.

Relevez-vous! Contemplez et priez!... (*Un sourd cri de terreur s'élève. Des femmes, folles de peur, ont des crises de nerfs. On les emporte.*) O déesse! Ton peuple t'adore et s'humilie devant toi!

TOUS.

Nous t'adorons, Isis!

LE GRAND-PRÊTRE.

Cette année encore, montre-nous, par un signe miraculeux de ta tête divine, que tu restes notre protectrice.

(*Le peuple répète l'incantation dans un murmure.*) O déesse!
si tu as pitié de ceux qui souffrent, tu inclineras la tête.
Pitié! Pitié! Nous souffrons! Les mauvais esprits nous
torturont!

LE PEUPLE.

Nous souffrons! Chasse les mauvais esprits.

LE GRAND-PRÊTRE.

Nouth! Mère universelle! Les mauvais esprits nous tor-
turent. Nouth! Vierge génératrice! Isis, terre sacrée de
l'Égypte, incline la tête! Sati, reine des cieux, incline la
tête!

LA MÈRE.

L'âme d'un mort est entrée dans le corps de mon
enfant, ô Isis! Et il se meurt! Je le tends vers toi, Isis,
regarde comme il est beau, regarde comme il souffre,
regarde comme il est petit. Laisse-le moi! Isis! Isis!
Laisse-le moi!

TOUS.

Pitié! Pitié!

LE GRAND-PRÊTRE

Montre-nous que tu consens à nous écouter! Isis!
Incline la tête!

LA JEUNE AVEUGLE.

Ouvre mes yeux qu'un démon tient fermés depuis ma
naissance. Permets que je voie le ciel dont on me dit la
splendeur. Je suis malheureuse. Isis! Celui que j'aime,
celui qui m'aime, je n'ai pas vu ses traits! Je suis malheureuse, Isis!

TOUS.

Isis! Pitié!

LE GRAND-PRÊTRE.

Anouke! Ame de l'univers! Pitié! Nous sommes devant
toi comme de petits enfants abandonnés.

LE PEUPLE.

Oui! oui! comme de petits enfants abandonnés!

LE FILS.

Pour mon pere aveugle, je t'implore, Isis!

TOUS.

Isis! Hathor! Pitié!

LE GRAND-PRÊTRE.

Thmei, reine de justice! Miroir de vérité! Incline la tête!

LE JEUNE PARALYTIQUE.

Je t'ai immolé dix agneaux! Permets que je me lève et que je marche!

L'HOMME A LA TÊTE BANDÉE.

Un monstre invisible me dévore la face et me fait hurler de douleur.

LE PARALYTIQUE.

Je me traîne comme un animal immonde. Permets que je me tienne debout comme un dieu.

LES DEUX FILS DE LA FOLLE.

Regarde notre mère, Isis, notre mère qui ne nous connaît plus, qui ne se connaît plus elle-même, et qui rit!...

LA MÈRE.

Isis! tu es mère! Isis! au nom de ton enfant, sauve le mien! Ne me laisse pas aller les bras vides de mon tendre fardeau. Tu es mère, Isis!

LE GRAND-PRÊTRE.

Tous! Tous! Priez! Suppliez! Jetez-vous la face contre terre... Oui! Oui! Encore! Silence! Elle va répondre. (*Un long silence.*) Vos prières sont tièdes. Vos supplications ne sont pas assez ardentes! Priez! Priez! Criez! Pleurez!

TOUS.

Isis! Chasse les mauvais esprits! Réponds-nous! Réponds-nous!

LE GRAND-PRÊTRE.

Plus fort! Plus fort!

LE PEUPLE.

Des douleurs! Des larmes! Des sanglots! Des cris! Aie
pitié!

LE GRAND-PRÊTRE.

Encore! Jusqu'à la mort!

LE PEUPLE.

Tu abandonnes l'Égypte! Quels maux vont s'abattre sur
nous! A notre secours! à notre secours! Pitié!...

LE GRAND-PRÊTRE.

Pitié! Pitié! (*Éclatant en sanglots.*) Oh! le malheureux
peuple, Isis, si tu l'abandonnes!...

LES VOIX DE CERTAINS AU MILIEU DES SANGLOTS
DES AUTRES.

Elle ne nous entend pas! Elle ne répondra pas! Le
malheur est sur nous! Le malheur nous accable!

LE GRAND-PRÊTRE.

Désespérés! Nous sommes désespérés!

TOUS

Nous sommes désespérés!

UN CRI.

Sa tête s'incline! Non! Si!...
        Silence. Un grand soupir de douleur et de déception.

LE GRAND-PRÊTRE.

O mère! O déesse!

LA MÈRE.

O Isis! Mère d'Horus l'enfant-dieu! Laisseras-tu mon
enfant mourir? Regarde-le! Regarde-le!

LE JEUNE PARALYTIQUE.

Ton cœur est dur, ô déesse!

LE PARALYSÉ.

Tu n'as qu'à vouloir, Isis! Et je marcherai!

L'HOMME AU BANDEAU.

Guéris mes plaies, je sème l'horreur autour de moi!
Guéris mes plaies!

LE GRAND-PRÊTRE.

Réponds-nous ! Incline la tête !

TOUS.

Pitié !

La foule, délirante, crie, sanglote, appelle.

SATNI.

Oh ! les pauvres gens ! les pauvres gens !

Il abaisse le levier. Au miracle, que voit le peuple, répond une immense et folle acclamation. Des hommes dansent en agitant leurs béquilles au-dessus de leur tête. Toute la foule est prise de délire. Ceux qui n'ont pas été exaucés sanglotent plus fort, dans un redoublement de désespoir.

RIDEAU.

ACTE CINQUIÈME

Même décor.

———

SCÈNE UNIQUE

RHÉOU, SATNI, LE GRAND-PRÊTRE, LE PEUPLE, SOKITI, NOURM, BITIOU, KIRJIPA, *puis* MIÉRIS *et* YAOUMA.

RHÉOU, *au grand-prêtre.*
Sur l'ordre du Pharaon voici agenouillés devant toi les révoltés repentants.

LE GRAND-PRÊTRE, *au peuple.*
Vous avez renversé les statues des dieux, et cependant dans son infinie bonté, la déesse a incliné la tête pour affirmer sa protection. Vous manifestez votre repentir. Vous avez imploré votre pardon. Vous avez affirmé l'horreur que vous inspire l'acte épouvantable qu'on vous a fait accomplir. Vous attendez votre châtiment. Les dieux permettent maintenant que l'on procède au sacrifice qui provoquera la crue du Nil et donnera, pour une année encore, la vie à la terre d'Egypte. Celle qui a été choisie, l'Élue, la Salvatrice, est-elle ici?

YAOUMA, *se dressant illuminée.*
Me voilà !

LE GRAND-PRÊTRE.
Qu'elle aille revêtir la robe sacrée. Formez le cortège

qui la conduira jusqu'au seuil du séjour des glorifiés et des impérissables.

YAOUMA.

Venez.

> *Quelques femmes se lèvent et sortent par la gauche avec Yaouma.*

LE GRAND-PRÊTRE.

Ce matin, à l'heure où Ammon-Râ est sorti du monde inférieur, j'ai pénétré dans le sanctuaire. Face à face avec le dieu, j'ai écouté ses paroles et je vais vous les répéter. Voici les ordres du dieu. Rhéou! (*Rhéou se met debout.*) Tu es allé faire ta soumission devant le Pharaon-Lumière de Râ. Tu as imploré ta grâce. Tu t'es engagé sur le corps de ton père à le servir fidèlement et tu lui as livré ce corps, en gage de ton obéissance. Tu as dénoncé à la colère et à la justice suprême ceux qui avaient conçu le projet impie de détrôner le seigneur de l'Egypte. Tu as affirmé que si tu avais pu laisser renverser devant toi les statues des dieux, c'est que les sortilèges de Satni avaient égaré ta raison. Ammon m'a déclaré ta sincérité! Tu es pardonné, sous les conditions que je dirai tout à l'heure. (*Rhéou s'incline et s'agenouille.*) Satni! (*Satni se lève. Il baisse les yeux. Il est comme imprégné de honte et de douleur.*) Satni, tu as reconnu et proclamé la puissance de ces dieux que tu avais osé nier. Tu viens de te prosterner devant eux. Jadis, dans le temple, tu as reçu la première initiation; ta vie est donc sacrée. Mais tu es maintenant un réprouvé. Tu quitteras l'Egypte aujourd'hui même. Éloigne-toi des dieux! (*Satni, les yeux à terre, s'éloigne. On s'écarte un peu pour lui livrer passage. Des injures à voix basse. Des poings tendus. Des coups sournois. Il arrive ainsi jusqu'auprès de la colonne, au premier plan à droite. Il se cache la figure dans ses mains.*) Ammon a dit d'autres paroles. (*Le peuple abandonne Satni qui s'arrête, s'effondre et pleure silencieusement.*) Tous, vous qui êtes ici. Tous, vous méritez la mort. Telle est la décision divine.

TOUS.

O Ammon! Pitié! Pitié! Ammon!

LE GRAND-PRÊTRE.

Pas de sanglots! Pas de cris! pas de prières inutiles!
Écoutez le dieu qui parle par ma bouche!

TOUS.

Sois bon! toi! toi! Aie pitié. Implore le Dieu pour nous!
Nous t'en supplions! Nous ne voulons pas mourir! Pas la
mort! Pas la mort! Pas la mort!

LE GRAND-PRÊTRE.

Oui, moi, moi, j'ai pitié de vous. Mais votre crime est
si grand! Avez-vous bien réfléchi à l'énormité de votre
forfait! Nul ne se rappelle en avoir vu de semblable. Les
dieux! Renverser les dieux! Et quels dieux! Ammon et
Thouéris! Je voudrais pouvoir désarmer leur colère. Mais
que leur offrirai-je en votre nom qui soit en proportion
avec l'offense?

LE PEUPLE.

Tout! Prends tout ce que nous possédons, mais laisse-
nous la vie!

LE GRAND-PRÊTRE.

Tout ce que vous possédez. C'est si peu de chose.

LE PEUPLE.

Prends nos moissons.

LE GRAND-PRÊTRE.

Et qui vous nourrira! Vous payez déjà la dîme. J'offri-
rai le quart de vos récoltes pendant dix ans. Mais c'est
peu! Même si j'ajoutais que vous voulez donner la moitié
de tout ce qui est dans vos demeures, réussirais-je? Et
me le donnez-vous?

LE PEUPLE.

Oui! oui!

LE GRAND-PRÊTRE.

Ce ne sera pas assez encore! Voilà ce que me souffle
le dieu! Il faut des prières, des prières incessantes. Dix

de vos filles entreront chaque année dans la maison
divine pour être consacrées.

LE PEUPLE.

Nos filles! Ammon! Nos filles!

LE GRAND-PRÊTRE.

Le dieu est bon! le dieu est bon! Je l'entends qui prononce des paroles de pardon. Mais il faudra encore que
vous aidiez le Pharaon à accomplir les ordres divins.
Ammon veut que l'Éthiopie infidèle soit châtiée. Tous
ceux d'entre vous qui sont assez jeunes pour combattre
rejoindront l'armée dont le départ est commencé.

LE PEUPLE, *consterné*.

Ah! la guerre! la guerre!

LE GRAND-PRÊTRE.

L'Éthiopie arrogante menace d'envahir l'Egypte. Il faut
défendre vos tombeaux, vos foyers et vos femmes. Voulez-
vous devenir les esclaves des noirs?

LE PEUPLE.

Non! nous ne le voulons pas.

LE GRAND-PRÊTRE.

Vous irez châtier les ennemis de vos rois.

LE PEUPLE.

Nous irons.

LE GRAND-PRÊTRE.

Et quel sera votre mérite? Ne savez-vous point que vous
serez victorieux puisque le dieu est avec vous? Et si
quelques-uns tombaient dans la bataille, ne devrions-
nous pas, tous, envier leur sort, puisqu'ils quitteraient la
terre pour aller vers Osiris? Mais nul ne tombera. Les
flèches de vos ennemis s'abattront à vos pieds comme des
oiseaux blessés. Leurs glaives s'émousseront sur vos
corps invulnérables. Le feu qu'ils allumeraient contre
vous deviendrait doux comme une eau parfumée. Et
cela, vous savez que c'est vrai. Vous savez que vos dieux
vous protègent. Vous savez qu'ils sont puissants puisque,

tous, vous avez vu hier la statue de pierre de la déesse
Isis incliner la tête pour vous affirmer sa protection.

LE PEUPLE.

Vive la guerre! Vive la guerre!

SATNI, *bondissant.*

J'ai été lâche assez longtemps!... Le miracle, c'est moi
qui l'ai fait.

> *Explosions de rumeurs.*

LE GRAND-PRÊTRE.

Je vous livre cet homme et je vous livre à lui. Vous ne
permettrez pas qu'il vous trompe deux fois.

> *Malédictions du peuple. Satni ne peut parler. Le grand-*
> *prêtre sort, porté sur son trône et accompagné de*
> *Rhéou.*

SATNI.

J'étais dans le temple.

LE PEUPLE.

Ce n'est pas vrai!

SATNI.

C'est moi qui ai fait s'abaisser la tête de la statue.

LE PEUPLE.

Tu blasphèmes! Assez! Assez de blasphèmes! Assez!

SATNI.

C'est moi! Et je vous en demande pardon! J'aurais dû
consentir à la mort de quelques-uns pour sauvegarder l'a-
venir de tous. On n'avance qu'en écrasant! Peu importent
la douleur et le sang! Du sang et de la douleur, il en faut
pour faire un enfant! Je vous demande pardon d'avoir eu
pitié de vous.

> *Explosion de rumeurs.*

LE PEUPLE.

Tuez-le! Tuez-le! Il dit qu'il faut faire mourir nos enfants!

SATNI.

Tout est glorieux qui prêche un effort nouveau!

LE PEUPLE.

A mort! A mort le traître!

SATNI.

... Tout est funeste qui prêche la résignation!

LE PEUPLE.

Assez! A mort!

> *La porte de gauche s'ouvre. Yaouma paraît, hissée sur un pavois porté par des jeunes filles. Elle est parée comme une idole. Elle se tient droite, à demi en extase.*

LE PEUPLE.

Yaouma! La préférée d'Ammon-Râ! Gloire à celle qui va sauver l'Égypte!

> *Au milieu des acclamations, le cortège se dirige lentement vers la porte de droite, précédé et entouré de danseuses et de musiciennes.*

SATNI.

Yaouma! Yaouma! Un mot! Un regard! un adieu! Yaouma! C'est moi, Satni! Entends-moi! Regarde-moi.

> *Les acclamations couvrent sa voix. D'ailleurs, Yaouma est toute à son rêve intérieur Elle passe sans avoir entendu la voix de Satni. Le peuple la suit.*

MIÉRIS, *à Delethi qui la soutenait.*

Conduis-moi auprès de Satni... Va... (*A Satni.*) Satni, tes paroles ont pénétré jusqu'à mon cœur... Yaouma, n'a pas entendu tes appels. Elle est toute à la joie du sacrifice. Nous avons en nous le besoin de nous sacrifier; si le dieux ne sont pas, à qui nous sacrifierons-nous?

SATNI.

A ceux qui souffrent.

MIÉRIS.

A ceux qui souffrent.

> *Pendant ce temps, Bitiou est arrivé lentement derrière Satni.*

BITIOU.

Regardez! Lui aussi, il va tomber!

*Il le frappe dans le dos d'un coup de poignard. De-
lethi éloigne Miéris.*

SATNI, *à terre.*

C'est toi qui m'as frappé, Bitiou... (*Il le fixe longuement.*)
Je te plains de tout mon cœur... de tout mon cœur.

*Il meurt. Bitiou regarde son poignard ensanglanté. Il le
jette avec horreur, puis se penche sur Satni et se met
à pleurer doucement.*

DELETHI, *à Miéris.*

Venez prier, maîtresse.

MIÉRIS.

Non, je ne crois pas aux dieux au nom de qui l'on tue...
*Au dehors, éclatent les fanfares et les acclamations de
ceux qui conduisent Yaouma au Nil.*

FIN

TROIS BONS AMIS

COMÉDIE EN TROIS ACTES

Représentée pour la première fois
au Théâtre national de l'Odéon, le 7 mai 1921

PERSONNAGES

JULES ROMBIER	MM. Asselin.
ALEXIS LIMEROT.	Grouillet.
ÉMILE GARDETTE	Paupelix.
MALEGASSE.	Blancard.
Un Garçon fleuriste	Lorièle.
Un Télégraphiste.	Forgès.
CLÉMENTINE ROMBIER.	Mme Corciade.
LOREDANE.	Malber.
MARIA..	Devillers.

La scène à Saint-Jean-des-Alpes.

TROIS BONS AMIS

ACTE PREMIER

Le théâtre représente l'intérieur d'une boutique à Saint-Jean des-Alpes.

La devanture est au fond. Elle est entièrement vitrée. Au milieu, la porte donnant sur la rue.

Sur les vitres, on lit (à l'envers, naturellement), une enseigne ainsi disposée :

ROMBIER et LIMEROT

<table>
<tr><td>Location
de
Villas.</td><td>Bureau
de la
Source thermale-
de
Saint-Jean-des-Alpes.</td></tr>
<tr><td>Vente
de
terrains.</td><td></td></tr>
</table>

On aperçoit la rue et les vieillottes maisons d'en face; aussi un réverbère à la flamme vacillante et les deux bocaux vert et rouge du pharmacien.

A l'intérieur, un grillage à deux côtés forme avec l'angle du fond droit un petit réduit dans lequel est une table, une chaise, etc. Un des côtés du grillage est percé d'un guichet, et l'autre (celui qui fait face au public) d'une porte.

A droite, premier plan, la porte de la chambre de Limerot.

A gauche, au fond, une grande table d'architecte, sur des tréteaux. Au mur, des règles, des équerres, etc. Au premier plan, la porte de la chambre des époux Rombier.

Au milieu, au premier plan, une table ronde. Chaises.

Aux murs, des photographies de villas, des plans.

On devine d'autres photographies, exposées à la vue des passants, sur deux plans inclinés devant les vitres du fond.

Une éphéméride, bien en vue, marque la date du 11 avril.

Au lever du rideau, Rombier (36 ans, grand, fort, un peu bellâtre), Clémentine (31 ans, blonde placide), Limerot (32 ans, chétif et tatillon) sont assis autour de la table du milieu et jouent aux cartes. Derrière le grillage, Loredane (jeune brune jolie) tape sur une machine à écrire. Maria, la bonne (jeune, agréable), debout devant les vitres de gauche, regarde dans la rue.

SCÈNE PREMIÈRE

JULES ROMBIER, CLÉMENTINE, LIMEROT, LOREDANE, MARIA.

ROMBIER, *jouant.*

Atout, atout et atout!

> *Rires de Rombier, cris des deux autres. On continue à jouer.*

MARIA, *après un moment.*

Madame, voilà le pharmacien qui éteint, est-ce que je puis fermer?

CLÉMENTINE, *étonnée.*

Le pharmacien éteint! Ce n'est pas possible; je n'ai pas entendu passer la voiture du chemin de fer.

LIMEROT.

Elle est passée, madame Rombier... Et aussi le père Chamac.

CLÉMENTINE.

Alors, c'est qu'il est sept heures; vous pouvez fermer, Maria.

ROMBIER.

Et encore atout, et encore atout!

LIMEROT, *posant ses cartes.*

J'ai perdu.

ROMBIER, *très gai.*

Malheureux au jeu, heureux en amour... Tu es heureux en amour, dis, Limerot?

LIMEROT, *doucement.*

Tu me taquines tout le temps avec ça; laisse-moi tranquille, mon bon Jules.

ROMBIER.

Moi, je suis sûr que tu fais des passions, cachottier! (*A Clémentine.*) Tu n'es pas de mon avis, Clémentine ?

CLÉMENTINE, *doucement.*

Tais-toi donc, tu l'ennuies, ce petit... Tu n'as que cela à lui dire...

> *Pendant ce temps, Maria a fermé une des deux devantures, elle entre et appelle Loredane du geste pour l'aider à fermer l'autre.*

ROMBIER, *continuant.*

Tu verras qu'un beau jour, nous découvrirons qu'il est aimé.

LIMEROT.

Tu m'embêtes !... Pourquoi pas, après tout !...

ROMBIER, *gai, pas méchant, à Clémentine.*

Tu l'entends ! (*Il rit.*) Pourquoi pas ! Il a raison. Pourquoi pas? (*Il passe sa main sur la tête de Limerot, et, avec tendresse.*) Ne te fâche pas mon petit... moi, dans tous les cas, je t'aime bien... ça te suffit... Puisque ça te suffit...

LIMEROT.

Zut !

ROMBIER, *se levant.*

Ah ! je vais aller préparer ma valise.

CLÉMENTINE.

Tu as encore deux heures avant ton train.

ROMBIER.

C'est vrai !... (*A Limerot, en portant sa chaise à bout de bras.*) Tiens, essaye donc d'en faire autant, toi, petit...

LIMEROT.

Évidemment, je ne suis pas aussi fort que toi.

ROMBIER.

Tu peux le dire... (*Posant sa chaise en faisant saillir son biceps.*) C'est solide ça... Tâte ça... tâte. (*Limerot obéit.*)

LIMEROT.

C'est épatant...

ROMBIER, *à Clémentine.*

Tâte... c'est du roc !

LOREDANE, *venant à lui.*

Monsieur Rombier...

ROMBIER.

Regardez... Loredane...
Il reprend la chaise.

LOREDANE.

Bravo !

MARIA.

Vrai !... Faut-il être fort !
Tout le monde admire Rombier.

ROMBIER, *à Limerot.*

Fais-en autant... Essaie... Je m'en vais faire mon tour de ville. Je fermerai ma valise en revenant.
Il sort.

LIMEROT.

Et moi je vais continuer mes *Trois Mousquetaires.*
Il sort.

SCÈNE II

LES MÊMES, *moins* ROMBIER.

CLÉMENTINE, *à Limerot.*

Alors, il est fini, le compliment ?

LIMEROT.

Mon poème ?... Oui, madame Rombier, il est fini !

LOREDANE.

Vous le connaissez, madame ?

CLÉMENTINE.

Mais non... Monsieur Limerot ne m'a pas encore fait l'honneur...

LIMEROT.

Il est dans ma chambre. Dans mon coffre-fort.

LOREDANE.

Lisez-nous le...

CLÉMENTINE.

Et si on le dictait tout de suite au phonographe ?

MARIA *et* LOREDANE.

Oh ! oui ! c'est cela, c'est cela !

LIMEROT.

Nous n'aurons pas le temps.

MARIA, *qui a regardé au dehors.*

Mais si, monsieur Limerot. Voilà M. le receveur qui passe, il n'est que sept heures dix. Voilà aussi le facteur. Il n'y a rien pour nous.

LIMEROT.

Si Rombier arrivait pendant que...

1.

CLÉMENTINE.

Il n'y a pas de danger. On ne peut pas faire le tour de la ville en moins d'une demi-heure.

MARIA.

Jamais... Jamais monsieur n'est rentré de son tour de ville avant sept heures et demie... Et puis, je guetterai.

LIMBROT.

Alors, dépêchons-nous.

LOREDANE, *sautant comme une petite fille.*

Quel bonheur ! Quel bonheur !

LIMBROT.

Où est-il, madame Rombier, le phonographe ?

CLÉMENTINE.

Dans ma chambre...

LIMBROT.

Dépêchez-vous... Moi je vais chercher mon poème...

Il sort par la droite en tirant un trousseau de clefs de sa poche.

CLÉMENTINE, *sortant par la gauche.*

Il est tout remonté.

LOREDANE, *sautant de joie.*

Quel bonheur !

MARIA, *tapant des mains.*

Quel bonheur !

CLÉMENTINE, *rentrant avec le phonographe.*

Voilà...

On l'installe sur la table.

LIMBROT, *rentrant un papier à la main.*

Voilà...

CLÉMENTINE.

Il faut parler dans le cornet.

LIMEROT.

Je sais.

MARIA.

Et alors, demain... C'est moi qui le mettrai en marche.

CLÉMENTINE.

Dans la salle à manger. Vous ferez exactement ce que je vous ai dit... à sept heures moins dix bien exactement... juste au moment où j'ouvrirai la porte, vous ferez jouer la surprise.

MARIA.

Ce petit bouton-là...

CLÉMENTINE.

Oui, mais dans la salle à manger.

MARIA.

Je sais.

CLÉMENTINE.

Allez, monsieur Limerot.

Elle met l'appareil en mouvement.

LIMEROT.

C'est drôle, je suis ému...

CLÉMENTINE.

Oui, mais, allez ! ça tourne, pendant ce temps-là...

LIMEROT, *expliquant à Loredane et Maria.*

C'est au nom de madame Rombier et au mien... au nom de sa femme et de son associé...

CLÉMENTINE.

Mais ça tourne, ça tourne...

LIMEROT.

Et de son ami... (*A Clémentine.*) Voilà... Voilà...

CLÉMENTINE.

Mais...

LIMEROT.

« Cher mari, cher ami, nous fêtons la Saint-Jules,
« Nos deux cœurs sont unis pour embrasser le tien
« Et nos vœux s'envolant comme des libellules
« Te diront nos souhaits pour toi et pour ton bien
« Vive mon cher mari, vive mon ami Jules,
« Nos trois cœurs sont unis par un éternel lien;
« Vive mon cher ami, vive mon mari Jules ! »

(*Parlé.*) C'est tout...

CLÉMENTINE, *arrêtant l'instrument.*

Bravo !

MARIA, *émue.*

C'est beau !

LOREDANE.

C'est sentimental...

LIMEROT.

N'est-ce pas ?... Je ne puis moi-même sans une certaine...
Il essuie une larme.

MARIA.

Hu !

Elle tire son mouchoir et pleure.

CLÉMENTINE.

C'est bien senti.

LIMEROT.

Ça vient du cœur.

LOREDANE, *sentencieuse.*

On le voit bien. Et c'est mérité.

MARIA.

Alors, le phonographe le répétera...

LIMEROT.

Faites-le lui dire une fois tout de suite, madame Rombier?... Entendre mes vers par la bouche d'un autre... Ce
sera une belle joie.

CLÉMENTINE.

Si M. Rombier arrivait...

MARIA.

Je vais le guetter.

Elle va à la porte du fond.

CLÉMENTINE.

Moi aussi, je voudrais bien...

Elle met la machine en marche.

LE PHONOGRAPHE.

Brrrrr !... Brrrrr !... Brrrrr !... « Cher mari, cher ami, nous fêtons la Saint-Jules...

MARIA.

Le voici.

CLÉMENTINE.

Mon Dieu !...

Elle emporte le phonographe.

LE PHONOGRAPHE, *en s'en allant.*

« Nos deux cœurs... nos deux cœurs... nos deux cœurs... nos deux cœurs... »

MARIA.

Tiens, non... C'est monsieur Gardette.

LOREDANE.

Je vais aider madame.

Elle sort par la gauche.

MARIA, *à Gardette.*

Oui, monsieur.

Entre Gardette, jeune, sévère et solennel.

GARDETTE, *à Limerot.*

Je voudrais vous dire deux petits mots en particulier, monsieur Limerot.

Maria sort par la gauche.

SCÈNE III

GARDETTE, LIMEROT.

GARDETTE.

Je n'en ai que pour quelques minutes. La séance du Conseil Municipal est fixée à demain soir huit heures, vous le savez. On y parlera de la source. Je suis membre de la Commission chargée du rapport. M. Rombier part ce soir pour Briançon par huit heures cinquante.

LIMEROT.

... Pour les comptes de la succursale, comme tous les mardis.

GARDETTE.

Comme tous les mardis. Il revient demain soir juste pour dîner, et le Conseil se réunit à huit heures.

LIMEROT.

En effet.

GARDETTE.

Voilà sept ans que vous êtes concessionnaire de notre source minérale.

LIMEROT.

Il y aura sept ans dans trois mois.

GARDETTE.

Nous sommes donc à la date où votre contrat vous permet de renoncer à cette concession... Quand on pense que la source était sur mon terrain !

LIMEROT.

Vous n'en faisiez rien. Vous aviez même essayé de la boucher.

GARDETTE.

Voilà... On vous demandera de nous rendre la source...

LIMEROT.

Vous rendre la source !

GARDETTE.

Moyennant, comme il est prévu dans notre traité, le remboursssement de votre prix d'achat.

LIMEROT.

Jamais de la vie. Réfléchissez. Mettez-vous à notre place. Nous n'étions pas venus pour ça : nous étions venus de Lyon pour vendre ici des bicyclettes. Nous avons l'idée de faire analyser l'eau de la source... Nous vous en demandons la concession. Vous nous la cédez.

GARDETTE.

Hélas !

LIMEROT.

Nous l'exploitons... Nous faisons des frais de publicité. Nous attirons des malades. Nous développons votre commerce. Nous vous enrichissons... Et vous voulez nous chasser... C'est ainsi que vous comprenez les intérêts de votre cité ?

GARDETTE.

Nous avons le souci de ses intérêts moraux. Sa moralité si vous aimez mieux. C'est cela, sa moralité.

LIMEROT.

Nous ne la menaçons pas.

GARDETTE.

Si.

LIMEROT.

En quoi ?

GARDETTE, *sortant une affiche de sa poche et la dépliant.*

Un hasard nous a donné connaissance de ceci, que vous n'avez pas placardé dans la région. (*Il déplie une affiche fortement coloriée, style réclame des villes d'eaux. Il lit :)* « Le Luchon des Alpes... Le Trouville de la montagne... » De notre humble cité, vous voulez faire un Trouville... Un Luchon... On sait ce qui se passe à Trouville ! Les planches de Trouville... ! Au cercle de Luchon, il y a des gens qui perdent jusqu'à trois mille francs en une heure.

LIMEROT.

Soyez tranquille... Nous voulons établir simplement un jeu de petits-chevaux dans une remise.

GARDETTE.

J'ai tout lieu de croire que vous n'y serez pas autorisés.

LIMEROT.

Qu'est-ce que cela peut vous faire ?

GARDETTE, lisant l'affiche.

« Ouverture d'un café chantant ». Un café chantant ! Comme dans une ville de garnison ! Comme à Montmartre ! Et il y a aussi l'annonce d'un bal ! D'un bal ! Tous les entraînements ! Toutes les promiscuités ! Nous ne sommes pas des Parisiens, mon cher monsieur, ni même des Lyonnais, sachez-le bien ! La municipalité n'autorisera ni le cercle, ni le concert, ni le bal...

LIMEROT.

Mais comprenez donc que si vous n'avez rien de tout cela le public ne viendra pas.

GARDETTE.

Nous n'autoriserons pas ! Il en serait autrement si vous comptiez dans votre Comité de Direction un homme d'une haute moralité dont la situation, le passé, seraient une garantie...

LIMEROT.

Vous par exemple ?

GARDETTE

Je n'y avais pas pensé. Mais en effet... je suis Président

de l'Administration de l'Hospice et fondateur de la « *Chaste Adolescence* ».

LIMEROT.

Allez donc proposer cela à Rombier.

GARDETTE, *confidentiellement.*

Si je ne puis empêcher le mal, je veux du moins essayer de l'endiguer... Je n'irai pas par quatre chemins... La source était sur mes terrains, n'est-ce pas? J'y ai donc plus de droits que tout autre. Je vous offre de vous racheter votre concession. Vingt mille francs, plus vos déboursés. Vous aurez la joie d'avoir joué un bon tour à mes amis, de réaliser un joli bénéfice... et d'empêcher la démoralisation de notre cité. Cela surtout doit vous décider.

LIMEROT.

Non.

GARDETTE.

Mais si.

LIMEROT.

D'abord Rombier n'y consentirait jamais.

GARDETTE, *baissant la voix.*

Écoutez, monsieur Limerot, nous sommes entre nous, n'est-ce pas? Eh bien... je désire à un tel point assurer la pureté de nos mœurs... Si vous voullez vous faire mon avocat auprès de Rombier... Toute peine mérite salaire, n'est-ce pas?... Allons, je n'y vais pas par quatre chemins... Le jour de la signature il y a trois mille francs pour vous.

LIMEROT, *ironique.*

Pas plus?

GARDETTE, *qui ne comprend pas.*

J'irai jusqu'à quatre.

LIMEROT.

Ce n'est pas le Pérou.

GARDETTE.

Écoutez... Il ne faut pas non plus être trop exigeant...

Vous comprenez, ce qui me guide, c'est surtout l'intérêt général ; et, faisant l'affaire tout seul, j'ai de lourdes charges... Quand je songe à ces jeunes filles pures, à ces jeunes gens chastes, à ces épouses insoupçonnées, à ces maris qui respectent notre agglomération urbaine au point de faire le voyage de Lyon pour exercer leurs turpitudes... J'irai peut-être jusqu'à cinq mille... Oui... Là... Je vous offre ferme cinq mille francs...

LIMEROT, *gaiement.*

Non, monsieur.

GARDETTE

Mieux : les terrains sont à vous, la source est à Rombier... Vendez-moi vos terrains... Je vous en offre...

Entrent Rombier et Malegasse. Malegasse vieux, mielleux et souriant.

SCÈNE IV

Les Mêmes, ROMBIER, LE DOCTEUR MALEGASSE.

ROMBIER, *à Malegasse.*

Entrez... Entrez...

MALEGASSE, *voyant Gardette.*

Tiens !

GARDETTE.

Tiens !...

ROMBIER.

Eh ! voilà monsieur Gardette.

GARDETTE.

Vous voyez... je...

LIMEROT *à Rombier, très gaiement.*

Sais-tu, monsieur Rombier, ce que monsieur est venu me proposer ?

ROMBIER.

Cinq mille francs si tu me décides à lui céder notre affaire.

LIMEROT.

Comment peux-tu deviner?

ROMBIER, *désignant le docteur Malegasse*

C'est ce que vient de m'offrir ce cher docteur Malegasse pour obtenir ton consentement.

MALEGASSE, *à Gardette.*

Il n'est pas possible qu'un homme aussi correct que M. Gardette ait pensé à agir ainsi.

GARDETTE.

J'ai une excuse : le souci de la moralité publique. Et vous?

MALEGASSE.

Mais, mon cher monsieur, moi, c'est une question d'hygiène générale. La création d'une station balnéaire amènera dans nos murs des malades nombreux, des porteurs de germes pathogéniques, les microbes les plus divers. C'est la contagion de notre atmosphère si pure...

ROMBIER.

Mais plus il y aura de malades, plus vous ferez de bonnes affaires, mon cher docteur.

MALEGASSE.

Vous croyez? Nous serons envahis par une foule de charlatans, de médicastres... Sans doute, vous leur vendrez des villas... Allons, Rombier, au nom de l'hygiène... mon cher Rombier... Mon vieil ami...

GARDETTE.

Monsieur Limerot... au nom de la morale... (*Insinuant.*) Maintenant... peut-être la liberté des mœurs ne vous est-elle pas désagréable...

ROMBIER.

Messieurs, vous ne nous connaissez pas. Nous ne sommes pas seulement deux associés, Limerot et moi, nous sommes deux amis.

LIMEROT.

Deux très vieux amis.

ROMBIER.

Depuis les bancs de l'école...

LIMEROT, *riant.*

Quelle gaffe, mes seigneurs !

ROMBIER *riant aussi. Tous deux très gais jusqu'à la fin de la scène.*

Quelle erreur, messieurs !

LIMEROT.

Croire que nous pourrions... l'un ou l'autre...

ROMBIER.

Songez donc... Nous avons été clercs de notaire à Lyon ensemble.

LIMEROT.

Ça nous a embêtés ensemble.

ROMBIER.

Nous avons fait des courses de bicyclette ensemble...

LIMEROT.

Nous avons gagné la course Lyon-Genève ensemble...

ROMBIER, *à Limerot.*

Oui, mais je te tirais avec une ficelle pendant les montées...

LIMEROT.

Raison de plus !

ROMBIER.

Nous avons ouvert ici un petit magasin de bicyclettes...

LIMEROT.

Ensemble! Nous avons découvert votre source dont vous ne faisiez rien...

ROMBIER.

Ensemble nous vous l'avons louée...

LIMEROT.

Ensemble. Nous l'exploitons ensemble.

ROMBIER.

Il m'a prêté de l'argent...

LIMEROT.

Non...

ROMBIER.

C'est vrai... Cette formule est interdite... Il a mis son avoir à ma disposition.

LIMEROT.

Il m'a soigné, il y a quatre ans, lors de ma fièvre, comme si j'avais été son enfant.

ROMBIER.

Madame Rombier et moi nous avons passé des nuits à son chevet. Connaissez-vous notre vieux cri de ralliement? Vous allez le connaître... Limerot!

LIMEROT, *déclamant.*

Limerot aime Rombier !

ROMBIER.

Rombier aime Limerot !

Sonnerie de téléphone.

LIMEROT.

Téléphone.

ROMBIER.

Et quand on appelle au téléphone, voilà comment nous y allons. (*Ils se prennent par le bras, vont à l'appareil au pas de parade. Chacun prend un récepteur.*) Allo ! c'est nous Rombier et Limerot...

Ils écoutent en se tenant par le cou.

GARDETTE, *bas à Malegasse.*

Notre plan a échoué, cher monsieur.

MALEGASSE.

C'eut été si beau... Notre association eut été bienfaisante.

GARDETTE.

Et lucrative...

MALEGASSE.

Tout n'est pas perdu... Chut! j'ai une idée... Les voici.

LIMEROT, *au téléphone.*

Bien...

ROMBIER.

Bien... (*Bas à Limerot.*) Après-demain?

Limerot et Rombier se regardent et rient.

LIMEROT.

On vous rendra la réponse après-demain.

ROMBIER.

On vous rendra la réponse après-demain. (*Ils raccrochent les récepteurs et reviennent vers Gardette et le docteur Malegasse.*) Mes bons messieurs on vient de nous faire la même proposition que vous.

GARDETTE.

C'est Girodon!

MALEGASSE.

C'est Forgotte!

ROMBIER *et* LIMEROT.

C'est tous les deux!

GARDETTE *et* MALEGASSE, *indignés.*

Oh! les canailles!

ROMBIER.

Vous êtes sévères pour vous-mêmes... Allons, au revoir, messieurs.

LIMEROT.

Bien des choses à vos amis...

*Rombier et Limerot les reconduisent jusqu'à la porte
en se tenant par la ceinture et par le cou, et avec de
grands saluts. Puis, ils ferment la porte, éclatent de
rire et se serrent la main.*

ROMBIER.

Rombier aime Limerot !

LIMEROT.

Limerot aime Rombier !

ROMBIER.

Puisqu'il en est ainsi, je vais porter un nouveau texte à
imprimer avec des petites modifications.

LIMEROT.

Approuvé.

ROMBIER, *appelant au fond droite.*

Madame Loredane... Apportez-moi la circulaire que je
vous ai donnée à transcrire ce matin.

LOREDANE, *au loin.*

Oui, monsieur Rombier.

LIMEROT.

Et il faut faire placarder nos autres affiches.

ROMBIER.

Dès demain.

LIMEROT.

Elles sont au magasin. Je vais t'en faire faire un paquet
et te les envoyer à la gare.

ROMBIER.

Dépêche-toi ! Et dans deux mois, nous ferons à ces messieurs une vente aux enchères !

LIMEROT.

Et nous rentrerons à Lyon...

ROMBIER.

Dépêche-toi, bavard.

LIMEROT.

Oui, mon bon Jules

(Il sort.) Loredane est entrée avec des papiers à la main, sa gomme et son stylographe.

SCENE V

ROMBIER, LOREDANE.

ROMBIER, *prenant les papiers et s'asseyant à la table du milieu.*

Merci, madame Loredane.

Il relit la circulaire. Loredane est debout à côté de lui et le couve de regards incendiaires.

LOREDANE, *à mi-voix.*

Oh! qu'il est beau! qu'il est noble!

Rombier lève la tête. Elle reprend une attitude impassible.

ROMBIER.

J'ai corrigé ce mot-là au crayon... Vous effacerez.

LOREDANE, *avec amour.*

Oui, monsieur Rombier... Certainement, monsieur Rombier... Vous êtes bon...

ROMBIER, *indifférent.*

Je suis bon?... Parce que?...

LOREDANE.

Parce que vous ne me grondez pas... Je le mérite tant... tant!... tant!...

ROMBIER, *de même.*

Mais non ! Mais non !

Il continue à lire.

LOREDANE.

Oh !

Soupir.

ROMBIER, *un peu vite.*

Mais saperlipopette... Faites donc attention ! Je vous ai dit de laisser toujours beaucoup de place dans le bas des pages...

LOREDANE.

C'est vrai, monsieur Rombier... Je vais aller recommencer tout.

ROMBIER.

Mais non, mais non... Je ne veux pas manquer mon train... Une autre fois, pensez-y...

LOREDANE.

Oui, j'y penserai...

ROMBIER, *se levant.*

Corrigez ce mot-là...

Loredane s'assied à sa place. Aussitôt assise, elle éclate en sanglots.

LOREDANE.

Mon Dieu ! Mon Dieu !

ROMBIER.

Qu'est-ce qu'il vous prend...

LOREDANE.

C'est le remords... Pardon... (*Elle lui prend la main et la baise,* Merci... C'est trop de bonté.

ROMBIER, *la calmant.*

Allons ! Allons...

Il se recule un peu.

LOREDANE, *qui a effacé et corrigé.*

Voyez, est-ce bien ainsi ?

ROMBIER, *s'approchant, les mains derrière soi.*

C'est très bien.

Il est tout près d'elle.

LOREDANE.

Ah !

Elle se renverse sur le dos de sa chaise et se pâme à demi.

ROMBIER.

Mais qu'est-ce que vous avez, madame Loredane, qu'est-ce que vous avez ?

LOREDANE.

Vous êtes grand !... Vous êtes noble, vous êtes... vous êtes... Merci.

ROMBIER.

Merci... De quoi ?

LOREDANE.

De respecter ma faiblesse... Voyez-vous, monsieur Rombier, je n'ai jamais été heureuse. Mon mari ne m'aimait pas... Il était brutal ! Ah ! quel roman on pourrait faire, en écrivant ma vie !

ROMBIER, *indifférent.*

Écrivez-le.

LOREDANE.

Oui, je l'écrirai, et je vous le dédierai... Merci de ce conseil... Jamais on ne m'a conseillée, voyez-vous... Je n'ai jamais entendu une parole de tendresse... Je suis veuve depuis deux ans... Il n'y a que quinze jours que je suis ici, et vous venez de me dire « écrivez-le » avec une voix si douce !... Conseillez-moi encore, je vous en supplie... Conseillez-moi... J'écoute...

ROMBIER.

Savez-vous, ce que vous devriez faire ?

LOREDANE.

Dites..;

ROMBIER.

Vous ne m'obéirez pas.

LOREDANE.

Si! si! parlez..; ordonnez... je suis votre esclave.

ROMBIER.

Eh bien, vous devriez épouser Limerot...

LOREDANE.

Épouser...

ROMBIER.

Limerot..;

LOREDANE, *en écho.*

Limerot.:.

ROMBIER.

Il est poète, vous savez...

LOREDANE.

Poète... C'est vous, le poète...

ROMBIER.

Moi !... Ah! non, alors !

LOREDANE.

Épouser Limerot, quand on vous connaît !

ROMBIER.

Il a une grande supériorité sur moi.

LOREDANE.

Laquelle, mon Dieu !

ROMBIER.

Il est garçon, et je suis marié.

LOREDANE.

Ah! l'honneur! Pourquoi êtes-vous un homme d'honneur... Pourquoi... Pourquoi !

VIII.   9

ROMBIER.

Il est gentil garçon...

LOREDANE.

Peut-être, mais vous, vous êtes beau...

ROMBIER.

Il est certain... que Limerot... Mais il a un cœur d'or...

LOREDANE.

Je le sais, et si je ne vous avais pas rencontré, peut-être mon cœur eut-il battu pour lui, mais à côté de vous ! à côté de vous, il est bête !

ROMBIER.

Non... C'est excessif... Il n'est pas bête... Seulement, il ne plaît pas aux femmes, c'est un fait certain... Vous auriez là un cœur tout neuf... Écoutez, je suis presque certain qu'il est encore sage !

LOREDANE.

Vous croyez que cela m'attire !... Et si je vous disais, moi, que je suis prête à vous sacrifier mon honneur !

ROMBIER, *très bon enfant.*

Je vous répondrais : mon petit vous êtes bien gentille, et ce que vous me dites me touche beaucoup. Mais il faut vous calmer... J'ai une vie régulière, je ne veux pas la compliquer... Et puis, voyez-vous, ces histoires-là, sous le toit conjugal : ça finit toujours par mal tourner... Vous êtes fort aimable...

LOREDANE.

Et il est fidèle !... Écoutez, monsieur Rombier, jusqu'à présent je vous aimais. Maintenant, je vous estime !

ROMBIER.

Eh bien, c'est ça... Ça vaut mieux... Alors vous avez corrigé ?

LOREDANE.

Voici... Voici...

Elle corrige.

ROMBIER, *à part, la regardant et la trouvant à son goût.*

Et il est évident que... Il faut que je tâche de lui trouver une place à Briançon.

Entre Limerot.

SCÈNE VI

LES MÊMES, LIMEROT, puis CLÉMENTINE.

LIMEROT, entrant.

C'est fait... J'ai envoyé le paquet à la gare. Il faut penser à ton train, monsieur Rombier...

ROMBIER.

J'ai le temps. (*Regard à la montre.*) Eh ! Eh ! (*Il appelle.*) Clémentine où est ma valise ?...

LOREDANE.

Dans votre chambre, monsieur Rombier... (*A elle-même, en s'en allant à droite.*) Dans la chambre conjugale !... Vous n'avez rien à me donner à faire pour demain matin, monsieur Rombier !

ROMBIER.

Non.

LOREDANE.

Alors, je puis m'en aller...

ROMBIER.

Certainement.

LOREDANE.

Je sortirai par la porte de l'allée...

LIMEROT.

C'est cela... Fermez bien derrière vous...

LOREDANE, *aigre.*

J'y aurais pensé toute seule, monsieur Limerot.

Elle sort.

ROMBIER, *à Clémentine qui entre.*

Et ma valise ?...

CLÉMENTINE.

Elle est prête... Je vais la chercher...

LIMEROT.

J'y vais...

CLÉMENTINE.

Elle n'est pas fermée...

LIMEROT.

Je la fermerai...

Il sort par la gauche.

SCÈNE VII

CLÉMENTINE, ROMBIER.

CLÉMENTINE.

J'ai descendu ton pardessus... *(Elle l'aide à le mettre.)* Surtout, prends bien garde d'avoir froid, mon chéri...

ROMBIER.

Oui, ma femme. On sera un petit garçon bien sage.

CLÉMENTINE.

Hou! le vilain qui ne veut pas se laisser dorloter.

Elle l'embrasse amoureusement.

ROMBIER.

Tu vas me décoiffer.

CLÉMENTINE, *de même.*

Vieille cocotte, va!

Entre Limerot.

LIMEROT.

Voilà ta valise, mon vieux...

Limerot n'est aucunement gêné par les tendresses conju-
gales qui vont suivre. Au contraire, il les regarde
avec sympathie et attendrissement.

CLÉMENTINE.

Tes gants!

ROMBIER.

Je les ai...

LIMEROT.

Ton parapluie...

CLÉMENTINE.

Le voici.

ROMBIER.

Merci.

CLÉMENTINE.

Alors, à demain soir six heures, comme d'habitude.

ROMBIER.

A demain soir.

Les deux époux s'embrassent.

CLÉMENTINE.

Ne manque pas le train surtout!

ROMBIER.

Sois tranquille.

CLÉMENTINE.

Sûr!...

ROMBIER.

Oui, grosse bête... Je sais que demain il y a un grand
dîner...

LIMEROT, *riant, affectueux.*

Ah! Ah! il le sait, le misérable! Tu ne dois pas le savoir!

CLÉMENTINE.

C'est une surprise!

ROMBIER.

Vive la Saint-Jules!

CLÉMENTINE *et* LIMEROT.

Veux-tu te taire!

ROMBIER.

A demain six heures... Je passerai au Cercle prendre mon courrier, j'irai porter au Conseil mon affiche recti-fiée, et voilà. (*Regard à la montre.*) J'ai tout le temps...

CLÉMENTINE, *à la porte.*

Le train n'est pas annoncé. Il fait un clair de lune superbe... Va! Allons, encore un!

Baiser.

ROMBIER.

A demain.

Il sort. Clémentine range différents objets sur la table. Limerot de même. Entre Maria, portant deux bou-geoirs qu'elle pose sur la table du milieu. Elle est prête à sortir.

MARIA.

Bonsoir madame, bonsoir monsieur...

CLÉMENTINE.

Et dites à votre mari d'être de bonne heure au magasin demain matin.

MARIA.

Oui, madame.

Elle sort.

CLÉMENTINE, *en fermant la porte de la rue.*

Le voilà parti! Pourvu qu'il n'ait pas froid...

LIMEROT.

Oh! il est très bien couvert. (*Il allume les deux bou-geoirs.*) Suis-je bête!

Il en éteint un qu'il va porter dans sa chambre à droite, en laissant la porte ouverte. Clémentine prend l'autre et se dirige vers la porte de droite, en éclairant Limerot. On entend au loin sonner lentement neuf heures. Limerot reparaît.

CLÉMENTINE, *très naturelle.*

Tu y vois assez clair?

LIMEROT, *de sa chambre, de même.*

Oui. Allons nous coucher...

CLÉMENTINE, *très naturelle.*

Tu ne prends pas tes *Trois Mousquetaires* pour t'en-dormir?

LIMEROT, *de même.*

Non, pas ce soir.

Ils entrent tous deux dans la chambre conjugale. Par les impostes, les rayons de la lune passent et laissent voir à travers le grillage du petit réduit du fond droite, le visage de Loredane stupéfiée.

LOREDANE.

Oh!

RIDEAU.

Pas d'entr'acte. Après les « trois coups » le rideau se relève aussitôt.

ACTE DEUXIÈME

Même décor. — Volets fermés. — Lumière.
Le lendemain, six heures du soir. — L'éphéméride porte la date
du 12 avril.

SCÈNE PREMIÈRE

LIMEROT, *puis* CLÉMENTINE. *Au lever du rideau, Limerot
achève de découper une pancarte en forme d'oriflamme sur
laquelle il vient d'écrire en grosses lettres : « Vive la Saint-
Jules ». Il sifflote et admire son travail. — Entre Clémentine avec un gros pot de marguerites.*

CLÉMENTINE.

Voilà... Elles sont belles, hein ?

LIMEROT.

Superbe, madame Rombier !... Je crois qu'il va être
content...

*Clémentine retire son chapeau et va le porter, avec son
mantelet, dans la chambre de gauche.*

CLÉMENTINE, *de la chambre.*

Pas de nouvelles de Loredane ?

LIMEROT.

Si. Elle a envoyé un mot. Elle a une parente malade...
Vous avez vu ma pancarte !

CLÉMENTINE, *revenant.*

C'est très bien... Je viens de surveiller Maria. Tout est en ordre.

LIMEROT.

Il ne va pas tarder.

CLÉMENTINE.

Non. J'ai entendu arriver son train.

LIMEROT.

Ce bon Jules... (*Parlant de sa pancarte.*) Je vais la mettre là, contre les fleurs.

CLÉMENTINE.

C'est cela...

LIMEROT.

Avons-nous un bon dîner, au moins?

CLÉMENTINE.

Un lapin à la sauce moutarde.

LIMEROT.

C'est sa passion... Bonne idée... Vous avez pensé à la glace?

CLÉMENTINE, *gaiement.*

Non mais, monsieur Limerot, est-ce que vous me prenez pour une tête sans cervelle?... La glace est commandée...

LIMEROT.

Il va être content.

Il jette de petits cris en se frottant les mains.

CLÉMENTINE.

Il pourra le dire, qu'il est gâté...

LIMEROT.

On est si heureux de lui faire plaisir... Et tout le monde, vous avez remarqué?

CLÉMENTINE.

Il est si bon.

LIMEROT.

Ça... Je ne crois pas qu'il y ait sur la terre un homme meilleur que lui.

CLÉMENTINE.

Moi non plus.

Le facteur ouvre la porte. Limerot va vers lui.

LIMEROT.

Merci. (*Il redescend avec deux lettres.*) Une pour vous, une pour moi.

CLÉMENTINE, *lisant la lettre que lui a donnée Limerot.*
Stupéfaite.

Ah !

LIMEROT, *qui a lu la sienne.*

Oh !

CLÉMENTINE.

Monsieur Limerot !

LIMEROT.

Madame Rombier !

CLÉMENTINE.

Mon Dieu !

LIMEROT, *lisant.*

« Votre ami sait tout ». Pas de signature..;

CLÉMENTINE, *de même.*

« Votre mari sait tout ! Il a vos lettres. »

LIMEROT.

Il y a : « Il a vos lettres ? »

CLÉMENTINE.

Oui.

LIMEROT.

Mon Dieu !

Il court dans sa chambre.

CLÉMENTINE.

Mes lettres ! Ce n'est pas possible !

LIMEROT, revenant.

On me les a volées!

CLÉMENTINE.

Vous vous êtes laissé voler mes lettres !

LIMEROT.

Elles étaient dans mon coffre-fort.

CLÉMENTINE.

Eh bien?

LIMEROT.

Je me rappelle : je l'ai laissé ouvert hier soir, en allant chercher mon compliment.

CLÉMENTINE.

Quel imbécile... Que le diable vous emporte!

LIMEROT.

Qui a pu?

CLÉMENTINE.

C'est Loredane !...

LIMEROT.

Je le crois.

CLÉMENTINE.

Avec votre manie de faire des vers idiots !

LIMEROT, protestant.

Idiots !

CLÉMENTINE.

Oui, idiots...

LIMEROT.

Je ne veux pas vous contredire, en ce moment, madame Rombier, mais...

CLÉMENTINE.

Assez ! (Elle relit sa lettre.) « Votre mari sait tout. Il a vos lettres... »

LIMEROT.

« Votre ami sait tout. »

CLÉMENTINE.

Mon pauvre Jules!

Elle éclate en sanglots, tombée sur une chaise à côté de la table.

LIMEROT.

Mon pauvre Jules! (*Il s'essuie les yeux. Puis, timidement, allant à elle pour la consoler.*) Titine!

CLÉMENTINE, *colère.*

Laissez-moi. Je vous déteste! Faut-il que j'aie été bête!

LIMEROT.

Et moi donc!

CLÉMENTINE.

Faut-il que j'aie été bête!

LIMEROT.

Voilà : nous faisons le malheur de l'homme que nous aimons le plus au monde!

CLÉMENTINE, *ironique.*

Vous l'aimez, vous!

LIMEROT, *indigné.*

Oui.

CLÉMENTINE, *de même.*

Pfu!

LIMEROT.

Mais oui!... Parce qu'on dort avec la femme de son ami, ce n'est pas une raison de ne pas l'aimer... au contraire,

CLÉMENTINE.

Si j'avais su!

LIMEROT.

Et moi donc!

CLÉMENTINE.

Qu'est-ce qu'il va dire?

LIMEROT.

Qu'est-ce qu'il va dire!... (*Un temps.*) Je ne vois qu'une

chose à faire c'est de lui raconter loyalement comment
ça s'est passé...

CLÉMENTINE.

Vous croyez que ça lui fera plaisir?

LIMEROT.

Et de lui demander pardon à genoux...

Rombier passe sa tête à la porte du fond.

SCÈNE II

ROMBIER, CLÉMENTINE, LIMEROT.

ROMBIER, *très gai, à pleine voix.*

Vive la Saint-Jules!

Limerot sursaute.

CLÉMENTINE.

Ah!... Tu nous as fait peur.

ROMBIER *entrant, tel qu'il est sorti. Air joyeux.*
Manteau. Valise.

Je vous y prends, mes gaillards!... Vous n'avez donc
pas entendu le train?

CLÉMENTINE.

Non. Nous étions si occupés...

ROMBIER.

A des machinations contre moi, hein?... Je parie que
vous me préparez une surprise extraordinaire.

CLÉMENTINE.

Justement.

ROMBIER, *changeant de ton, mais toujours affectueux.*

Bonsoir, ma femme... (*Il embrasse Clémentine. A Limerot.*) Bonsoir, mon vieux.

LIMEROT.

Tu as fait bon voyage?

ROMBIER.

Excellent... J'en ai appris une bonne en descendant du train...

CLÉMENTINE.

Tu as appris?...

LIMEROT,

Qu'est-ce que tu as appris?

ROMBIER.

Oh! monsieur Limerot!

LIMEROT.

Monsieur Limerot?

ROMBIER.

Dame, on se dit « monsieur » quand on est fâché... Il paraît que nous sommes fâchés... Les gens d'ici comptent là-dessus pour nous racheter notre concession à vil prix... Je vous embête, hein?

LIMEROT.

Non, non, je suis très content de ce que tu me dis. Seulement...

ROMBIER, *un peu gêné, négligemment.*

Ah! A propos... Loredane nous quitte...

CLÉMENTINE.

Comment cela?

LIMEROT.

Hein?

ROMBIER.

Oui, je lui ai trouvé une place à Briançon... Chez Chose, l'entrepositaire. Tu ne le connais pas. Elle m'avait demandé... Alors, l'occasion s'est offerte... C'est pour se rapprocher de sa famille.

Pendant que Clémentine a le dos tourné, il donne un coup de coude à Limerot, en clignant de l'œil d'un air égrillard.

CLÉMENTINE.

Tu l'as vue?

ROMBIER.

Je l'ai vue... Je l'ai vue, hier, avant de partir... C'est là qu'elle m'a demandé... Je vous gêne, hein?... Vous auriez bien voulu que j'arrive une demi-heure plus tard, hein? Voulez-vous que je m'en aille...

CLÉMENTINE.

Non. Tu pourrais aller retirer ton pardessus?

ROMBIER.

C'est vrai. A quelle heure le dîner?

CLÉMENTINE.

A sept heures.

ROMBIER.

Alors... Ça ne fait rien, je vais me débarrasser. Vous m'en faites une figure!

CLÉMENTINE.

Tu te trompes...

ROMBIER.

Allons, ne te fâche pas... Est-ce que je ne comprends pas tout... J'arrive trop tôt... J'avais pourtant pris mon temps... J'ai passé à la poste pour le courrier. Je ne l'ai pas regardé. Il n'y a rien de Paris ni de Lyon. (*Donnant des lettres à Limerot.*) Tiens, si tu as le temps, ouvre-le... Ensuite, je suis entré au Cercle et me voilà... Là... Je n'ai rien vu. Je ne sais rien... Je ne dois pas m'apercevoir que ce n'est pas aujourd'hui un jour ordinaire. Je ne vois pas, sur cette table, ni ces fleurs, ni cette pancarte, ni vos deux bonnes binettes... Je m'en vais... Et quand je vais revenir, vous allez voir si je serai étonné... (*Sortant.*) Vive la Saint-Jules! (*Se retournant sur le pas de la porte.*) Je n'ai rien dit, je n'ai rien vu, je n'ai rien entendu. A tout à l'heure.

Il sort par la gauche.

SCÈNE III

CLÉMENTINE, LIMEROT.

LIMEROT, *frémissant de joie.*

Alors, il ne sait rien...

CLÉMENTINE, *de même.*

Rien du tout... J'ai envie de remercier le Bon Dieu à genoux... Avant, regardez dans le courrier, si...

LIMEROT, *qui regardait.*

Voilà!

CLÉMENTINE.

Quoi?...

LIMEROT.

La lettre... La même lettre... C'est effroyable!

CLÉMENTINE.

Effroyable.

LIMEROT.

Que devons-nous faire?

Courte hésitation de Limerot.

CLÉMENTINE, *lui prenant l'enveloppe des mains.*

Donnez. C'est mon mari. J'ai le droit. (*Elle l'ouvre, et lit.*) Vous êtes co...

Elle la passe à Limerot.

LIMEROT, *lisant.*

« Vous êtes coc... Un ami. » (*Il déchire la lettre et la met dans sa poche.*) Ouf!·

CLÉMENTINE.

Ouf!... Ne la perdez pas.

LIMEROT.

Soyez tranquille...

CLÉMENTINE.

Alors, nous sommes sauvés...

LIMEROT.

Sauvés...

CLÉMENTINE.

A moins qu'elle ne lui ait écrit aussi au Cercle.

LIMEROT.

Elle n'aura pas pensé à cela...

CLÉMENTINE.

J'y aurais pensé, moi.

LIMEROT.

Elle n'a pas votre intelligence.

CLÉMENTINE.

Heureusement...

LIMEROT.

Ah!...

Un grand soupir de soulagement.

CLÉMENTINE.

Ah!

Ils se regardent et se mettent à rire.

LIMEROT.

Mon pauvre Jules!

CLÉMENTINE.

Comme on va le chérir, le dorloter.

LIMEROT.

Oh! oui! Si vous voulez, on ne recommencera pas.
C'est fini.

CLÉMENTINE.

Jamais! J'ai eu trop peur! C'est fini!

LIMEROT.

Jamais!

CLÉMENTINE.

Et on oubliera tout.

LIMEROT.

Oui. Fini.

CLÉMENTINE.

C'est bien, ce que nous faisons là.

LIMEROT, *convaincu.*

Oui, c'est bien !

CLÉMENTINE.

C'est même très bien. (*Ils se serrent la main.*) Allons, le temps passe. Il faut qu'il ait une bonne fête.

LIMEROT.

Plus jolie que jamais .. Nous avons quelque mérite... vous savez, à renoncer ainsi... moi du moins...

CLÉMENTINE, *par politesse.*

Vous n'êtes pas le seul, mon ami...

LIMEROT.

Allons, hâtons-nous; sa pipe... (*Sortant un paquet de sa poche.*) La voici. (*Embrassant le paquet.*) Mon pauvre ami ! Mon bon Jules !...

CLÉMENTINE, *de même.*

Son épingle de cravate. (*Baiser au paquet.*) Mon bon, mon cher mari !

Entre Rombier.

SCÈNE IV

ROMBIER, CLÉMENTINE, LIMEROT.

ROMBIER, *très gai, feignant l'étonnement.*

Que vois-je ? Mais à propos de quoi, de tels préparatifs ?

CLÉMENTINE, *allant à lui.*

Mon bon Jules, je te souhaite une bonne fête...
Elle lui donne son cadeau. Baisers.

LIMEROT.

Monsieur Rombier, je te souhaite une bonne fête.

ROMBIER.

Merci, ma femme... Toi aussi, monsieur Limerot.
Il l'embrasse.

LIMEROT *se met à pleurer.*

Hou! Hou!

ROMBIER.

Regarde-le, cet imbécile-là... Allons, mon vieux, voyons.

LIMEROT.

C'est la joie... Tiens, voilà mon cadeau...

ROMBIER.

Je le sais bien, que c'est la joie... Oh! la belle pipe!
la belle pipe!... Je vais en fumer une tout de suite... Ah!
la belle pipe! Tu as du tabac?

LIMEROT.

Elle est toute bourrée...

ROMBIER.

Oh, ça, c'est gentil... Merci. (*Il allume sa pipe.*) Tu n'as
pas ouvert le courrier... Il n'y a rien, n'est-ce pas? Tiens,
ça me fait penser qu'on m'a donné deux lettres au Cercle,
je les ai laissées dans la poche de mon pardessus.

CLÉMENTINE, *vivement.*

Je vais aller te les chercher!

ROMBIER.

Mais non...

LIMEROT.

Moi, j'y vais...

ROMBIER.

Laisse donc, voyons !

LIMEROT.

Mais si.

CLÉMENTINE.

Mais si.

Ils sortent tous les deux.

ROMBIER, *seul.*

Que je suis bête, je les ai dans la poche de mon veston. (*Il allume sa pipe après les avoir sorties de sa poche et posées sur la table.*) Qu'est-ce que c'est que celle-là, si volumineuse... L'adresse à la machine... (*Lisant.*) « Extrèmement urgente ». Ce doit être quelque mémoire... (*Il ouvre l'enveloppe et lit.*) Ce n'est par pour moi ! « Vous êtes cocu », Ce n'est pas pour moi, ça !... (*Il regarde l'enveloppe.*) Si... « Monsieur Jules Rombier. » « Vous êtes cocu. » Un ami vous en prévient et vous envoie ce paquet qui vous édifiera. » Des lettres... Oui... Il y a là... (*Il ouvre une autre enveloppe contenue dans la première, et lit tout en fumant. Long silence.*) Clémentine... Limerot... (*Nouveau et très long silence. Grosses bouffées de fumée. Il regarde sa pipe, se souvient, la brise, et en pose les morceaux sur la table.*) En voilà une affaire !... Si je m'attendais à cela, par exemple.

Rentrent Clémentine et Limerot qui, à la vue de Rombier, comprennent.

CLÉMENTINE, *terrifiée, après un long silence.*

Mon ami...

LIMEROT, *de même.*

Ecoute...

La porte du fond s'ouvre.

ROMBIER.

Taisez-vous. Voilà du monde. (*Gaiement.*) Tiens, voilà monsieur Gardette... Vous allez bien ? Et le docteur Malegasse. Comment allez-vous ?

SCÈNE V

ROMBIER, CLÉMENTINE, LIMEROT, GARDETTE, MALEGASSE.

GARDETTE.

Bonjour, cher monsieur Rombier... Bonjour, madame...
  (*La main à Limerot.*)

ROMBIER.

Asseyez-vous.

GARDETTE.

Non pas. Nous ne faisons qu'entrer et sortir. Nous venons
en passant vous mettre au courant d'un bruit qui court
en ville. On dit qu'il y a, entre vous deux, désaccord...

ROMBIER.

Aucun.

GARDETTE.

Désunion... On dit même que vous êtes fâchés... que
vous allez vous séparer...

ROMBIER.

Tu es fâché contre moi, Limerot?...

LIMEROT.

Moi! Jamais je ne serai fâché contre toi.

ROMBIER.

Vous voyez...

GARDETTE.

J'en suis très heureux... Vous comprenez.

ROMBIER.

Oui.

GARDETTE.

Est-ce curieux, ces bruits qui courent...
  (*Sonnette du téléphone.*)

LIMEROT.

Téléphone...

(*Il se dispose à aller à l'appareil.*)

ROMBIER.

Limerot... (*Même jeu qu'au premier acte. Ils se prennent par le bras, et mettent chacun un récepteur à l'oreille.*) Allo! Oui, c'est nous... Tous les deux... Rombier et Limerot.

LIMEROT, *que Rombier a regardé.*

Tous les deux... Limerot et Rombier...

ROMBIER.

Mais oui, comme d'habitude...

Silence.

GARDETTE, *bas à Malegasse.*

C'est encore raté.

MALEGASSE.

Pas si sûr.

ROMBIER, *au téléphone.*

Eh bien ! c'est un faux bruit, voilà tout...

LIMEROT.

Mais certainement... C'est cela, à demain.

ROMBIER.

A demain.

Ils raccrochent les récepteurs.

GARDETTE.

Je devine qu'on vous pose la même question...

ROMBIER.

Vous devinez juste...

GARDETTE.

Et votre réponse, c'est votre « vieux cri de ralliement. »

ROMBIER.

Rombier aime Limerot.

LIMEROT.

Limerot aime Rombier...

MALEGASSE.

Allons, ça va bien... Je suis très heureux. Nous ne voulons pas vous déranger.

GARDETTE.

Vous allez, je le vois, célébrer une petite fête de famille...

ROMBIER.

C'est cela... Une fête de famille. A bientôt.

MALEGASSE.

A bientôt.

Ils sortent.

SCÈNE VI

ROMBIER, LIMEROT, CLÉMENTINE.

LIMEROT, *après un long silence.*

Mon ami, écoute... D'autres essaieraient de te mentir. Moi, pas. Je suis un honnête homme. La main sur le cœur, je te dis : c'est vrai, j'ai abusé de ta confiance et trahi ton amitié. Je t'en demande pardon. Tout ce qui me reste à vivre, je l'emploierai à reconquérir ta bonne estime...

ROMBIER.

Si je te cassais la figure?

LIMEROT.

Tu es plus fort que moi. Tu as le droit...

ROMBIER, *menaçant.*

Sale individu! C'est pour ma fête que tu m'as fait ce cadeau-là!

LIMEROT.

Non, mon ami.

ROMBIER.

Ah! ce n'est donc pas la première fois?...

LIMEROT.

Je me suis juré de te dire toute la vérité... Non, mon ami. Il y a quatre ans...

Rombier marche sur Limerot qui recule.

CLÉMENTINE, *le retenant.*

Tu as tort de te faire du mal pour une histoire qui est si vieille, Jules!

ROMBIER.

Et toi! toi!... Cocu! Il n'y a pas sur la terre, une somnambule qui aurait osé me le prédire! Et je le suis! Et dans quelles conditions!...

LIMEROT.

Ne t'énerve pas...

ROMBIER.

Fiche-moi la paix... Par un ami... Soit... C'est tout naturel... (*A Limerot.*) Car tu as choisi la femme de ton ami.

LIMEROT, *pitoyable.*

Je n'ai pas choisi... Je n'aurais jamais été aimé par personne, moi, si ce n'avait été par la femme d'un ami.

ROMBIER, *poursuivant son idée.*

C'est la règle, mais quand l'ami a cette figure-là, et cette dégaine, on peut se croire à l'abri...

LIMEROT.

Je te demande pardon...

ROMBIER.

D'abord, je te défends de me tutoyer!

LIMEROT.

Comme tu voudras.

Entre un pâtissier.

LE PATISSIER.

Bonsoir la compagnie... J'apporte une glace de la maison Vidac.

CLÉMENTINE.

Passez par l'allée...

LE PATISSIER.

Bien, madame.

ROMBIER, *à Clémentine.*

Donne-lui deux sous.

Clémentine obéit.

LE PATISSIER.

Merci, madame.

Il sort.

ROMBIER.

Ah! vous avez dû vous payer ma tête, tous les deux...

CLÉMENTINE.

Je te jure, mon ami...

ROMBIER.

Allons, allons, ne nie pas! Je ne sais comment ça se passe, peut-être!...

CLÉMENTINE, *très sincère.*

Je n'ai jamais cessé de t'aimer et de te respecter.

ROMBIER.

Et dans ma maison!

LIMEROT.

Eh bien! Ç'aurait été du propre, si on était allé à l'hôtel!

ROMBIER.

Je suis déshonoré!...

CLÉMENTINE.

Ne cherche donc pas des motifs de te faire du mal...

ROMBIER.

Je ferai ce que je veux! Enfin si je te flanquais mon poing sur la figure, qu'est-ce que tu dirais...

LIMEROT.

Rien... (*Rombier lève la main. A genoux.*) Je te demande pardon.

CLÉMENTINE, *de même.*

Moi aussi.

Elle aperçoit ses lettres et les prend.

ROMBIER.

Ne touche pas à ça.

CLÉMENTINE.

Tu veux garder ces sales papiers-là, pour te faire du mal! Allons dîner; je t'expliquerai tout cela à table; pense que nous avons du monde à recevoir après.

Elle va à la porte de droite et l'entr'ouvre.

ROMBIER.

Si tu crois que j'ai envie de dîner!

LE PHONOGRAPHE, *au dehors.*

Brrr... Rrrr!... Rrrr... Rrr...

ROMBIER.

Qu'est-ce que c'est que cela...

LIMEROT.

C'est un phonographe... Il va dire des vers...

LE PHONOGRAPHE.

« Cher mari, cher ami, nous fêtons la Saint-Jules,
« Nos deux cœurs sont unis pour embrasser le tien...

ROMBIER.

Sale tartuffe !

> *Il se jette sur Limerot, le bourre de coups de poing. La table est renversée avec le pot de fleurs et la pancarte.*

LIMEROT *pousse des hurlements.*

Mon bon Jules ! Hola la !

ROMBIER, *qui continue à frapper en l'appelant :*

Cochon, sale individu ! Fripouille, etc., etc.

> *Clémentine, sur une chaise, est prise d'une crise de nerfs. Maria paraît et pousse des cris, les bras au ciel.*

RIDEAU

ACTE TROISIÈME

Même décor. Quelques minutes plus tard.

Au lever du rideau, Limerot est assis auprès de la table, l'œil poché, et saignant du nez.

Sur la table, tout un attirail de pharmacie, bandes, compresses, flacons. Limerot tient à deux mains une cuvette à demi-pleine d'eau rougie par le sang de son nez.

Clémentine lui bassine l'œil.

Rombier prépare les compresses.

Le pot de fleurs, brisé, a été porté sur un meuble, au fond, avec la pancarte.

———

SCÈNE PREMIÈRE

ROMBIER, LIMEROT, CLÉMENTINE.

ROMBIER, *tendre.*

Ton œil n'est pas crevé au moins, sale cochon !

LIMEROT.

Non, mon bon Jules.

ROMBIER.

Non, mon bon Jules... Tu n'en sais rien... Ouvre-le...

LIMEROT.

Je ne peux pas.

ROMBIER.

Rien qu'un peu... Tu vois ma main ?

LIMEROT.

Oui, mon bon Jules...

ROMBIER, *à Clémentine.*

Alors, mets-lui son bandeau, à cette crapule...

CLÉMENTINE, *obéissant, derrière Limerot, à Rombier.*

Passe-moi une épingle de nourrice...

ROMBIER.

Tiens... (A *Limerot.*) Tu n'as pas fini de saigner du nez, saligaud !

Il lui met un tampon d'ouate dans le nez.

LIMEROT.

C'est pas ma faute, mon bon Jules...

ROMBIER.

Regardez-moi de quoi il a l'air...

LIMEROT.

J'ai mal...

CLÉMENTINE.

Il est tout pâle...

ROMBIER, *versant de l'eau de mélisse*
sur un morceau de sucre.

Il le fait exprès... l'arsouille... (*Lui présentant le morceau de sucre dans une petite cuiller.*) Allons ! Ouvre-le ton sale bec... Tiens...

LIMEROT, *la bouche pleine.*

Merci, mon bon Jules...

ROMBIER.

Il n'en coule plus de ton sang de cochon ?... (*A Clémentine.*) Emporte la cuvette... (*Elle obéit.*) Tu as de la veine, bandit, que je n'aie pas eu un couteau sous la main...

LIMEROT, *portant la main à son bandeau.*

C'est trop serré.

ROMBIER.

Tant mieux.

Clémentine est rentrée.

LIMEROT.

Merci, mon bon Jules.

Il lui baise la main.

ROMBIER.

Vas-tu finir, Judas!

CLÉMENTINE.

Il va mieux?

ROMBIER.

Parbleu... Allons, mets-toi debout! (*Limerot obéit.*) Ah!
bien, tu es joli! Tu as l'air d'un emplâtre... Qu'est-ce
que tu diras quand on te demandera comment tu as
attrapé ça, hein?

LIMEROT.

Je ne sais pas...

ROMBIER.

Toute la ville va en parler!

LIMEROT.

Je pourrais aller passer quelques jours à Lyon.

ROMBIER.

J'aurais dû te tuer tout à fait, ce serait plus simple...

LIMEROT.

Oh! mon bon Jules...

ROMBIER.

J'en avais le droit...

LIMEROT.

...

ROMBIER.

Parfaitement! Et j'aurais été acquitté!

LIMEROT.

Oh! toi!...

ROMBIER.

Je te dis que je serais acquitté!

LIMEROT.

Je ne prétends pas le contraire. Mais après, quels embê-
tements, mon bon Jules!

ROMBIER.

Mais, dans cette ville, on me respecterait.

LIMEROT.

Je te connais. Tu ne t'en consolerais pas.

ROMBIER.

Maintenant, vous allez me dire comment ça s'est passé...
Ne mentez pas... (*A Clémentine, désignant la pharmacie.*)
Cache ça!

CLÉMENTINE.

A quoi ça te servira?

ROMBIER.

Je le veux!... J'ai peut-être bien le droit de commander
ici, peut-être!

LIMEROT.

On te dira tout. Pose des questions.

ROMBIER.

Alors, tous les mardis ?

LIMEROT.

On avait pris l'habitude...

ROMBIER.

Et le commencement?

LIMEROT.

Tu ne te rappelles pas, il y a quatre ans, quand j'ai été
si malade...

ROMBIER.

Oui. Je t'ai soigné...

LIMEROT.

Je ne l'ai pas oublié...

CLÉMENTINE.

... Il nous avait caché la cause de sa maladie. C'était un chagrin d'amour...

ROMBIER.

Peuh !

LIMEROT.

Jules ! Mon bon Jules ! Ne ris pas avec cela !... Je comptais épouser mademoiselle Thévenin, tu te rappelles, je croyais qu'elle m'aimait... Oui, oui, tu as raison, c'est de la bêtise de ma part... D'autant plus qu'elle ne m'avait rien dit... C'est une idée que je m'étais fourrée dans la tête... Tout à coup, j'ai appris son mariage. Après, un soir que tu n'étais pas là...

ROMBIER.

Un mardi !

LIMEROT.

Oui, puisque c'est ce jour-là que tu vas à Briançon.

CLÉMENTINE.

Il était si malheureux... Il m'a tout raconté. Et il pleurait, il pleurait... Il me disait d'une voix si plaintive : « Je mourrai sans qu'une femme m'ait aimé ». Moi, je le regardais comme s'il avait été mon frère... Je le consolais...

LIMEROT.

Elle m'a sauvé la vie.

ROMBIER.

Misérable !

LIMEROT.

Mais oui ! Aimerais-tu mieux que je sois mort ?

CLÉMENTINE.

Si tu l'avais vu... Il faisait pitié... Longtemps, nous n'avons rien eu à nous reprocher... J'étais heureuse de

diminuer son chagrin... J'étais fière, contente d'être utile.
Jusque-là, j'avais toujours été dominée, protégée... Je
trouvais quelqu'un à qui je séchais les larmes comme à
un petit enfant... Il me faisait des vers... On ne m'avait
jamais fait, de vers... Je ne te le reproche pas... Et puis,
il parlait si doucement, il avait l'air si abandonné... Je le
câlinais, je l'embrassais... et alors, à la fin, un soir...

ROMBIER.

Un soir...

CLÉMENTINE.

On a perdu la tête... On n'a pas su s'arrêter...

LIMEROT.

Quand on s'est réveillés le lendemain matin, on était
deux criminels.

CLÉMENTINE.

On n'a pas agi par méchanceté.

ROMBIER.

Heureusement.

CLÉMENTINE.

Voilà tout...

ROMBIER.

Qu'est-ce qu'on va faire ?

LIMEROT.

Tout, j'accepte tout pour que tu me rendes ta bonne
estime.

ROMBIER.

Qui a écrit la lettre anonyme ?

LIMEROT *et* CLÉMENTINE.

C'est Loredane.

ROMBIER.

C'est Loredane ?

CLÉMENTINE.

On peut la renvoyer, puisque tu lui as trouvé une place
à Briançon.

LIMEROT.

Est-ce que tu ne disais pas que tu lui avais trouvé une place à Briançon ?...

ROMBIER, *un peu gêné.*

Oui, en effet.

CLÉMENTINE.

Elle quitte le pays, par conséquent.

ROMBIER, *reprenant sa colère, mais sans conviction.*

Enfin, qu'est-ce qu'on va faire ?

LIMEROT.

Veux-tu que j'aille passer huit jours à Lyon ?

ROMBIER.

C'est extrêmement grave ces histoires-là.

CLÉMENTINE, *doucement.*

Oh ! c'est surtout dans les romans qu'elles ont de l'importance.

LIMEROT.

Dans les livres, les gens n'ont jamais rien à faire.

CLÉMENTINE.

On n'est pas des héros de romans, nous...

LIMEROT.

On est des marchands de villas.

ROMBIER.

Je ne sais pas ce que je vais faire, mais ce qui est certain, c'est que je dois agir.

LIMEROT, *montrant son œil.*

Mon bon Jules, c'est pas pour te le reprocher, mais tu as agi déjà, et pas doucement.

ROMBIER.

Cache ça.

CLÉMENTINE.

Il faut te tenir tranquille. Ces choses-là doivent rester dans la famille.

LIMEROT.

Parfaitement.

CLÉMENTINE, *à Rombier.*

Quand ce ne serait que pour toi. Je ne veux pas que tu
sois ridicule, mon pauvre chéri !... Je t'aime... Je te jure
que je t'aime... Tu ne le crois pas ?... Oh ! réponds ! Tu
ne le crois pas ?

ROMBIER, *touché, faible.*

Je n'en sais rien...

CLÉMENTINE.

Je n'ai jamais aimé que toi... Demande à Limerot.

LIMEROT.

C'est vrai.

ROMBIER.

Enfin, cependant !...

CLÉMENTINE, *comme si elle parlait d'une autre.*

Mais, mon ami, il n'y a aucun rapport...

LIMEROT.

Mais non... Écoute, à certains moments, j'ai même cru
que tu le savais, et que tu faisais semblant de ne rien
voir, par amitié pour moi.

CLÉMENTINE.

La preuve, c'est que, dès le lendemain, nous avons
compris que nous avions envers toi un devoir nouveau.

LIMEROT.

C'est vrai.

CLÉMENTINE.

Rappelle-toi. Est-ce qu'à partir de ce moment-là tu ne
t'es pas senti plus aimé, plus heureux... On était aux
petits soins pour toi. On cherchait tout ce qui pouvait te
faire plaisir.

LIMEROT.

Et quand on avait trouvé quelque chose, on était heureux.

CLÉMENTINE.

Rappelle-toi, on te dorlotait.

ROMBIER.

Oui, vous m'avez gâté... Et aujourd'hui... (*Il est très ému.*) Vous n'en êtes que plus coupables!

CLÉMENTINE.

Ne pleure pas. (*Allant à lui, lui prenant la main.*) Mon cher mari !

LIMEROT, *de même.*

Mon bon Jules !

Entre un télégraphiste portant une dépêche.

LE TÉLÉGRAPHISTE.

Messieurs Rombier et Limerot.

Clémentine passe la dépêche à Rombier.

ROMBIER, *à Clémentine.*

Donne-lui deux sous.

Le télégraphiste sort.

ROMBIER, *après avoir lu le télégramme, le passe à Limerot.*

C'est encore ces gens de Grenoble.

LIMEROT.

C'est excellent.

ROMBIER.

Oui. Seulement nous n'accepterons pas l'échéance qu'ils proposent.

LIMEROT.

Si, cependant, ils offrent une indemnité raisonnable.

ROMBIER.

Avec intérêts, en tous cas.

LIMEROT.

Bien entendu. Tu as raison.

ROMBIER.

Et tout en conservant nos droits.

LIMEROT.

Tu vois qu'il est nécessaire que nous restions unis...

CLÉMENTINE.

Vous vous complétez tous les deux.

ROMBIER.

Voilà Malegasse et Gardette. Cache-toi, va te cacher, je te dis. Et toi aussi.

Limerot sort à droite et Clémentine à gauche.

SCÈNE II

ROMBIER, GARDETTE, MALEGASSE.

GARDETTE, *serrant la main à Rombier.*

Mon pauvre ami ! mon pauvre ami !

ROMBIER.

Qu'est-ce qu'il y a ?

MALEGASSE.

Consolez-vous, c'est arrivé à tous les grands hommes.

ROMBIER.

Quoi ?...

GARDETTE.

Toute la ville le savait, d'ailleurs. Seulement maintenant, avec ces lettres anonymes, on ne peut plus faire semblant de l'ignorer.

ROMBIER.

Alors, on sait que...

MALEGASSE.

Mon pauvre ami...

ROMBIER.

Il y a des lettres anonymes ?

GARDETTE.

Oui. Tout le monde en a reçu, au Cercle.

MALEGASSE.

Il n'en était pas besoin. L'histoire de la persienne est connue de toute la ville.

ROMBIER.

La persienne ?

MALEGASSE.

Oui, tous les soirs, quand vous vous couchez, on voit de la lumière à travers les lames, dans la chambre de M. Limerot, on n'en voit jamais le mardi, quand vous êtes absent.

GARDETTE.

Chaque mardi, il y avait un groupe devant le pharmacien pour le constater... On allait chercher ceux qui ne l'avaient pas encore vue.

ROMBIER.

Je vous remercie. Je sais ce qui me reste à faire... Vous entendrez parler de moi.

GARDETTE.

Nous le comprenons...

ROMBIER.

Maintenant, je vais vous demander un service. J'aurai probablement besoin, tout à l'heure, de deux amis. Vous savez ce que cela veut dire.

GARDETTE.

Oui, j'ai déjà été témoin, au régiment.

ROMBIER.

C'est pour le mieux. Je vous demande donc, à l'un et à l'autre, de revenir ici dans une heure.

MALEGASSE.

Comptez sur nous... (*Lui serrant les mains.*) Allons, du courage, mon cher ami.

GARDETTE, *de même.*

Du courage !... A bientôt.

MALEGASSE, *en sortant, à Gardette, pendant que Rombier se dirige vers la porte de gauche.*

Eh bien, croyez-vous que nous l'avons, la source ?

GARDETTE.

Je le crois !

Ils sortent.

SCÈNE III

CLÉMENTINE, ROMBIER, LIMEROT.

ROMBIER, *après un moment de réflexion.*

Limerot ! (*Limerot paraît.*) Arrive ici ! (*Il va à l'autre porte.*) Clémentine ! (*Clémentine paraît. Il se promène un moment en silence puis :*) Maintenant, ça ne peut pas se passer comme ça ! Tout le monde le sait. Maintenant que tout le monde le sait, ça ne peut pas se passer comme ça. (*A Limerot.*) Nous nous battrons en duel.

CLÉMENTINE.

Tu es ridicule.

ROMBIER.

Tout le monde le sait; donc, il faut que je fasse quelque chose. C'est en ne faisant rien que je suis ridicule !

CLÉMENTINE,

Trouve quelque chose de raisonnable...

ROMBIER,

On ne songera plus à rire de moi. Nous nous battrons en duel !

LIMEROT.

Je veux bien, mais malgré toutes les précautions, il

peut arriver un accident. Et si c'était toi qui meures, tu crois que nous nous consolerions?

ROMBIER.

J'espère bien que tu n'aurais pas le toupet de te défendre!

LIMEROT.

On ne peut pas répondre de soi.

CLÉMENTINE.

Tiens-toi tranquille et ne parle pas de cela. A force d'en parler, tu finirais par ne plus oser ne pas le faire.

ROMBIER.

Je vais constituer des témoins.

CLÉMENTINE.

Et tu voudras crâner devant eux, lorsque tu verras qu'ils auront envie de rire. Deux négociants qui se battent en duel! Pour en imposer, tu demanderas un duel sérieux, et il arrivera peut-être un malheur. Ne parlons pas de cela, je te dis... D'abord, je saurais bien t'empêcher d'en arriver là...

ROMBIER.

Tu ne ferais que ton devoir...

CLÉMENTINE.

Je ne comprends pas que l'on puisse parler de duel à cause de cette chose-là.

ROMBIER.

Qu'est-ce que je dirai à Gardette et Malegasse quand ils vont revenir?... Il y a le divorce.

LIMEROT.

Je t'ai toujours entendu dire que tu étais contre.

ROMBIER.

On a une opinion quand il est question des autres et une autre opinion quand il s'agit de soi-même... Et comme personne dans la ville ne comprendrait que je ne fasse rien, c'est à cette résolution-là que je m'arrête.

CLÉMENTINE.

Que les gens sachent ou ne sachent pas, les faits n'en sont pas changés...

ROMBIER.

Quoi! Mais c'est tout! Tout est là!...

CLÉMENTINE.

Tu tiens à mettre ça dans les journaux?

ROMBIER.

Si je ne fais rien, on se moquera de moi.

CLÉMENTINE.

Nous ferons un petit voyage. Quand on reviendra, ce sera oublié.

LIMEROT.

Moi, je resterai ici, bien entendu.

ROMBIER.

Je n'oserai plus aller au café.

CLÉMENTINE.

Mais tu crois donc être le seul! Ma parole, on dirait qu'il n'y a qu'à toi que c'est arrivé! Et le receveur de l'enregistrement? Et le juge de paix? Et le Président du Tribunal?

ROMBIER.

Ils peuvent faire semblant de ne pas le savoir, eux!

LIMEROT.

Mon bon Jules...

ROMBIER.

Toi, tu m'énerves! Mêle-toi de ce qui te regarde. Qu'est-ce que tu fais là, d'abord? Est-ce que c'est ta place, après ce qui s'est passé?

LIMEROT.

Je ne dis plus rien.

ROMBIER,

C'est le mieux. (*A sa femme.*) Je veux divorcer.

CLÉMENTINE, *haussant les épaules.*

D'abord, tu n'as pas de preuves.

ROMBIER.

Et vos lettres ?

CLÉMENTINE,

Je les ai brûlées.

LIMEROT.

Mon bon Jules, laisse-moi dire un mot...

ROMBIER.

Le divorce !

CLÉMENTINE.

D'abord, je ne pourrais pas vivre sans toi. Et toi non
plus, tu ne pourrais vivre sans moi... Depuis le temps que
nous nous aimons, qu'on a tout en commun, qu'on n'a
qu'une seule existence pour ainsi dire...

LIMEROT.

Qu'est-ce que tu ferais tout seul. Réfléchis.

ROMBIER.

Tais-toi ! (*Silence.*) Enfin ! je ne peux pas croire que
c'est possible ! Je ne peux pas le croire, je ne le peux
pas... Il y a des moments où je me demande si j'ai bien
compris. (*Clémentine relève la tête.*) Il y a des moments...
Quand je te regarde... Quand je nous regarde tous les
trois... Il y a des moments où je me demande... Sais-tu ce
que je me demande ?

LIMEROT.

Non.

ROMBIER,

Je me demande si tu ne te vantes pas ? (*Limerot le regarde
d'un air effaré.*) Hein ?

LIMEROT, *ahuri.*

Mais...

ROMBIER.

Ça ne doit pas être vrai! Ce n'est pas possible... Hein?

LIMEROT.

Mon bon Jules...

ROMBIER, *implorant un mensonge*

Je dis que ça ne doit pas être vrai? Hein?

CLÉMENTINE.

Mon ami, il y a une chose que je veux tirer au clair. Je réfléchis, là depuis quelque temps, et à force de l'entendre, je me demande ce que tu t'imagines.

ROMBIER.

Quoi? Je te dis qu'il y a des moments où je me demande si j'ai bien compris.

CLÉMENTINE.

Il s'agit de s'expliquer... Je ne veux pas croire à une pareille monstruosité de ta part, mais enfin, à t'entendre parler de meurtre, de duel, de divorce, je me demande si tu te respectes assez peu pour croire une chose que je n'ose pas dire...

ROMBIER.

Je ne comprends pas.

CLÉMENTINE.

C'est toi qui l'auras voulu... Je vous demande pardon, monsieur Limerot... Mais il faut appeler les choses par leur nom. (*A Rombier.*) Est-ce que, par hasard, tu t'imaginerais que M. Limerot et moi; nous avons, enfin... que nous avons...

ROMBIER.

Dame!

LIMEROT.

Oh!

CLÉMENTINE, *à Limerot, violemment.*

Vous, tâchez de vous tenir tranquille et de ne pas embrouiller la question. (*A Rombier.*) Réponds. Et réponds nettement. Parce que si tu me faisais cet outrage, si tu me croyais coupable d'autre chose que d'une vétille, c'est moi alors qui demanderais le divorce.

ROMBIER, *de plus en plus faible.*

Je n'y croirais pas, si je n'avais pas vu vos lettres. Non, je n'y croirais pas... Seulement, il y a vos lettres...

CLÉMENTINE.

Eh bien, quoi, nos lettres?

ROMBIER.

Il te tutoie!

CLÉMENTINE.

En vers, on tutoie tout le monde.

ROMBIER.

C'était donc des vers...

LIMEROT.

Comment, tu ne t'en es pas aperçu?

ROMBIER.

C'est vrai... Si c'était des vers, en effet... Mais les mots?

CLÉMENTINE.

Les mots? Quels mots? Je donnerais la moitié de ce qui me reste à vivre pour pouvoir te les montrer, ces lettres.

ROMBIER

Si vous ne m'aviez pas avoué vous-mêmes tous les deux...

CLÉMENTINE.

Nous t'avons avoué ce qui était arrive... Ce n'est pas ma faute, si ton imagination déplorable t'a fait comprendre des saletés, là où il n'y avait qu'un peu de tendresses bien innocentes.

ROMBIER.

Bien innocentes... Est-ce certain?

CLÉMENTINE.

Nous avons eu tort, je le reconnais... Et je t'en demande pardon... Mais tout de même, ce n'est pas parce que j'aurais dit quelques paroles de consolation à Limerot, que tu aimais comme s'il était ton frère, et que j'aimais comme s'il était ma sœur, ce n'est pas une raison...

ROMBIER.

Alors, vous n'avez pas...

CLÉMENTINE.

Mais, je te défends de me soupçonner de cela !

ROMBIER.

Vous me l'avez avoué...

CLÉMENTINE.

Nous !... Qu'est-ce que nous t'avons avoué ?

ROMBIER.

Que tu avais eu pitié de lui.

CLÉMENTINE.

Parfaitement !

ROMBIER.

Que tu l'avais embrassé !

CLÉMENTINE.

C'est la vérité !

ROMBIER.

Limerot m'a dit que vous aviez été criminels, c'est son expression... Je sais bien que cet imbécile-là emploie toujours des mots excessifs.

CLÉMENTINE.

Criminel, cela veut dire qu'il lui semblait coupable d'avoir accepté ma tendresse, même innocente... Eh mon Dieu ! pourquoi ne dirais-je pas qu'il y a peut-être eu de sa part un peu plus que de l'amitié... Mais de là à me manquer de respect...

ROMBIER.

Et il ne montait pas dans la chambre, le soir ?...

CLÉMENTINE.

Si... Est-ce que j'ai jamais dit le contraire ?

ROMBIER.

L'histoire de la persienne est là et t'empêche de nier... Qu'est-ce qu'il y faisait dans la chambre ? Il n'a plus de chagrins d'amour à te conter ?

CLÉMENTINE.

Si.

ROMBIER.

Il est amoureux ?

CLÉMENTINE.

Oui.

ROMBIER.

De qui ?

CLÉMENTINE.

De Loredane...

ROMBIER.

Et avant qu'elle soit ici ?

CLÉMENTINE.

Il me lisait « *Les Trois Mousquetaires* », tout simplement... La preuve, c'est qu'un matin tu as retrouvé un volume sur la cheminée de notre chambre... Tu m'en as fait la remarque. Ce n'est pas vrai ?

ROMBIER.

Si. Mais ce n'est pas tout. Je me rappelle : Limerot m'a dit : « J'ai trahi ta confiance »...

CLÉMENTINE.

Il t'avait laissé ignorer son amour pour mademoiselle Thévenin.

ROMBIER.

« Et trahi ton amitié. »

CLÉMENTINE.

Il me l'avait confié, à moi.

ROMBIER.

Il m'a dit que tu l'avais aimé.

CLÉMENTINE.

Je le dis moi-même. Je l'ai aimé fraternellement. Trop.
Mon seul tort est de te l'avoir laissé ignorer.

Rombier, silencieux, réfléchit.

LIMEROT.

Mon bon Jules, tu m'as fait beaucoup de chagrin.

CLÉMENTINE.

Jules, tu ne t'es pas très bien conduit à notre égard...

ROMBIER, *qui ne demande qu'à être convaincu.*

Évidemment... (*Un silence.*) Seulement, allez donc expliquer cela à toute la ville !

CLÉMENTINE.

Dis nous ce qui te tourmente encore. Je suis tranquille,
je te répondrai...

ROMBIER.

Ces lettres...

CLÉMENTINE.

Si je n'avais pas été assez sotte pour les brûler, je n'aurais pas besoin d'en dire aussi long.

ROMBIER.

Pourquoi les as-tu brûlées ?

CLÉMENTINE.

Elles t'avaient fait de la peine.

ROMBIER.

Les lettres anonymes, qui les a écrites ?

LIMEROT.

C'est Loredane.

ROMBIER.

Qu'en sais-tu ?

LIMEROT.

Et sur la machine à écrire de la maison. J'ai reconnu
une lettre écrasée.

ROMBIER.

Pourquoi aurait-elle fait cela?

CLÉMENTINE, *dans les yeux.*

Pour être plus certaine que tu lui trouves une place à Briançon.

Un silence.

ROMBIER.

Celle-là, par exemple, si je la tenais!

CLÉMENTINE.

Et moi, donc!

LIMEROT.

Et moi, donc!

Entre Loredane.

SCÈNE IV

LIMEROT, ROMBIER, CLÉMENTINE, LOREDANE.

ROMBIER.

La voilà!

CLÉMENTINE.

La misérable!

LIMEROT.

Nous allons nous expliquer.

ROMBIER, *à Loredane.*

Vous avez écrit sur notre compte des infamies... que vous allez payer cher.

CLÉMENTINE.

Nous allons vous poursuivre en police correctionnelle.

ROMBIER.

Et je vais vous dire à quelle peine vous serez condamnée. (*Il va chercher un code dans la table du fond et le feuillette pendant ce qui suit.*) Diffamation... Code pénal...

LOREDANE.

Qu'est-ce que j'ai fait?

CLÉMENTINE.

La diffamation par lettres anonymes est une diffamation, chère madame.

LIMEROT.

Et vous m'avez écrit une lettre anonyme.

CLÉMENTINE.

Et une à moi...

ROMBIER.

Et encore à moi... Et à cinquante autres personnes.

CLÉMENTINE.

Et le vol de correspondances privées est un vol, chère madame.

LIMEROT.

Vous m'avez volé mes lettres.

CLÉMENTINE.

Nous en avons la preuve.

ROMBIER, *tout en cherchant dans le code.*

Oui, nous en avons la preuve.

LIMEROT.

Les lettres ont été écrites sur la machine à écrire de la maison, dont la lettre S est écrasée... C'est comme si elles étaient signées.

ROMBIER.

Voilà... Diffamation...: « De cinq jours à six mois de prison et d'une amende de 25 francs à 2.000 francs. »

CLÉMENTINE.

Six mois de prison, pour la diffamation... Plus un an peut-être pour le vol des lettres...

LIMEROT.

Sans compter les dommages-intérêts.

ROMBIER.

Vous êtes une misérable !

LOREDANE.

C'est M. Gardette, c'est M. Malegasse.

ROMBIER.

Eux ?...

LOREDANE.

Qui m'ont poussée. (*En larmes.*) Ils m'ont dit que cela vous rendrait service.

ROMBIER, *à Limerot.*

Ils voulaient m'irriter contre toi.

LIMEROT.

Parbleu !

CLÉMENTINE.

Ça saute aux yeux... Pour avoir la source !

ROMBIER.

Pour avoir la source !... C'est évident... Mais alors, ça change tout... C'est une manœuvre...

CLÉMENTINE.

Et tu serais assez bête !...

ROMBIER.

Ah ! mais non !... Ah ! c'est Gardette et Malegasse,... Attends ! Attends !

SCÈNE DERNIÈRE

Les Mêmes, GARDETTE, MALEGASSE.

ROMBIER.

Ah ! voilà ces messieurs... Entrez donc... D'abord, les affaires. Ne faites pas attention à Limerot. C'est un coup

d'air en descendant à la cave, pas Limerot? (*Limerot fait
un signe d'acquiescement.*) Ensuite... (*Il déplie une affiche
qu'il avait apportée.*) Voici l'affiche que j'ai déposée à la
mairie. Je rends hommage à la vertu de nos édiles. Dans
nos nouveaux projets, le Cercle s'appellera Société d'Ar-
chéologie, ce qui n'empêchera pas d'y jouer... La salle
de bal sera inaugurée par une fête de charité, et le café
chantant, supprimé, s'appellera Salle de Concerts spiri-
tuels... Et sur nos bénéfices j'abandonnerai dix pour
cent à l'œuvre de la *Chaste Adolescence.* En effet, il y a
besoin d'un peu de morale dans ce pays. Vous, Malegasse,
vous serez Médecin-Chef de l'Établissement. Après cet
hommage à la vertu, on n'aura plus rien à nous dire. Et
enfin, en ce qui concerne nos affaires particulières, je
puis vous affirmer qu'à tous ceux qui ont reçu des lettres
anonymes à mon sujet il sera envoyé une explication
suffisante en même temps que l'annonce du mariage de
madame Loredane et de M. Limerot qui iront gérer notre
succursale de Briançon.

LOREDANE.

Moi, épouser M. Limerot !

ROMBIER.

Vous êtes amoureuse de lui.

LOREDANE.

Moi?

ROMBIER.

Il le mérite d'ailleurs. Aujourd'hui, il ne paraît pas à
son avantage parce qu'il est tombé en descendant à la
cave. Mais vous êtes amoureuse de lui... et il est amoureux de vous.

LIMEROT.

Mais, mon bon Jules...

ROMBIER.

Tu es amoureux d'elle, et vous êtes amoureuse de lui,
vous m'entendez. Épousez-le. Vous ne me comprenez pas?

LOREDANE.

Vous me pardonnerez ?

ROMBIER.

A ces conditions-là, je pardonne à tout le monde. Vous prendrez tous les deux la succursale de Briançon. Limerot fera les tournées des agences ?

LIMEROT.

Ah ! ça, mon bon Jules.

ROMBIER.

Ne me remercie pas. Je te dois bien ça...

GARDETTE.

Du moment que la morale est sauvegardée.

ROMBIER, *à Loredane*.

Vous entendez, madame.

LOREDANE.

J'accepte, monsieur Rombier, et je défendrai votre honneur...

ROMBIER, *épanoui*.

Pour quelqu'un qui me connaît, cette accusation était tout de même trop invraisemblable... Est-ce vrai ?

CLÉMENTINE.

Oui, mon ami.

LIMEROT.

Oui, mon bon Jules.

MALEGASSE.

Évidemment.

ROMBIER.

N'est-ce pas ?

CLÉMENTINE.

Tu vois.

MALEGASSE.

Ce sera un soulagement dans toute la ville.

ROMBIER, *redescendant.*

Ouf! Limerot!

LIMEROT

Quoi ?

ROMBIER.

Notre cri de ralliement !

LIMEROT.

Limerot aime Rombier !

ROMBIER.

Rombier aime Limerot !

Ils se jettent dans les bras l'un de l'autre.

CLÉMENTINE, *à Gardette et Malegasse.*

Messieurs, savez-vous ce que vous devriez-faire ? Rester dîner avec nous.

GARDETTE *et* MALEGASSE.

C'est cela. Merci. Avec plaisir. Vive la Saint-Jules !

TOUT LE MONDE.

Vive la Saint-Jules !

RIDEAU

C. GREVIN — IMPRIMERIE DE LAGNY

L'AVOCAT

COMÉDIE EN TROIS ACTES

Représentée pour la première fois au Théâtre du Vaudeville,
le 22 septembre 1922.

PERSONNAGES

MAITRE MARTIGNY . . . . MM. Louis Gauthier.
M. DU COUDRAIS . . . . Berthier.
M. LEMERCIER . . . . Arvel.
LE PRÉSIDENT . . . . Bour.
GOURVILLE. . . . . Marcel André.
LE MAIRE. . . . . Laforest.
ARMAND. . . . . Fernal.
UN DOMESTIQUE . . . . Delsinne.

LOUISE . . . . Mᵐᵉˢ Falconetti.
MADAME MARTIGNY. . . . . Émilie Lacroix.
PAULINE. . . . . Mady Berry.

En province, de nos jours

L'AVOCAT

ACTE PREMIER

Le cabinet de M⁰ Martigny, avocat.

Au fond, porte, un peu à gauche. Une bibliothèque. Porte sur les côtés. Entre la porte de gauche et la rampe, rayons chargés de livres. Une petite table devant.

Au milieu et un peu à droite, perpendiculaire à la rampe, un grand bureau plat couvert de papiers, dossiers, codes, etc.

Fauteuils, chaises.

SCENE PREMIÈRE

LE PRÉSIDENT MARTIGNY, *puis* M⁰ MARTIGNY, *et* MADAME MARTIGNY. *Au lever du rideau, la scène est vide. Le Président Martigny (85 ans) entre par la droite et se dirige vers la petite bibliothèque de gauche où il prend un volume, qu'il consulte sur la petite table. C'est un petit vieillard alerte et soigné. Entre madame Martigny (65 ans), allure de grande bourgeoise.*

MADAME MARTIGNY.

Voilà Edmond.

LE PRÉSIDENT MARTIGNY.

Ah! Enfin!

MADAME MARTIGNY.

Il aura passé chez M⁰ Courtalain en descendant du train.

Entre M⁰ Martigny (40 ans). Sous le bras une grosse serviette d'avocat qu'il pose sur son bureau.

MARTIGNY.

Bonjour, grand-père. Bonjour, maman.

Baiser.

MADAME MARTIGNY.

Tu as fait bon voyage?

MARTIGNY.

Excellent... Eh bien, en voilà une aventure! Donnez-moi des détails. M. Lemercier n'a pas su très bien se faire comprendre au téléphone.

LE PRÉSIDENT.

Tu as le dossier?

MARTIGNY.

En communication seulement. Je n'ai pas voulu l'accepter avant d'avoir causé avec vous... Huit jours avant les assises!... Il faut demander la remise à une autre session.

LE PRÉSIDENT.

Ce n'est pas possible.

MARTIGNY.

Enfin, que s'est-il passé au juste?

LE PRÉSIDENT.

Lemercier est arrivé ici hier matin, affolé. Il venait d'apprendre que Courtalain, subitement malade, était dans l'impossibilité de défendre madame du Coudrais. J'ai naturellement parlé de remise, mais il m'a fait valoir que sa pauvre fille ne pouvait demeurer encore plusieurs mois sous cette inculpation de meurtre.

MARTIGNY, *faiblement.*

Elle est en liberté provisoire.

LE PRÉSIDENT.

Parce que je me suis alors démené comme un beau
diable. Mais l'y laissera-t-on ? Je n'en sais rien : il y a
autour de cette affaire tant de passion ! D'autre part,
l'émotion de Lemercier était telle que je t'ai à peu près
engagé.

MARTIGNY.

En huit jours !

LE PRÉSIDENT.

L'affaire est si simple !

MARTIGNY.

Évidemment, cependant...

MADAME MARTIGNY.

Ton père était un grand ami de M. Lemercier. Et
cette pauvre madame du Coudrais est au plus haut point
digne d'intérêt. Tu la connais. Songe ce que doit être
la vie de cette jeune femme, si douce, si honnête et qui
vit sous l'accusation d'être la meurtrière de son mari.

MARTIGNY.

Oui, mère, certainement. Je vous comprends.

MADAME MARTIGNY.

Tu peux la sauver.

LE PRÉSIDENT.

Et toi seul peux la sauver.

MADAME MARTIGNY.

J'ai même été surprise qu'elle ne se soit pas adressée à
toi tout de suite. Tu as jadis plaidé pour le ménage.
Vous étiez même en relations amicales...

LE PRÉSIDENT.

Allons, c'est entendu... D'ailleurs, puisque tu as le dossier...

MARTIGNY.

Oui, Courtalain me l'a fait remettre, avec ce pli cacheté

qui lui avait été confié par madame du Coudrais et qu'il m'a confié à son tour. (*Lisant la suscription.*) « *N'ouvrir que sur ma demande. A détruire sans lire après ma mort... Louise Lemercier, veuve du Coudrais...* » Je l'ai feuilleté ce dossier, chez Courtalain. Il n'y a rien que nous ne sachions.

LE PRÉSIDENT.

Sans les passions politiques et l'émotion de l'opinion publique, madame du Coudrais n'eût pas été inculpée. Et veux-tu que je te dise? Courtalain n'est pas plus malade que moi. Mais il va être candidat aux prochaines élections et il craint de perdre les voix des électeurs hostiles à madame du Coudrais.

MADAME MARTIGNY.

C'est fort possible.

LE PRÉSIDENT.

Ah! les avocats d'aujourd'hui.

MARTIGNY, *souriant.*

Valaient-ils mieux, ceux de votre temps?

LE PRÉSIDENT.

Non! C'est une profession au-dessus des possibilités humaines : les avocats devraient être des anges! Mais oui! Comme les prêtres et les médecins. Quand on vit aux dépens de la souffrance des hommes, on devrait être au-dessus d'eux.

MARTIGNY, *de même.*

Mais alors, monsieur le Premier Président, qu'exigerez-vous de la magistrature?

LE PRÉSIDENT.

J'en ai fait partie. Ça, c'est de la pure aberration. Les magistrats sont des hommes qui, tranquillement, se mettent à la place de Dieu : des hommes qui s'arrogent le droit de juger leurs semblables, et dont les meilleurs sont assez fous pour croire qu'ils peuvent, après quelques heures d'examen, comprendre ce qui s'est passé dans la conscience d'un autre. C'est bouffon, tellement c'est sinistre. J'ai mis trente ans à m'en apercevoir.

MADAME MARTIGNY.

Alors, vous ne devez rien reprocher à ceux qui n'exercent que depuis vingt-neuf ans.

LE PRÉSIDENT, *riant.*

C'est vrai... Ne parlons plus de cela. Donc, c'est entendu, tu plaides?

MARTIGNY.

Puisque vous me le conseillez.

LE PRÉSIDENT.

Alors, je puis bien t'avouer maintenant que j'avais prévu ta décision, et que d'avance, je l'ai dite à Lemercier. Il va venir.

LE DOMESTIQUE, *entrant.*

M. Gourville est là.

MARTIGNY.

Une minute

LE PRÉSIDENT.

Ah! oui... J'avais aussi prévenu ton secrétaire. Il t'amène le maire de Nancré. Nous te laissons. Et j'espère que tu nous donneras à entendre une belle plaidoirie.

MADAME MARTIGNY.

Et moi, je suis certaine que tu vas faire une bonne action.

LE PRÉSIDENT, *en sortant, au domestique.*

Faites entrer.

> *Sortent le Président Martigny et madame Martigny. Martigny ouvre son dossier. — Entre Gourville — (26 ans).*

SCÈNE II

MARTIGNY, GOURVILLE.

GOURVILLE.

Bonjour mon cher Maître... Permettez-moi de vous dire l'excellent effet qu'a produit la nouvelle de votre acceptation.

MARTIGNY.

Il faudra rendre le dossier des Mincrais.

GOURVILLE.

Oh !

MARTIGNY.

L'excuse est toute trouvée. D'ailleurs, je n'aurais pas plaidé. L'affaire est malpropre.

GOURVILLE.

Quel exemple vous donnez à certains de nos confrères !

MARTIGNY.

Je me fais de notre profession une idée plus haute, voilà tout. Il y a des plaidoiries qui en arrivent à frôler la complicité. Les fasse qui veut. Pas moi... Il y a quelqu'un dans le salon ?

GOURVILLE.

Le maire de Nancré.

MARTIGNY.

Mais il a été entendu à l'instruction ?

GOURVILLE.

Oui.

MARTIGNY.

M. Lemercier me fait commettre une petite incorrection en me l'envoyant.

GOURVILLE.

Cette incorrection s'excuse par le peu de temps qui vous est laissé pour l'examen du dossier.

MARTIGNY.

Je me demande si j'ai eu raison de l'accepter dans ces conditions.

GOURVILLE.

Vous seul, mon cher Maître, pouvez sauver madame du Coudrais.

MARTIGNY, *riant.*

Vil flatteur. Allons, faites venir M. le Maire.

> *Gourville va à la porte et introduit le Maire de Nancré.*

SCÈNE III

LES MÊMES, LE MAIRE DE NANCRÉ.

MARTIGNY.

Bonjour, monsieur le maire.

> *Poignée de mains.*

LE MAIRE.

Bonjour, monsieur Martigny. Ça va bien?

MARTIGNY.

Merci. Je vous suis reconnaissant d'avoir bien voulu vous déranger pour préciser devant moi les renseignements que vous avez donnés à M. le Juge d'Instruction.

LE MAIRE.

Ben, on en fait, des affaires, à propos de cette histoire-là! Faut-il qu'il y ait des gens enragés pour tourmenter cette pauvre madame du Coudrais!

MARTIGNY.

Certes... (*Feuilletant le dossier.*) Voyons, dites-moi ce que vous savez.

LE MAIRE.

Ben, tout le monde doit le savoir aussi bien que moi, depuis le temps qu'on me le fait répéter. Enfin ! Vous, c'est la première fois... Alors, le 25 novembre, de grand matin, il y a eu deux ans au dernier mois de novembre, Billot, le bûcheron, vient me réveiller et me dit comme ça : « Venez vite, monsieur le Maire, il y a un malheur, je viens de trouver M. du Coudrais mort aux Peupliers Blancs, à côté de la rivière ». J'y dis : « Pas possible ! » « Si », qu'il me dit. « Alors, je lui dis : « Il fallait le faire transporter chez lui ; le château n'est qu'à trois cents mètres ». « Pas la peine. qu'il me répond, il était déjà froid et puis j'ai vu qu'il y avait du sang sur lui ». Alors, j'y vais et je trouve en effet ce pauvre M. du Coudrais étendu sur le ventre, la bouche ouverte, qui avait l'air de manger de la terre. Son fusil était à côté de lui. Je retourne le corps et je vois la veste brûlée sur le devant avec une grande tache brune, qu'était du sang. Je me dis : c'est un accident. Je regarde le fusil. Il était tout armé. Pour ne pas qu'il arrive un autre malheur, je retire les cartouches, — les deux coups étaient chargés, — je fais prévenir au château, et j'envoie le garde-champêtre au télégraphe, pour informer ces messieurs du parquet... Alors on a commencé des enquêtes, on a été chercher ça et ça... Moi, du premier coup, comme tout le monde de chez nous, j'ai dit : « Voilà ce que c'est. Ça devait lui arriver, à boire et à passer des nuits avec n'importe quel galvaudeux ». Quand c'était avec des gens du pays, passe encore ; mais il allait à ce cabaret à côté de l'Écluse, trouver des mariniers, des chemineaux, des gens de toute sorte... Il aura amené un de ces chenapans avec lui, à l'affût, et c'est comme ça que c'est arrivé.

MARTIGNY.

Vous avez fouillé le cadavre?

LE MAIRE.

Oui, monsieur Martigny, je l'ai fouillé, parfaitement. Et c'était mon droit et mon devoir, et on ne peut pas me le reprocher.

MARTIGNY.

Mais je ne vous le reproche pas! Je veux savoir de vous si le vol a été le mobile du crime.

LE MAIRE.

Ça, je ne peux pas le dire. Mais si celui-là qui l'a tué a voulu le voler, faut croire qu'il était bien manchot, parce que M. du Coudrais avait encore son portefeuille dans sa poche, et son porte-monnaie et sa montre.

MARTIGNY.

Avez-vous remarqué des traces de lutte autour du corps?

LE MAIRE.

Non, il n'y en avait pas. Il gelait.

MARTIGNY.

Vous n'avez rien trouvé qui puisse mettre la justice sur la piste du coupable?... Un bouton, un mouchoir... Il arrive souvent...

LE MAIRE.

Oui, oui, je sais ce que vous voulez dire. Je n'ai rien trouvé. Ce n'est pas faute d'avoir cherché.

MARTIGNY.

Et malgré cela, vous pensez...

LE MAIRE.

Parbleu! Il aura été dérangé, le bandit.

MARTIGNY.

L'heure du crime?

VIII.   8

LE MAIRE.

Dix heures et quart du soir.

MARTIGNY.

Comment le sait-on?

LE MAIRE.

Plusieurs personnes ont entendu la détonation. On a cru que c'était quelque braconnier.

MARTIGNY.

Cette heure est bien, en effet, celle qu'indique comme approximative le médecin légiste !

LE MAIRE.

Mais tenez, monsieur Martigny, c'était peu après l'arrivée du petit train, celui que vous prenez pour venir à la Giraudière... Si vous étiez venu ce jour-là, qu'était justement un samedi, vous auriez pu rencontrer le gars.

MARTIGNY.

Ce samedi-là, en effet, je ne suis pas allé à la Giraudière.

LE MAIRE.

Ça vaut peut-être mieux pour vous, monsieur Martigny.

MARTIGNY.

Vous n'avez pas d'autres renseignements?

LE MAIRE.

Non, monsieur Martigny. Mais ce qui me tracasse, c'est de ne pas pouvoir comprendre pourquoi M. du Coudrais allait à l'affût au lapin avec un fusil chargé de chevrotines.

MARTIGNY.

Oui, c'est en effet inexplicable.

LE MAIRE

Maintenant, il était tellement toqué... Voilà, c'est tout ce que je sais.

MARTIGNY.

Merci.

LE MAIRE, *en sortant.*

Au revoir, monsieur Martigny.

MARTIGNY.

Au revoir.

SCÈNE IV

MARTIGNY, GOURVILLE.

MARTIGNY.

Voilà donc tout ce qu'on savait à la fin de la première partie de cette affaire : M. du Coudrais est tué d'un coup de feu ; nul soupçon ne s'égare sur son entourage ; tout le monde en est convaincu ; l'auteur du crime est un de ces nomades qu'il avait le tort de fréquenter, et l'assassin, par une circonstance fortuite, a été empêché de dépouiller sa victime.

GOURVILLE.

Rien n'est plus vraisemblable.

MARTIGNY.

Rien n'est plus vraisemblable en effet. Aussi l'émotion se calme assez rapidement et l'affaire va être classée lorsqu'un matin, dix-huit mois après, un pêcheur ramène dans son filet, à cent mètres de l'endroit où s'est passé le drame, un revolver qui, incontestablement, est l'arme du crime et qui appartenait à M. du Coudrais. Nous sommes dès lors en plein mystère. Mais le mystère est intolérable aux foules, elles veulent une explication, quelle qu'elle soit, et cette explication la malveillance d'un certain clan la fournit en désignant madame du Coudrais, qui est accusée. Grâce à l'intervention de mon grand-père elle est cependant laissée en liberté provisoire.

GOURVILLE.

C'est ce revolver retrouvé qui permit l'accusation.

MARTIGNY.

Là est donc le point à éclaircir le premier. Est-il établi que l'arme appartenait à M. du Coudrais?

GOURVILLE.

Incontestablement. C'est un prix de tir gagné par M. du Coudrais dont le nom était gravé sur la crosse.

MARTIGNY.

Est-ce bien l'arme du meurtre?

GOURVILLE, *consultant le dossier.*

Voici la déposition de l'armurier expert : « L'arme qui m'a été présentée est un revolver à six coups, dont cinq étaient chargés. La balle qui m'a été présentee... (c'est celle qu'on a retirée du corps) — est identique à celle des cartouches demeurées dans le barillet. »

MARTIGNY.

Reste un autre point. Ce revolver était-il en possession de la victime au moment du crime?... Et sinon, qui a pu s'en emparer?

Entre le domestique apportant une carte.

MARTIGNY, *à Gourville.*

C'est M. Lemercier... Voulez-vous nous laisser un moment ? (*Au domestique.*) Faites entrer.

Gourville sort. Entre M. Lemercier, 55 ans environ.

SCÈNE V

MARTIGNY, M. LEMERCIER.

MONSIEUR LEMERCIER, *entrant.*

Merci, mon cher ami; merci du fond du cœur. Vous

nous sauvez la vie. L'opinion publique est comme retournée, grâce à vous.

MARTIGNY.

Oh ! Grâce à moi...

MONSIEUR LEMERCIER.

Vous avez acquis une telle réputation de droiture, de loyauté, que le seul fait de vous avoir pour défenseur est, pour tout accusé, une présomption d'innocence. Quelle différence, grands dieux ! avec l'état où j'ai trouvé les esprits en revenant de Dakar ! On se refusait à croire à la maladie de Courtalain, on n'y croyait pas, on disait : « Parbleu, il ne veut pas se compromettre à défendre une mauvaise cause. » Aujourd'hui on dit : « Si Mᵉ Martigny accepte d'être l'avocat de madame du Coudrais, c'est qu'il est convaincu de son innocence. »

MARTIGNY.

Et on a raison. Mon père et mon grand-père m'ont élevé dans un respect profond de notre profession. Je ne défendrais pas une cause que je ne croirais pas juste en mon âme et conscience. Mais la vôtre, je m'y donnerai de tout mon cœur, de toutes mes forces... Soyez tranquille : je n'aurai pas grand effort à faire. J'ai accepté cette lourde responsabilité d'improviser une défense en quelques jours parce que je suis convaincu que la comparution de madame du Coudrais n'est qu'une simple formalité. Une accusation de meurtre, d'assassinat même, contre une femme de cet ordre, de sa douceur et de sa distinction est une pure folie ? Il a fallu cette crise d'hystérie de l'opinion publique pour qu'on osât s'y arrêter. (*Rêveur.*) Pauvre madame du Coudrais, quelles ont dû être ses angoisses ! Dans quel état est-elle ?

MONSIEUR LEMERCIER.

Terrorisée à l'idée d'affronter la curiosité publique, mais calme, froide. Trop renfermée en elle-même peut-être. Vous la verrez tantôt. Elle est tout intimidée à l'idée de refaire, devant vous, et encore une fois le récit d'événements si douloureux... Elle vous connaît cependant depuis longtemps.

MARTIGNY.

Je crois bien!... Et au début de son mariage j'ai plaidé pour son mari.

MONSIEUR LEMERCIER.

Oui. Elle m'écrivait que vous entreteniez avec lui des relations amicales.

MARTIGNY.

En effet. Mais M. du Coudrais était un peu bizarre. J'ai cru sentir à un certain moment que mes visites ne lui étaient plus aussi agréables. Je les ai cessées...

MONSIEUR LEMERCIER.

Eh bien, n'avez-vous jamais rien observé qui indiquât une désunion entre les époux ?

MARTIGNY.

Rien.

MONSIEUR LEMERCIER.

Et pourtant !... (*Un silence.*) Vous allez voir. Ma fille m'écrivait des lettres où jamais je n'ai senti l'ombre d'une tristesse, d'un regret. Elle me parlait abondamment de leur exploitation agricole, et paraissait vivre dans le calme et le bonheur. Eh bien! je viens d'apprendre qu'elle était épouvantablement malheureuse. Son mari était un fou qui lui a fait subir un martyre de toutes les minutes.

MARTIGNY.

Vous venez de l'apprendre... par elle?

MONSIEUR LEMERCIER.

Non, certes. Tout au contraire, je l'ai appris malgré elle.

MARTIGNY.

Je ne comprends pas.

MONSIEUR LEMERCIER.

Vous lui avez sans doute connu une femme de chambre
qui lui était toute dévouée, Pauline ?

MARTIGNY.

Oui, je me rappelle, la femme d'Armand.

MONSIEUR LEMERCIER.

C'est cela. Pauline est venue me voir, spontanément, et
m'a déclaré ceci : « Madame m'a défendu de dire à personne comme elle était malheureuse. J'ai obéi jusqu'à
présent, mais il me semble que j'ai tort et je viens tout
vous raconter. » Elle vous répétera ce qu'elle m'a dit. Je
suis allé interroger ma fille. Elle n'a rien nié, mais elle
m'a exprimé le plus nettement du monde son désir, je
dirais presque sa volonté, que le silence le plus strict soit
observé sur les tristesses de son ménage.

MARTIGNY.

C'est donc pour cela qu'elle s'est opposée à ce que Pauline soit appelée en témoignage.

MONSIEUR LEMERCIER.

Sans doute. J'oubliais de vous dire que M. du Coudrais,
le père, est tout à fait d'accord avec elle sur ce point.

MARTIGNY.

Je voudrais voir Pauline.

MONSIEUR LEMERCIER.

Je vous l'ai amenée avec son mari. Ils sont là...

MARTIGNY.

Vous avez bien fait. Le témoignage de Pauline peut
nous être précieux, non point tant par la révélation de
ces faits qui, en réalité, n'auraient de valeur que si nous
plaidions coupable, mais pour ruiner tout à fait l'accusation, en établissant que madame du Coudrais était chez
elle, dans sa chambre, au moment où le meurtre a été
commis. Je ne m'explique pas, d'ailleurs, comment

M⁰ Courtalain a pu négliger ce point, qui est des plus importants. (*Feuilletant le dossier.*) Que dit le ministère public ? (*Lisant.*) « Madame du Coudrais, armée du revolver pris dans le tiroir souvent laissé ouvert, est sortie derrière son mari, et l'a rejoint au lieu dit les Peupliers Blancs où il était à l'affût. Là, la scène commencée au château s'est continuée de plus en plus violente, et madame du Coudrais a tué ce mari qu'elle n'aimait pas... » Ceci, l'accusation, certes, ne peut pas le prouver, et c'est à elle de faire la preuve ; mais comme, nous, nous ne pouvons pas prouver le contraire, il demeure une présomption, une présomption qui subsisterait, même après l'acquittement, et qui ne doit pas subsister. Il faut donc m'attacher à démontrer que madame du Coudrais ce soir-là, n'est pas sortie du château. Voilà pourquoi le témoignage de Pauline peut nous être précieux... Et les autres domestiques ?

MONSIEUR LEMERCIER.

Armand, le mari de Pauline, était muet comme elle. Il obéissait à la même consigne. D'autre part, j'avais recherché les autres serviteurs dès mon arrivée. Deux d'entre eux, le garde et le berger, étaient introuvables.

MARTIGNY.

Comment cela ?

LEMERCIER.

Introuvables... Disparus... Je suis allé interroger M. du Coudrais père qui m'a dit les avoir envoyés chez des parents à lui, dans le Périgord. J'ai vérifié : c'est exact.

MARTIGNY.

D'ailleurs ce garde et ce berger n'auraient certainement rien à nous apprendre.

LEMERCIER.

Certainement.

MARTIGNY.

Eh bien ! je vais voir Armand et Pauline.

LEMERCIER.

Je vous laisse avec eux... J'avais amené ma fille... Madame
votre mère l'a vue entrer et l'a retenue auprès d'elle, où
elle attend que vous l'appeliez.

MARTIGNY.

C'est bien. Je vais d'abord entendre Armand et Pauline.

LEMERCIER.

Je vous la confie. Et encore merci, de tout cœur.

Il sort. Martigny le reconduit.

MARTIGNY.

Armand, voulez-vous venir ? Vous, madame, tout à l'heure,
aussitôt que j'aurai fini avec votre mari. Approchez.

Gourville et Armand sont entrés.

GOURVILLE, *à Armand.*

Asseyez-vous.

SCÈNE VI

MARTIGNY, ARMAND, GOURVILLE.

MARTIGNY.

On vous a montré à l'instruction l'arme qui, paraît-il,
a servi à tuer M. du Coudrais.

ARMAND.

Oui, monsieur.

MARTIGNY.

Vous connaissiez ce revolver ?

ARMAND.

Je crois bien, je le voyais presque tous les matins en
faisant le bureau, parce qu'il était dans un tiroir, sur des

papiers, des factures, et que souvent monsieur laissait ce tiroir à demi fermé.

MARTIGNY.

Était-il chargé habituellement ?

ARMAND.

Toujours.

MARTIGNY.

L'avez-vous vu, le matin du crime ?

ARMAND.

Oui, monsieur.

MARTIGNY.

Vous en êtes certain ?

ARMAND.

Oui, monsieur, certain.

MARTIGNY.

Pourquoi ?

ARMAND.

Parce que j'ai été tout surpris, le lendemain matin, alors que personne ne savait encore rien, de voir le tiroir ouvert, et le revolver absent. Je me suis dit : « C'est drôle, je l'ai encore vu là hier matin. »

MARTIGNY.

Vous n'avez fait part de cette surprise à personne ?

ARMAND.

On était si bouleversé dans la maison que je n'y ai plus pensé tout de suite. Plus tard, j'ai eu peur qu'on me reproche de n'avoir rien dit, et j'ai continué à me taire.

MARTIGNY.

Mais il n'est pas venu à votre esprit cette idée toute simple, toute logique : « Si le revolver que j'ai vu là hier matin n'y est plus aujourd'hui, c'est que mon maître, hier soir, en sortant, l'a pris avec lui... » Cela n'est pas venu à votre esprit ?

ARMAND.

Oh ! non, monsieur.

MARTIGNY.

C'est pourtant ce qui s'est passé probablement. M. du Coudrais, je ne sais comment, a été dépouillé de son revolver par un de ses amis de rencontre, cet ami l'a tué, soit pour le voler, soit dans une querelle, et a jeté l'arme dans la rivière cent mètres plus loin, là où on l'a trouvée. Si le revolver n'était plus dans le tiroir, c'est que M. du Coudrais l'avait emporté, sachant qu'il allait dans des endroits où il fait bon d'être armé, et que son fusil n'était pas un moyen de défense corps à corps. Voilà ce que vous auriez dû penser et ce que vous auriez dû dire. C'est l'évidence même.

ARMAND.

Non. Monsieur avait un autre revolver plus petit, qu'il prenait quelquefois; il disait que l'autre était trop lourd, trop encombrant.

MARTIGNY.

Il faut bien cependant qu'il l'ait emporté, ce soir-là, puisqu'il a été tué avec.

ARMAND.

Je ne sais pas.

MARTIGNY.

Ou alors, il faut supposer que l'assassin s'en est emparé dans la journée.

ARMAND.

Je ne sais pas.

MARTIGNY.

Allons, quelqu'un est-il venu voir M. du Coudrais, ce jour-là ?

ARMAND.

Non, monsieur.

MARTIGNY.

Rappelez-vous bien. Il est impossible qu'il en soit autrement. Un de ces amis bizarres de M. du Coudrais a dû venir pour lui donner quelque rendez-vous, pour lui emprunter de l'argent... Pendant que M. du Coudrais avait le dos tourné, ou qu'il était allé dans une pièce voisine, l'inconnu a vu le revolver et s'en est emparé. Je vous le répète, il est impossible que les choses se soient passées autrement.

ARMAND.

Il n'est venu personne.

MARTIGNY.

Ou du moins, vous ne vous rappelez pas qu'il soit venu quelqu'un.

ARMAND.

Les visites étaient rares, et quand il en venait une, on le remarquait.

MARTIGNY.

Vous comprenez bien l'importance de votre déclaration ? Il ne faudrait pas, parce que vous n'auriez rien dit jusqu'ici, continuer, par peur des reproches.

ARMAND.

Il n'est venu personne.

MARTIGNY.

Vous n'avez vu personne, mais quelqu'un a pu venir cependant.

ARMAND.

Non, monsieur Martigny, c'est toujours moi qui ouvre la porte.

MARTIGNY, *après un silence.*

Je vous remercie de vos renseignements.

Armand sort.

GOURVILLE.

Et si c'était lui ?

MARTIGNY.

Lui, Armand, le criminel ? J'y ai pensé. Malheureusement, à l'heure du crime il était avec sa femme, la petite servante et deux autres domestiques à fêter dans l'office l'anniversaire de l'un d'eux. Il faudrait admettre qu'ils fussent complices tous les cinq, et ce sont de très braves gens.

GOURVILLE.

Il me vient une autre idée... L'accusation prétend que le voleur du revolver et par conséquent l'assassin, c'est madame du Coudrais. Or, ce n'est pas elle. Le revolver a été volé, il ne peut l'avoir été que par un étranger introduit dans le château. Cet étranger n'a pas été introduit par les domestiques. Donc il l'a été par une autre personne.

MARTIGNY.

Par qui?

GOURVILLE.

Nous sommes en plein inconnu. Il ne semble pas que M. du Coudrais ait emporté ce revolver, donc quelqu'un autre l'a pris ; ce quelqu'un là n'est pas quelqu'un de la maison, ce n'est pas un domestique, ce n'est pas madame du Coudrais, c'est donc quelqu'un du dehors et quelqu'un qui a été introduit en secret, par une autre personne qu'Armand. Quelle est cette personne ? Toute logique est déroutée. Il faut donc chercher à côté du vraisemblable. J'ai le plus profond respect pour madame du Coudrais, mais enfin, à serrer les faits de près, il semble bien, à l'heure qu'il est du moins...

MARTIGNY.

Vous voulez dire que madame du Coudrais... (*Sans colère.*) Vous divaguez, mon jeune ami. Tenez, ayez donc la complaisance d'aller prendre des nouvelles de M° Courtalain, et de passer chez le Président des Assises pour savoir à quelle heure je pourrai le rencontrer.

GOURVILLE.

Bien, cher Maître.

MARTIGNY.

Vous avez raison de m'indiquer cette possibilité, mais il est beaucoup plus simple de supposer que c'est M. du Coudrais qui, pour une raison qui nous échappe, a emporté, lui-même, en allant à l'affût, le revolver qui devait servir à lui donner la mort... En vous en allant, faites entrer la femme d'Armand. Méfiez-vous d'une certaine tendance d'esprit, que j'ai déjà remarquée en vous, et qui vous porte à regarder les choses par le côté romanesque... Allez, cher ami.

GOURVILLE.

Oui, mon cher Maître.

Il sort.

MARTIGNY, *seul.*

Imbécile !

Entre Pauline.

SCÈNE VII

MARTIGNY, PAULINE.

MARTIGNY.

Madame, vous savez pourquoi M. Lemercier vous a priée de venir ?

PAULINE.

Oui, monsieur Martigny ; et je suis bien contente de vous voir et de pouvoir parler. Je dis, moi, que si c'est vrai que madame du Coudrais a tué son mari, elle a rudement bien fait !

MARTIGNY.

Oh !

PAULINE.

Oui, oui, vous faites « oh ! » parce que vous ne savez

pas ce qui se passait au château. Personne ne le sait, personne.

MARTIGNY.

Que se passait-il donc ?

PAULINE.

Madame m'a défendu d'en parler. Madame est une sainte, qui ne voulait pas que l'on dise du mal de son bourreau. Elle était là toute seule, presque séquestrée, toute seule avec lui. Elle tâchait de nous faire croire qu'elle n'était pas malheureuse. Aux autres c'était facile, parce que ce bandit-là était faux comme un jeton, et quand il venait quelqu'un il était poli avec Madame, et galant, et empressé. Oui, aux autres, c'était facile, mais comme à moi, ce n'était pas possible, elle l'excusait, elle disait qu'il était très bon dans le fond, et que ses colères et ses manies ça venait d'une maladie qu'il avait eue étant petit... Et si elle avait une marque de coups...

MARTIGNY.

Oh !

PAULINE.

Oui, Monsieur. Je ne dis pas que ça arrivait tous les jours, mais c'est arrivé bien des fois..., eh bien, elle essayait de mentir, de dire qu'elle s'était cognée. Et un jour, qu'elle n'a pas pu, parce que j'avais vu, elle m'a embrassée et elle m'a dit : « Pauline, je suis bien malheureuse. Mais si vous m'aimez, ne racontez à personne ce que vous savez. Il ne faut pas qu'il y ait de scandale ». Quand il y avait une scène, elle venait fermer les portes pour que nous n'entendions pas et elle retournait auprès de son fou, essayer de le calmer. Mais malgré tout, nous, les domestiques, on entendait le monstre prononcer des mots qu'il rapportait du cabaret de l'Écluse et des endroits honteux où il allait souvent passer des nuits. Tous les jours, il trouvait un

nouveau moyen de la faire souffrir. Et il en inventait!
il en inventait!... Tenez... je me rappelle, un matin,
en se rasant, il se fait à la joue une coupure légère mais
qui saigne beaucoup, beaucoup... Alors il se barbouille
de sang le visage et la gorge, et se met à pousser des
cris terribles et à appeler Madame qu'il savait dans la
pièce d'à côté. Elle vient, s'évanouit à demi, cherche à
le relever, et lorsqu'elle parvient à le retourner et à voir
le visage, elle le voit rire, rire aux éclats de son effare-
ment, et elle l'entend lui dire : « Tu aurais été contente,
hein, si ça avait été vrai? Ce n'est pas encore pour cette
fois... Et d'abord, tu n'avais guère de chagrin! » Voilà
ce qu'il a fait. Et tant d'autres diableries qui ne me
reviennent pas sur le moment... Il se mettait, à propos
de rien, dans de telles colères qu'il ne pouvait plus
parler. Alors, il écrivait à Madame des grossièretés, des
insolences sur des bouts de papier qu'il laissait traîner...
et que, souvent, je jetais au feu.

MARTIGNY.

Pauvre femme !... Mais que lui reprochait-il? Sous
quels prétextes lui faisait-il des scènes semblables?

PAULINE.

Sous quels prétextes? Tous. Comme il n'en avait
aucun, il avait le choix. N'importe lequel, je vous dis,
monsieur Martigny. Mais le plus souvent, c'était la
jalousie. La jalousie! Je vous demande... Cette pauvre
madame qui ne voyait personne. Car depuis que vous,
monsieur Martigny, vous n'êtes plus revenu, il y a déjà
longtemps...

MARTIGNY.

Longtemps...

PAULINE.

Vous vous le rappelez?... Eh bien, depuis il n'est pas
venu au château une seule personne qui s'appelle du
monde.

MARTIGNY.

Et cependant, il se trouve des gens pour prétendre... Enfin, vous êtes bien certaine que madame du Coudrais ne recevait pas secrètement des visites?

PAULINE, *colère*.

Comment?... Comment?... C'est vous qui me demandez cela! C'est indigne, monsieur Martigny! C'est abominable! Vous, un honnête homme! C'est honteux!... Je... (*Calmée.*) Je vous demande pardon si je m'emporte... mais... soupçonner Madame.

MARTIGNY, *avec une certaine joie intérieure*.

Allez, allez! Votre colère ne me déplaît pas... Parlons maintenant de ce que vous savez des événements qui se sont passés au château le soir de la mort de M. Coudrais. Mais d'abord, dites-moi quelles étaient les habitudes.

PAULINE.

On dînait à sept heures. Après le dîner, qui n'était pas long, Monsieur sortait le plus souvent, et Madame rentrait dans sa chambre où je restais avec elle jusque dix heures et demie ou onze heures.

MARTIGNY.

Et à quelle heure M. du Coudrais rentrait-il?

PAULINE.

Depuis longtemps, Madame ne s'en préoccupait plus. Au commencement, elle l'attendait, elle était inquiète, elle pleurait et, pour récompense, elle avait une scène. Alors, elle a fini par accepter cela comme le reste, et Monsieur, qui avait sa clef, naturellement, revenait à minuit, deux heures ou même au jour. On l'entendait quelquefois... lorsqu'il était trop saoûl.

MARTIGNY.

Bien. Et alors, ce soir-là, on a dîné à sept heures comme d'habitude?

PAULINE.

Comme d'habitude. A huit heures et demie, madame m'a renvoyée à l'office parce que nous fêtions l'anniversaire de Julien, avec le jardinier et le chauffeur des voisins. Après mon départ, il y a eu encore une scène entre Monsieur et Madame, une scène plus violente que jamais. On n'y faisait plus attention.

MARTIGNY.

Et alors ?

PAULINE.

C'est tout.

MARTIGNY.

Vous avez entendu le coup de feu ?

PAULINE.

Oui. A dix heures un quart. On a cru que c'était un braconnier. Armand a même dit : « Il en a du toupet, celui-là, de tirer aussi près du château ! » Il voulait même aller voir, nous l'en avons empêché.

MARTIGNY.

De sorte que vous ne pouvez pas dire que madame du Coudrais était au château, à cette heure-là.

PAULINE.

Non ! Mais si ça peut la servir, je puis dire que j'étais avec elle... Les autres le diront aussi.

MARTIGNY.

Savez-vous à quelle heure M. du Coudrais est sorti ?

PAULINE.

Au moment où le petit train sifflait en arrivant.

MARTIGNY.

Si madame du Coudrais était sortie ensuite, l'auriez-vous entendue ?

PAULINE.

Oh ! non... pas nécessairement.

MARTIGNY.

Vous le comprenez bien : s'il lui avait été impossible de sortir sans que vous l'entendiez, tous, et que vous ne l'ayiez pas entendue, son innocence serait prouvée une fois de plus et absolument.

PAULINE.

Ça, elle pouvait sortir et rentrer sans que nous nous en apercevions. (*Un silence; se levant.*) Mais je puis déclarer le contraire. Vous n'avez qu'à m'expliquer ce que je dois dire, je le dirai, je le jurerai.

MARTIGNY.

Vous ne devez dire que la vérité.

PAULINE.

Tout de même, si la vérité devait la faire condamner est-ce qu'il faudrait que je la dise ?

MARTIGNY.

Oui.

PAULINE.

Eh bien, vous êtes un drôle d'avocat.

Le domestique entre en apportant une carte.

MARTIGNY.

C'est bien, dans un moment. (*Le domestique sort. Martigny à Pauline.*) Je vous ferai citer comme témoin. Mais vous ne répéterez tout ce que vous venez de me dire qu'autant que je vous le demanderai.

PAULINE.

Oui, monsieur... Mais vous savez, si vous changez d'avis...

Il la fait sortir à droite, — puis revenant à son bureau, il sonne. Paraît le domestique.

MARTIGNY

Faites entrer M. du Coudrais. (*Le domestique sort.*)

Après un moment entre M. du Coudrais (65 ans), un peu rustre, mais de l'allure tout de même

SCÈNE VIII

M. DU COUDRAIS, MARTIGNY.

MONSIEUR DU COUDRAIS.

Bonjour, cher Maître. Je viens d'apprendre que vous aviez accepté de défendre ma belle-fille, dans cette malheureuse affaire... Je suis le père de la pauvre victime... Je voudrais un peu causer avec vous, si vous le permettez...

MARTIGNY.

Asseyez-vous, monsieur.

MONSIEUR DU COUDRAIS.

Merci... Je vous connais de nom depuis longtemps et j'ai failli devenir votre confrère... J'ai fait ma première année de droit... une idée bizarre de mon père... Je vous dis cela pour que vous compreniez que nous sommes en pays de connaissance... Vous aussi, vous avez fait votre droit à Paris, je crois.

MARTIGNY.

En effet.

MONSIEUR DU COUDRAIS.

Ah ! c'était le bon temps !... Le Quartier Latin... Bon souvenir... Ma famille a vite compris que la basoche, ce n'était pas une affaire pour moi... (*Revenant à son sujet.*) Voilà... Il y a cette histoire, qui est bien embêtante, et qu'on a eu la méchanceté de réveiller... Mon pauvre gar-

çon !... j'ai eu bien du chagrin, parbleu ! Il faudrait ne
pas avoir de cœur... Beaucoup de chagrin... Enfin, n'est-
ce pas, il y a déjà deux ans... Comme le temps passe,
croyez-vous ! (*Prenant son parti.*) Ah ! et puis à quoi bon
tourner autour du pot... Vous êtes avocat, vous en voyez
de toutes sortes, hein... Vous en entendez de raides, ici...
Moi, je suis tout franc... Ce qui est, ça est. J'aime mieux
vous le dire tout net... Mon fils était un chenapan. Moi,
en mal, en beaucoup plus mal. Je sais qu'il rendait sa
femme malheureuse, qu'il faisait la noce avec des mariniers, des braconniers... Voilà... Ce n'est pas pour le
plaisir que je vous dis cela, hein ? Vous le comprenez ?
Seulement, tout ça, il faut que ça reste entre nous... A
l'audience, il n'y a pas besoin d'en parler... Quoi, il est
mort, n'est-ce pas ? Il était ce qu'il était. Pas grand'chose,
je le sais bien, mais c'est inutile de l'apprendre à ceux qui
ne le savent pas. C'est compris. Il y a ces sales journaux
qu'on lit partout... Vous comprenez...

MARTIGNY.

Je crois. Mais il me sera peut-être difficile, monsieur, de
vous donner satisfaction... Vous désirez, il me semble,
que, dans ma plaidoirie, je passe sous silence la conduite
de monsieur votre fils.

MONSIEUR DU COUDRAIS.

C'est ça, c'est ça... Maintenant, n'est-ce pas, pour ce
qui est de la chose... Ça va vous forcer à travailler... Je
comprends... Toute peine mérite salaire... Vous me comp-
terez cela comme une plaidoirie... Vous comprenez...

MARTIGNY, *sans se fâcher, plutôt souriant.*

Non, je ne comprends pas, ou je ne veux pas comprendre...

MONSIEUR DU COUDRAIS.

Je n'ai pas voulu vous blesser... Je sais... vous exercez
un sacerdoce... Mais le prêtre vit de l'autel, n'est-ce pas?

MARTIGNY, *l'arrêtant.*

Je vous en prie...

MONSIEUR DU COUDRAIS.

Enfin, vous me promettez...

MARTIGNY.

Non... Rien... Je le regrette vivement, monsieur, mais il m'est impossible de vous faire aucune promesse.

MONSIEUR DU COUDRAIS.

Allons, c'est un père de famille bien éprouvé qui s'adresse à vous.

MARTIGNY.

Je comprends votre souci, mais je ne puis prendre aucun engagement.

MONSIEUR DU COUDRAIS.

Mais si.

MARTIGNY.

Mais non... Je puis vous promettre, dans la mesure du possible, de ménager la mémoire du défunt. Mais j'ai la charge des intérêts de ma cliente et j'entends rester complètement maître de ma plaidoirie... (*Se levant.*) Encore une fois tous mes regrets, monsieur.

MONSIEUR DU COUDRAIS.

Oui... vous me mettez à la porte, avec un peu d'eau bénite... Ça ne fait pas mon affaire... Vous êtes un homme qui ne se contente pas de demi-confidences... Eh bien, voilà... J'ai des raisons graves pour vous demander cela... Graves... Vous comprenez ce que je veux dire? Je vais marier ma fille.

MARTIGNY.

Je ne vois pas...

MONSIEUR DU COUDRAIS.

Attendez... Ça ne sera pas long, mais il faut me laisser le temps de vous expliquer, sans quoi, si intelligent que

vous soyez, vous ne ne pouvez pas comprendre. Laissez-
moi parler, ça ira beaucoup plus vite. Voilà : Je vais
marier ma fille... Elle va entrer dans la famille des
comtes de Branfort... Évidemment, c'est de bonne
noblesse... guère meilleure que la mienne, si on voulait
bien chercher... Mais enfin, ils se figurent sortis de la
cuisse de Louis XIV... Alors, ils ont déjà fait un peu la
grimace parce que son frère était mort dans les circonstances que vous savez... Mais enfin, d'être assassiné, ce
n'est pas déshonorant, ça peut arriver à tout le monde.
Seulement, si on raconte toutes les histoires que vous
connaissez, ils trouveront que ça n'est pas reluisant...
Vous comprenez ce que je veux dire...

MARTIGNY.

Je ferai de mon mieux...   •

MONSIEUR DU COUDRAIS

Attendez. Il y a la comtesse, ma femme, une sainte.
Alors, pour elle... Vous comprenez, ce que je veux dire,

MARTIGNY.

Cette fois, oui, je comprends,

MONSIEUR DU COUDRAIS.

Il y a des témoins, des domestiques, qu'on a déjà ques-
tionnés. Je voudrais qu'ils ne soient pas cités,... A cause
des journaux, vous comprenez. A cause des journaux...
s'il n'y avait pas de journaux ça me serait bien égal...

MARTIGNY.

Je vous affirme, monsieur, que vos derniers arguments
me touchent beaucoup. Je vous promets de faire de mon
mieux pour ne pas augmenter vos chagrins ni vous en
créer de nouveaux... Je serai heureux de vous donner
satisfaction si cela est possible sans compromettre la
défense... Je ne puis rien vous dire de plus.

MONSIEUR DU COUDRAIS.

Oui, je vois qu'il faut me contenter de cette promesse...
Mais vous êtes un brave homme... Je compte sur votre
bonté... Au revoir, monsieur Martigny.

MARTIGNY.

Au revoir, monsieur. (*Il lui indique la porte de droite.
M. du Coudrais sort lentement; il sonne le domestique qui
paraît à gauche.*) Faites venir la personne qui est avec
ma mère.

LE DOMESTIQUE.

Bien, monsieur.

> *Il sort. Martigny seul se promène de long en large, très
> préoccupé.*

SCÈNE IX

MARTIGNY, LOUISE DU COUDRAIS. *Debout à son bureau,
Martigny, s'efforçant de dominer son émotion, attend, les
yeux fixés sur la porte. Louise du Coudrais entre, blonde,
mince, timide. Elle n'est pas en deuil, mais sobrement
habillée, bien qu'avec élégance.*
*Elle reste un moment debout à la porte, très émue. Il va
vers elle. Elle défaille, tombe sur un fauteuil voisin. Elle
lui prend la main, qu'elle embrasse.*

LOUISE.

Merci.

MARTIGNY.

Remettez-vous, madame.

> *Il la conduit au fauteuil près du bureau.*

MARTIGNY.

Veuillez vous asseoir...

LOUISE, *s'efforçant de parler.*

C'est si terrible, ce qui m'arrive...

MARTIGNY.

Vous êtes à la fin de votre calvaire... Avant tout, permettez-moi de vous dire, madame, ma joie de l'occasion
qui m'est offerte de me dévouer à vous.

LOUISE.

Je suis moi-même heureuse de mettre entre vos mains
l'avenir de ma vie, et je serai heureuse de la reconnaissance que je vous devrai.

MARTIGNY, *après un court silence.*

Vous ne doutez pas, je suppose, de votre acquittement.

LOUISE, *comme un enfant timide.*

Je ne sais pas, monsieur.

MARTIGNY.

Moi, je n'en doute pas. Vous me croyez?

LOUISE.

Oui.

MARTIGNY.

Vous ne regrettez pas trop que Me Courtalain ait dû se
dessaisir du dossier?

LOUISE.

Non... Oh! non.

MARTIGNY.

J'ai pour vous une si haute estime, je vous sais tellement incapable d'une action sans noblesse que je me sens
plein de confiance en moi. Je vous parais peut-être bien
présomptueux?

LOUISE.

Non.

MARTIGNY.

Ma profonde conviction me fera, j'en suis sûr, trouver
les accents qu'il faudra. Soyez donc rassurée.

LOUISE, *encore tremblante.*

Je le suis, monsieur. (*Se reprenant.*) Mon cher maître...
Pardonnez-moi...

MARTIGNY, *s'installant à son bureau.*

Voyons... (*Le professionnel reprend le dessus, par habitude
il feuillette le dossier.*) J'ai besoin, madame, de votre colla-
boration, il faut que vous me permettiez de vous poser
mille questions. (*Sur un petit geste de Louise.*) C'est indis-
pensable. Un avocat est un peu un confesseur, vous le
savez, et, comme tel, il oublie, au dehors, ce qui a pu lui
être révélé dans son cabinet. Tout ce que vous me direz
restera entre nous, et j'en aurai perdu pour toujours le
souvenir à la fin du procès. Je ne m'y servirai, d'ailleurs,
que d'arguments sur lesquels nous nous serons mis
d'accord. (*Se préparant à prendre des notes.*) Je suis forcé,
madame, de vous demander quelques détails sur votre vie
intime avec M. du Coudrais.

LOUISE. *d'une voix faible, mais nette... la physionomie
subitement fermée.*

Je ne veux pas que soient étalées en public les misères
de ma vie.

MARTIGNY.

Oui. Je comprends la révolte de votre fierté devant l'outrage de cette accusation. Je comprends que vous soyez
indignée à la pensée d'être mise dans l'obligation de vous
défendre.

LOUISE.

Si l'on a des preuves que je suis coupable qu'on me
condamne, qu'on me condamne...

MARTIGNY.

Sans doute, sans doute. Vous avez mille fois raison,
madame, c'est à l'accusation de faire la preuve. La culpabilité peut se prouver, et c'est à qui accuse de le faire.

LOUISE.

Alors?... (*Douloureuse.*) Qu'on fasse de moi ce qu'on

voudra, mais qu'on ne me tourmente plus avec cet effroyable passé...

MARTIGNY, *didactique*.

Comprenez-moi, madame. Nous ne sommes pas devant un tribunal, nous sommes devant un jury. Le magistrat n'a d'autre guide que le Code; le jury lui, est dirigé par ses émotions. Le premier est l'interprète de la loi écrite, il est soutenu par le Code; l'autre répond et condamne selon l'impression qu'il reçoit de ses nerfs. Vous n'avez pas à obtenir votre acquittement de la raison d'un juge, mais, je le répète, de l'émotivité de douze bourgeois ignorants. Moi, je comprends votre attitude fière et dédaigneuse. Eux ne la comprendraient pas. Il ne suffit pas d'être innocent, il faut l'être à leur façon; je veux dire qu'ils ne seront convaincus de votre innocence que si vous réagissez en face de l'accusation comme ils eussent réagi eux-mêmes. Ils pensent en regardant un accusé : « Moi, si j'étais à sa place, innocent, je dirais ceci, cela : j'aurais tels cris, telles révoltes; celui-ci agit autrement, donc il est coupable. »

LOUISE.

Je suis ainsi. Je ne peux pas feindre, par habileté, des sentiments que je n'éprouve pas.

MARTIGNY.

Je ne vous demande pas cela. Je vous demande de laisser voir ceux que vous éprouvez. Je vous demande de m'aider dans ma tâche en me permettant d'attirer sur vous une sympathie que vous méritez.

LOUISE.

Je ne veux pas.

MARTIGNY.

Il le faut. Allons, regardez-moi, écoutez-moi. Obéissez-moi. Confiez-vous à moi. Vous ne trouverez personne pour vous mieux comprendre.

LOUISE.

Je n'ai rien à dire.

MARTIGNY, *après un petit geste d'impatience.*

Enfin, madame, vous voulez être acquittée, n'est-ce pas?

LOUISE, *avec un geste évasif.*

Oh!...

MARTIGNY.

Allons!... Il ne faut pas désespérer de la vie. Elle a été jusqu'ici, pour vous, abominablement cruelle, mais elle peut vous donner une revanche, vous pouvez vous faire une existence nouvelle, douce, paisible, heureuse...

LOUISE.

Il n'y a plus pour moi de paix ni de bonheur.

MARTIGNY.

Quelle erreur! Vous êtes jeune... Vous avez de nombreuses années à vivre. Ne regardez pas en arrière, regardez devant vous. Le bonheur vous attend. Ce bonheur vous est dû...

LOUISE, *obsédée.*

Vous ne savez pas à quel point vous pouvez être cruel en me parlant d'un bonheur possible.

MARTIGNY.

Mais pourquoi? pourquoi?

LOUISE.

Je n'étais pas créée pour me débattre au milieu d'événements tragiques... Jusqu'ici je n'ai pas eu le courage de faire ce que j'aurais dû faire.

MARTIGNY.

Quoi?

LOUISE, *simplement.*

Me tuer.

MARTIGNY.

Ce serait un crime...

LOUISE.

Contre moi. C'est bien peu de chose.

MARTIGNY.

Contre d'autres aussi.

LOUISE.

Qui donc mon, Dieu !

MARTIGNY.

Contre ceux que vous abandonneriez dans le désespoir.
Contre votre père qui se reproche d'avoir pu se laisser
cacher par vous les misères de votre ménage, contre lui
dont toute la vie est suspendue et qui attend avec angoisse
votre mise hors de cause pour s'efforcer de vous faire
tout oublier par sa tendresse de chaque jour. Je l'ai vu.
Il m'a cru digne de sa confiance, lui, et il m'a laissé voir
sa grande douleur. Il est seul, il est près de la vieillesse.
Vous pouvez illuminer ses dernières années vous pouvez
aussi hâter sa fin... Il vous aime tant. (*Elle fond en larmes.
Il la laisse pleurer pendant un moment.*) Allons ! Pour lui,
tout au moins, acceptez les dernières épreuves. Abaissez
votre fierté, si légitime qu'elle soit, ne vous offrez pas au
malheur comme une proie résignée, ne tentez pas le
destin, aidez-moi à vous préserver d'une catastrophe...
Faites encore ce sacrifice et, dans quelques jours, vous
pourrez oublier tout ce que vous avez subi, comme on
oublie un mauvais cauchemar... C'est entendu... Ne pleurez plus... Je vais vous épargner le plus de questions
qu'il me sera possible. Soit. Ne me dites rien des années
de torture de votre mariage. J'en parlerai de mon côté
le moins possible, je vous le promets. Arrivons tout de
suite au jour du crime. Avant le départ de votre mari,
que s'est-il passé ?

LOUISE.

Je n'ai rien à dire. Je ne veux rien dire.

MARTIGNY, *regardant le dossier pour dissimuler
son commencement d'irritation.*

« Je n'ai rien à dire... Je ne veux rien dire ». Ce sont

les paroles que vous n'avez cessé de répéter à l'instruction? N'avez-vous pas répondu plus explicitement à votre premier avocat?

LOUISE.

Non.

MARTIGNY.

Vous ne le connaissiez pas. Je comprends, à la rigueur, votre réserve à son égard. Ne suis-je pas digne, moi, d'un peu plus de confiance, en raison de nos anciennes relations amicales? Vous étiez encore jeune fille. Vous vous rappelez, nous étions de bons amis. Nous avons cessé de nous voir peu de temps après votre mariage, mais notre amitié ne faisait que sommeiller... Excusez-moi d'évoquer ces vieux souvenirs... et répondez-moi... Vous voulez bien?

LOUISE.

Non.

MARTIGNY.

Pourquoi? (*Elle ne répond pas. Il ne peut plus cacher son mécontentement. Il se lève, marche, et revient à elle, après un assez long silence. D'une autre voix.*) Madame, vous avez un secret... Ne dites pas non, c'est inutile. Cela saute aux yeux... Ne dites rien, si vous ne voulez rien me dire, mais ne me mentez pas.

LOUISE.

Eh bien! oui, j'en ai un !

MARTIGNY.

Vous ne voulez pas me le confier?

LOUISE.

Non.

MARTIGNY.

Le direz-vous à l'audience?

LOUISE.

Non.

MARTIGNY.

A l'audience, vous aurez cette attitude?

LOUISE.

Oui.

MARTIGNY.

Alors... C'est bien. (*Geste de congé. Elle se lève, fait deux pas vers la porte.*) Je croyais, madame, en assumant votre défense dans les conditions où elle m'a été offerte, mériter tout au moins de n'être pas traité par vous comme un ennemi.

LOUISE.

Un ennemi! Vous! Je vous le jure, je vous garde une profonde reconnaissance de ce que vous tentez... Vous, un ennemi! Mon Dieu!... (*Les mains jointes.*)Mais je vous en supplie, permettez-moi de me taire... Soyez bon, permettez-le-moi! Je ne puis pas, je ne puis pas parler.

MARTIGNY.

En parlant, vous sacrifieriez quelqu'un?

LOUISE.

Peut-être.

MARTIGNY.

Quelqu'un que vous aimez?

LOUISE.

Peut-être? (*Dans un cri.*) Assez! Assez! De grâce! si vous saviez la force qu'il me faut pour résister à vos prières! Mon Dieu! Je suis à bout! Ne me défendez pas, cela vaut mieux. Dites que vous ne voulez pas, que vous ne pouvez pas me défendre... Oui, oui, faites cela! Je vous en prie!

MARTIGNY.

Je ne puis pas. Je me suis engagé envers votre père; et à moins que vous, madame, vous n'en marquiez la volonté formelle, je reste votre défenseur.

LOUISE.

Soit. Mais ne me demandez plus rien.

MARTIGNY.

Je vous obéis, madame. Mais mon devoir professionnel

m'oblige cependant à vous dire le danger que vous courez.
Si vous vous montrez, devant le jury, aussi impénétrable,
vous risquez la condamnation.

LOUISE.

Sans preuves?

MARTIGNY.

Sur des présomptions.

LOUISE, *qui a repris son terrible sang-froid.*

Ce n'est pas moi qui ai tué.

MARTIGNY.

Je ne veux plus insister... Donc vous ne voulez rien
me dire? Je vous le demande pour la dernière fois.

LOUISE.

Rien.

MARTIGNY.

Allez, madame. Je vous défendrai de mon mieux et
selon votre volonté.

RIDEAU.

ACTE DEUXIÈME

Même décor.

SCÈNE PREMIÈRE

MARTIGNY, MADAME MARTIGNY.

MARTIGNY.

Je ne me suis jamais trouvé dans un tel état de nervosité. Nous sommes à quelques heures de l'ouverture des débats et ce que je sais de l'affaire que je vais plaider n'est rien à côté de ce que j'en ignore, à côté de ce qu'on me cache... et qui peut m'être révélé, tout à l'heure, en pleine audience. (*Après avoir regardé sa mère pendant quelques instants. Sur un autre ton, comme prenant son parti.*) Je ne puis pas vous laisser faire ce que vous avez l'intention de faire sans vous prévenir d'une certaine chose.

MADAME MARTIGNY.

Je ne comprends pas.

MARTIGNY.

Voilà. Vous avez dit à madame du Coudrais que vous lui donneriez cette inappréciable marque d'estime de l'accompagner au Palais, et d'entrer avec elle dans la salle d'audience.

MADAME MARTIGNY.

Oui, puisqu'on a reconnu unanimement qu'il était préférable que ton grand-père ne se montrât point à côté d'elle devant des magistrats, qui, jadis, étaient ses collègues.

MARTIGNY, *cherchant un prétexte.*

Je me demande s'il n'y a pas là de votre part quelque excès de bonté.

MADAME MARTIGNY.

Tu m'as remerciée vivement lorsque je t'ai proposé de l'accompagner ; tu m'as dit — et j'ai trouvé cela très juste — que le jury ne pouvait qu'en être favorablement impressionné.

MARTIGNY.

Certes... Mais elle manque de confiance à un tel point... J'en suis, je dois l'avouer, assez irrité. Je lui ai écrit une longue lettre où j'essaie de lui montrer la nécessité d'une franchise complète qu'elle m'a refusée jusqu'ici avec un entêtement que je ne puis comprendre. J'ai mis dans cette lettre tout ce que je puis avoir de force persuasive, je lui ai parlé vraiment comme à une amie, évoquant l'affection qui unissait mon père et le sien. J'espère qu'elle se laissera convaincre. Si elle se refusait encore à se confier à moi, j'avoue que mon zèle en serait singulièrement affaibli.

MADAME MARTIGNY.

Elle n'en resterait pas moins une pauvre femme injustement accusée d'un crime.

MARTIGNY, *après un silence.*

Mère, je ne suis plus aussi certain que ce soit tout à fait injustement.

MADAME MARTIGNY.

Que me dis-tu là ?

Entre le domestique.

LE DOMESTIQUE.

M. Lemercier.

MARTIGNY, *bas à sa mère.*

Je vais peut-être le savoir... Laisse-nous, maman, veux-tu ? (*Au domestique.*) Faites entrer.

MADAME MARTIGNY.

Mon pauvre enfant !

Elle sort. Après un moment, entre M. Lemercier.

SCÈNE II

MARTIGNY, M. LEMERCIER.

MARTIGNY.

Eh bien ?

MONSIEUR LEMERCIER, *très ému.*

Rien. Elle s'entête dans son mutisme... Rien... Rien... Elle ne veut rien dire... (*Un silence.*) Je suis vraiment très malheureux. Comprenez-vous tout ce que je puis souffrir... Mon enfant !... Je n'ai plus qu'elle... Elle était tout mon bonheur et ma fierté...

MARTIGNY.

Reprenez-vous, mon cher ami...

MONSIEUR LEMERCIER.

Oui... oui.. Je vous demande pardon... Qu'est-ce que nous allons faire ? Je l'ai suppliée, je me suis épuisé à la persuader qu'elle devait vous livrer son secret. Elle ne veut rien dire ni à moi, ni à vous... à personne !

MARTIGNY, *après un silence.*

Mon ami, je suis effrayé devant tant de responsabilités. Vraiment, je me demande si je suis en état de plaider.

MONSIEUR LEMERCIER.

Mon Dieu! Vous n'allez pas... Vous n'allez pas nous abandonner!

MARTIGNY.

Eh non! je ne veux pas vous abandonner : je vous aime trop, vous et elle, pour penser à vous abandonner... Si vous saviez!... Autant que vous, mon ami, autant que vous, je veux la sauver... mais c'est justement pour cela, c'est parce que j'ai peur de ne pas pouvoir la sauver que je voudrais qu'un autre prît ma place!

MONSIEUR LEMERCIER.

Jamais! Personne! Personne! Jamais! Vous, vous!

MARTIGNY.

Réfléchissez. Nous sommes dans une situation mal définie, trouble... Aller devant le jury maintenant, avec une accusée dont personne ne comprendra l'attitude, attitude que moi je ne pourrai pas expliquer, gêné comme je le suis par ce mystère, c'est nous exposer aux plus douloureuses surprises! La sauver!... Mais je donnerais ma vie pour la sauver!... (*Se reprenant un peu.*) Je la connais depuis longtemps, vous savez... Et vous, vous êtes le meilleur ami de mon père... Et puis ma mère s'est prise d'affection pour elle... Alors, je voudrais la délivrer à tout prix... à tout prix... Et justement à cause de cela, je souhaite gagner du temps.

MONSIEUR LEMERCIER.

Que gagnerez-vous, en gagnant du temps? Que ferez-vous?

MARTIGNY.

Il me sera possible de coordonner mes idées... de préparer ma défense... et aussi, nous obtiendrons peut-être une confidence complète...

MONSIEUR LEMERCIER.

Vous parlez comme si vous ignoriez l'état des esprits, la malveillance des gens... '

MARTIGNY.

Je ne l'ignore pas.

MONSIEUR LEMERCIER.

Oserez-vous, alors, demander une nouvelle remise! On dirait : « M* Martigny refuse de la défendre, parce qu'il la sait coupable... » Et on croira que c'est vrai, on le croira, on le croira... Hélas! parce que c'est peut-être la vérité!

MARTIGNY.

La vérité?

MONSIEUR LEMERCIER.

Je suis moi-même épouvanté de ce que je dis. Voici trois nuits que je ne dors pas, obsédé par cette pensée, reprenant, retournant la question dans tous les sens. Je suis torturé, littéralement torturé. Je n'ai plus mon jugement. Je vis dans un cauchemar qui ne me laisse aucune trêve. J'en suis arrivé là, à ne trouver d'explications que celle du meurtre commis par elle... Et vous, vous ne vous révoltez pas à m'entendre... (*Un silence.*) Vous ne dites rien... Hélas! Je le sens, vous êtes arrivé à la même conclusion!

MARTIGNY, *faiblement.*

Non, mon cher ami... Non... Mais il faut bien reconnaître que l'atroce logique m'a conduit au même doute. Je vous demande pardon.

MONSIEUR LEMERCIER.

Mais pourquoi aurait-elle tué?

MARTIGNY.

Si elle avait... si elle a tué, elle a certainement toutes les excuses. Il est évident qu'une femme de sa valeur morale et de sa bonté, de sa douceur, de sa faiblesse n'aurait pu en arriver à cet acte que sous une violente et terrible poussée... Il faut qu'il y ait eu comme un cas de légitime défense.

MONSIEUR LEMERCIER.

J'y ai pensé. Elle était menacée de mort. Soit. Mais si cela était, c'est dans le château même qu'on eût trouvé le corps de l'agresseur, du mari !

MARTIGNY.

Peut-être n'était-ce pas elle qui était menacée.

MONSIEUR LEMERCIER.

Qui ?

MARTIGNY.

Elle pouvait avoir un attachement que nous ignorons.

MONSIEUR LEMERCIER.

Elle !

MARTIGNY.

Je sais bien ce que cette supposition peut avoir de pénible pour vous. Elle m'est aussi très douloureuse, croyez-le. Quoi de plus pardonnable cependant qu'une affection profonde, consolatrice de tant de douleur ? Qui, mieux que cette victime, pouvait attirer la pitié et... l'amour. Et si elle avait répondu à cet appel de la vie et de la passion... Qui donc, quel qu'il soit, oserait le lui reprocher ?

MONSIEUR LEMERCIER.

Elle aurait aimé... Mais qui ?

MARTIGNY.

Nous l'ignorons... Un voisin... Même un étranger, mais quelqu'un que le mari savait être, ce soir-là, tout près, attendant...

MONSIEUR LEMERCIER.

C'est impossible.

MARTIGNY.

Moins que toute autre hypothèse... Qu'elle ait été aimée, qu'elle ait aimé, rien de plus simple. Le mari, vous le savez, était jaloux jusqu'à la folie. Qu'il apprenne tout à coup la vérité, que le lieu de rendez-vous nocturne

lui soit soudainement révélé, il ne se connaît plus, il
charge son fusil de chevrotines et sort en déclarant qu'il
va tuer. Elle le supplie, il la rudoie. Il sort. Elle saisit le
revolver qui s'offre à sa vue dans le tiroir mal fermé,
elle rejoint son mari, l'implore de nouveau, inutilement,
et alors, la tête perdue, ne voyant d'autre moyen de sauver celui qu'elle aime, elle tire. Le mari tombe. Elle
s'enfuit, jette son arme dans la rivière où on l'a retrouvée
et rentre chez elle, car elle pouvait entrer et sortir sans
être entendue.

MONSIEUR LEMERCIER,

Elle aurait fait cela !

MARTIGNY.

Je ne dis pas qu'elle l'ait fait, grands dieux !... Mais
j'ai le chagrin de ne rien trouver autre qui ne soit insup-
portable à la raison ou démenti par les faits.

MONSIEUR LEMERCIER, *avec éclat.*

Eh bien non ! Ce n'est pas vrai ! Ce n'est pas vrai, ce
n'est pas vrai ! Je suis certain que ce n'est pas vrai ! Pourquoi ? Je ne sais pas, mais je le sens, j'en suis sûr, ce
n'est pas vrai ! Non ! ce n'est pas possible ! Ma fille n'a
pas fait cela... Contre toutes ces vraisemblances, il est en
moi une vérité supérieure qui me donne la certitude que
ma fille n'a pas été une épouse coupable...

MARTIGNY.

Oh ! Comme je ne demande qu'à vous croire !

MONSIEUR LEMERCIER.

Non ! Elle n'a pas menti, rusé, acheté des complaisances
de domestiques. Elle est incapable des hypocrisies, des
bassesses inévitables.

MARTIGNY.

Je le sais.

MONSIEUR LEMERCIER.

Je connais son enfance, sa jeunesse. Son âme est droite,

loyale, fière... Son crime n'est explicable que si elle a un amant : eh bien, elle n'a pas d'amant, et elle n'est pas criminelle !

MARTIGNY.

Je vous crois... Oui, vous me faites partager votre foi ! Si vous saviez combien il m'avait fallu lutter contre moi-même, contre mes sentiments, contre ma conviction intime, pour accepter la triste hypothèse que je viens de vous dire, et dont je vous demande pardon. Votre cœur, votre instinct ne vous trompent pas. Pardonnez-moi.

MONSIEUR LEMERCIER.

Moi aussi, j'avais été amené à cette supposition du meurtre expliqué par un amour caché. J'en suis profondément humilié. Nous allions conclure à la culpabilité parce que nous ne trouvions pas d'explications à l'innocence ! Eh bien, cette innocence n'a pas à être expliquée, elle est. Je le sens dans le frémissement de tout mon être... Il y a des vérités plus fortes, plus sûres que celles dont notre pauvre raison humaine tente la démonstration.

MARTIGNY.

C'est vrai ! c'est vrai ! Ne cherchons pas à justifier un inexplicable enchaînement de faits. Partons de là : elle n'est pas coupable.

MONSIEUR LEMERCIER.

Elle n'est pas coupable !

MARTIGNY, *dans un cri.*

Eh ! non, cher ami, elle n'est pas coupable ! Nous en sommes convaincus, vous et moi, nous le croyons fermement. Mais, cette conviction, pouvons-nous espérer la faire partager ? Nous avons l'un et l'autre cette certitude. Mais, sommes-nous sûrs de pouvoir l'imposer au jury ? Nous deux, nous avons foi dans sa droiture, son honnêteté, sa pureté. Mais les autres, ceux qui auront à la juger et qui ne

la connaissent pas? Mais ce jury qui est sous l'influence
de l'opinion publique hostile ne sera-t-il pas, bien facilement, envahi par l'affreux doute qui, tout à l'heure encore,
nous avait, nous-mêmes, affolés? Non ! mille fois non ! Il
ne faut pas aller devant le jury avec ce mystère. Je vous
le jure, mon cher Lemercier, si vous aimez votre fille, si
vous voulez lui épargner mille tortures, arrachez-lui son
secret !

MONSIEUR LEMERCIER.

Mais c'est impossible ! Mais je ne puis rien faire de
plus? J'ai prié, supplié... Et même... Je puis bien vous
dire cela à vous, j'ai pleuré devant elle. Eh bien, elle,
qui m'aime tant, elle a pu me résister et n'a répondu à
mes larmes que par des sanglots.

MARTIGNY.

Vous ne vous représentez donc pas ce qui va se passer
à l'audience? Le ministère public n'apportera pas plus
la conviction de la culpabilité que vous, celle de l'innocence. Alors — nous avons vu cela cent fois — le jury
croira se mettre à l'abri de tout remords par un compromis, et si le Président pose la question subsidiaire de
coups et blessures ayant entraîné la mort sans intention
de la donner, il répondra oui, et elle sera condamnée
— à une peine de courte durée sans doute — mais condamnée cependant !

MONSIEUR LEMERCIER.

Je ne veux pas croire à cela ! Je ne veux pas envisager
un tel malheur !

MARTIGNY.

Songez donc, mon ami ! Pour que vous et moi ayons
pu accepter, ne fût-ce qu'un moment, l'idée de la culpabilité, il faut qu'elle soit vraisemblable ! Vous son père,
moi son défenseur, nous y avons arrêté notre esprit. Vous
croyez que le jury, lui, hésitera? Vous croyez que l'avocat
général ne saura pas profiter du mystère où s'enferme

l'accusée pour dire que si les motifs de son silence étaient avouables, elle les ferait connaître, alors que cela suffirait à la disculper ? Et même en cas d'acquittement ; au cas d'un acquittement dont je doute à présent, ne sentez-vous pas que pendant toute sa vie elle traînera après elle le soupçon et la méfiance, et qu'elle ne dissipera jamais, jamais la malveillance publique ? Toute sa vie, elle sera celle sur qui la malignité pourra s'exercer à l'aise avec un point de départ matériellement indiscutable. Rien ! Rien ne peut nous sauver que des aveux complets, qu'une sincérité absolue. Si douloureux que cela puisse être pour elle ou pour d'autres, il faut qu'elle parle !

MONSIEUR LEMERCIER.

Que puis-je faire que je n'aie fait déjà ?

MARTIGNY.

Voulez-vous que j'essaye une suprême tentative ?

MONSIEUR LEMERCIER.

Ce sera inutile.

MARTIGNY.

Qui sait !

MONSIEUR LEMERCIER, *en larmes.*

Mon pauvre ami... elle ne veut pas vous voir... Vous lui avez écrit... Elle m'a chargé de vous donner sa réponse. (*Tirant de sa poche une lettre non cachetée.*) La voici. Elle est conçue en termes si secs, si nets que j'aurais voulu ne pas vous la montrer.

*Martigny laisse échapper un vif mouvement de colère,
et jette la lettre sur son bureau sans la lire.*

MARTIGNY, *se dominant.*

Nous n'avons plus qu'un espoir. (*Il va à la porte de gauche.*) Mère, voulez-vous avoir la bonté de venir ? (*Il vient lentement vers Lemercier.*)

Entre madame Martigny.

MARTIGNY.

Mère, M. Lemercier et moi, nous sommes dans la plus grande angoisse. Le salut de madame du Coudrais est compromis et toute sa vie, si on ne parvient pas à la faire changer d'attitude. Tous nos efforts ont été inutiles. A vous, elle ne résistera pas, je le crois. Voulez-vous nous aider ?

MONSIEUR LEMERCIER.

Voulez-vous la sauver, madame?... Je dois aller la chercher, puisque vous avez la bonté de l'assister et de l'accompagner à l'audience. Vous lui parlerez comme une mère peut le faire, vous saurez trouver les mots que nous n'avons pas su dire.

MARTIGNY.

Voulez-vous, maman ? Je vous en supplie !

MADAME MARTIGNY.

Amenez-la-moi, monsieur Lemercier.

MONSIEUR LEMERCIER.

Merci.

Il sort.

SCÈNE III

**MARTIGNY, MADAME MARTIGNY, *puis*
LE PRÉSIDENT MARTIGNY.**

MADAME MARTIGNY.

Pauvre M. Lemercier !

MARTIGNY, *lisant la lettre.*

Ah! je vous jure bien que maintenant, c'est pour lui et pour lui seulement que je ne me dégage pas de cette affaire, par n'importe quel moyen ! (*Lui tendant la lettre qu'il vient de lire.*) Je vous ai dit quelle lettre je lui ai écrite. Voilà sa réponse.

MADAME MARTIGNY, *lisant.*

« Ne me tourmentez pas davantage. Je ne dirai rien de plus. »

MARTIGNY.

« Ne me tourmentez pas ! »... Mais si elle veut, je vais la laisser tranquille tout à fait. Je ne demande que cela !

MADAME MARTIGNY.

Calme-toi.

MARTIGNY.

Vous ne reconnaissez pas qu'une telle sécheresse de cœur est de nature à décourager toutes les sympathies ? Je ne lui ai montré que du dévouement et je n'ai reçu d'elle que des rebuffades... Tout ce que j'ai pu tenter, ce que vous allez faire, vous maman, cette marque inappréciable de bonté, que vous allez lui donner, tout cela ne mérite pas sa confiance. Elle reste butée et obstinément silencieuse !

MADAME MARTIGNY.

Elle souffre.

MARTIGNY.

D'accord. Mais elle ne veut voir que sa propre souffrance. Elle ne s'émeut que de ses propres intérêts. Elle ne pense pas qu'elle me jette dans une aventure gênante, et que je vais, par sa faute, sans courage et sans foi, à une bataille dont je ne puis sortir qu'amoindri. Et puis, cela m'est égal. Je me moque de ce que j'y puis perdre. Ce qui m'irrite, ce qui me blesse, ce qui m'humilie, c'est qu'elle ne me trouve pas digne de son amitié, même de son estime. Sans doute, il y a quelqu'un, sur la terre, à qui elle a promis le secret, quelqu'un qu'elle aime, car quoi qu'en pense M. Lemercier, la vérité est là... Ah ! celui-là, il mérite tout, il est préféré à tout et à tous...

(*Un silence.*) Pardonnez-moi ma mère, je ne sais plus ce que je dis.

Nouveau silence.

MADAME MARTIGNY, *allant à lui, posant la main
sur son épaule.*

Mon enfant, depuis un moment je te regarde, je t'écoute... Je crois décidément qu'il y a dans ta colère et tes injustices autre chose que le dépit d'un avocat.

MARTIGNY.

Je ne sais pas.

MADAME MARTIGNY, *très tendre.*

Tu as du chagrin, mon petit, n'est-ce pas?

MARTIGNY.

Oui.

MADAME MARTIGNY, *lentement.*

Parce que tu l'aimes?

MARTIGNY.

Oui.

*Un silence. Entre le Président Martigny. Du regard il
interroge la mère qui répond d'un signe affirmatif.*

MADAME MARTIGNY.

Ton grand-père, Edmond.

MARTIGNY, *à son grand-père.*

J'ai besoin de votre soutien moral, du vôtre et de celui de ma mère. J'espérais pouvoir me dominer et vous laisser ignorer mes sentiments à l'égard de madame du Coudrais jusqu'au moment où je vous aurais demandé la permission de l'épouser. Vous les avez devinés, cela vaut mieux, car malgré mes efforts, j'avais perdu le calme qui m'est nécessaire et je passais par des crises d'injustice comme celle dont je viens de vous rendre témoin, mère.

LE PRÉSIDENT.

Pas plus qu'un médecin ne soigne sa femme, pas plus

qu'un prêtre n'administre sa mère, un avocat ne doit être le défenseur de la femme qu'il aime.

MARTIGNY.

C'est vrai, mais rappelez-vous comment j'ai eu la main forcée — et un peu par vous.

LE PRÉSIDENT.

C'est à ce moment-là que tu aurais dû nous faire ta confidence.

MARTIGNY.

Sans doute, mais mon excuse est dans la joie, dans la fierté que j'éprouvais à l'idée que madame du Coudrais allait me devoir quelque chose.

MADAME MARTIGNY.

Tu l'aimes donc depuis longtemps?

MARTIGNY.

Le sais-je? Avant son mariage, déjà, je pensais à elle

LE PRÉSIDENT.

Que ne l'as-tu dit?

MADAME MARTIGNY.

J'eusse été si heureuse, alors, de te la voir épouser!

MARTIGNY.

J'avais ma situation à faire.

LE PRÉSIDENT.

Ce souci a pu t'arrêter! Ta passion était faible.

MARTIGNY.

Elle était faible à ce moment, en effet. Mais après son mariage, un procès que M. du Coudrais a voulu que je plaide pour lui nous a rapprochés. J'ai acheté ce petit pavillon de chasse où je venais tous les samedis me reposer ou travailler, près des Peupliers Blancs. Nous avons eu des occasions de nous revoir. Je me suis aperçu bientôt de la pente où je glissais. Les relations amicales,

entre madame du Coudrais et moi, qui s'étaient bornées
à des conversations, à des prêts de livres, me parurent
tendre vers un autre caractère. J'en fus inquiet, je cher-
chai un prétexte pour m'éloigner d'elle et lorsque je crus
remarquer que M. du Coudrais montrait moins de plaisir
à me voir, je cessai tout à fait mes visites.

LE PRÉSIDENT.

Et après la mort du mari?

MARTIGNY.

J'attendais la fin du deuil pour vous consulter sur
l'opportunité d'une demande en mariage. Puis vint la
découverte du revolver, la mise en accusation : je n'ai
plus osé vous en parler.

MADAME MARTIGNY.

Et elle, tu ne l'as pas revue?

MARTIGNY.

Jamais, je vous le jure, jusqu'au jour où elle est venue
ici pour me remercier d'avoir accepté de la défendre. Je
me suis retenu alors pour ne pas tout lui avouer.

LE PRÉSIDENT.

Mais tu ne l'as pas fait?

MARTIGNY.

Non. Et j'ai peut-être eu tort.

MADAME MARTIGNY.

Pourquoi?

MARTIGNY.

Parce qu'alors j'aurais eu le droit d'exiger d'elle la
pleine confiance qu'elle me refuse.

LE PRÉSIDENT.

Le droit! Crois-tu?

MARTIGNY.

Et je me demande même si mon devoir immédiat n'est
pas là.

LE PRÉSIDENT.

Je ne comprends pas.

MARTIGNY.

Si je lui dis : « Madame, je vous aime depuis longtemps. Je veux faire de vous ma femme. Et c'est à ce titre que je vous demande... »

LE PRÉSIDENT.

Je te défends de faire cela. Il faut, mon enfant, respecter la conscience d'autrui. Madame du Coudrais est libre de son attitude. Celle qu'elle entend conserver l'expose à des dangers qu'elle n'ignore pas, et qu'elle accepte. Elle est maîtresse d'elle-même. Tu n'as pas le droit de la troubler par l'aveu dont tu nous parles, et de profiter de ce trouble pour lui arracher son secret. Ce serait violer une âme. Tu obtiendrais ainsi, par une sorte d'intimidation, le don involontaire de la partie la plus sacrée d'un être humain. Me comprends-tu ?

MARTIGNY.

Oui. Je vous remercie.

LE PRÉSIDENT.

Exerce toutes tes forces à ne voir en elle qu'une femme injustement accusée, que tu dois défendre dans les limites qu'elle t'impose et qu'elle a le droit de t'imposer. L'avocat est la parole de l'accusé. Ne sors pas de ton rôle, et fais de ton mieux.

MARTIGNY.

Et si je ne réussis pas à la faire acquitter ?

LE PRÉSIDENT.

Tu n'auras rien à te reprocher.

MARTIGNY.

Comment puis-je plaider ?

LE PRÉSIDENT.

En honnête homme.

Entre M. Lemercier.

MONSIEUR LEMERCIER.

Elle est là, chez vous, madame.

MADAME MARTIGNY.

Je vais la voir.

Elle sort avec M. Lemercier.

SCÈNE IV

MARTIGNY, LE PRÉSIDENT,
puis M. LEMERCIER.

LE PRÉSIDENT.

Ta mère va la voir?

MARTIGNY.

M. Lemercier lui a demandé de nous aider à obtenir de madame du Coudrais un changement d'attitude.

LE PRÉSIDENT.

Elle n'y réussira pas. Prépare-toi à plaider dans les limites qui te sont imposées, et dis-le nettement à M. Lemercier.

Entre M. Lemercier.

MONSIEUR LEMERCIER.

Hélas! mon cher ami, tout sera inutile, je le crois de plus en plus.

MARTIGNY.

Je défendrai donc madame du Coudrais comme elle désire être défendue. Mon grand-père et moi, nous venons de causer longuement. Il a bien voulu me donner ses conseils. Sans doute, je montrerai l'inanité de l'accusation, mais surtout, surtout, je reconnaîtrai loyalement, nettement, qu'un mystère plane sur cette affaire, que

madame du Coudrais possède peut-être un secret, mais
que ce secret, elle ne veut pas le révéler, elle ne me l'a
pas révélé et même qu'elle se refuse à en avouer l'existence. Qu'importe! Je dirai qui elle est et je montrerai
que ce secret ne peut être qu'honorable et qu'il doit être
respecté. Je procéderai alors par affirmations, je mettrai
mon honneur, mon propre honneur en jeu, et je dirai :
« Sur ma conscience, je déclare que l'accusée n'est pas
coupable. »

LE PRÉSIDENT.

Et on te croira parce qu'on sait que tu n'as jamais
plaidé sans conviction. Il est bon d'avoir été un honnête
homme, et si parfois tes intérêts matériels en ont souffert,
tu seras largement payé en jetant efficacement dans la
balance le respect et la confiance attachés à ta parole.

MONSIEUR LEMERCIER.

Vous me rendez l'espoir.

MARTIGNY.

Et alors, mais seulement alors, et si j'y suis forcé, si
je sens une résistance dans le jury, je plaiderai l'indignité
du mari, je donnerai la conviction que même s'il y avait
eu meurtre, ce meurtre serait largement excusable.

MONSIEUR LEMERCIER.

Songez-vous aux prières que vous a adressées le père
de la victime ?

MARTIGNY.

Certes! Et je compte bien ne pas accroître sa douleur.
J'ai convoqué les témoins, les domestiques, mais ils nous
sont tous dévoués et se borneront à répondre à mes questions. Je ferai tout pour ne pas les amener à parler, mais
vous comprenez bien que si je sentais ma cause menacée,
je n'hésiterais pas à étaler les turpitudes du mari.

MONSIEUR LEMERCIER.

Et le père, et la mère ?

MARTIGNY.

Ils sont à plaindre, les malheureux. Tout de même, je me dois à ma cliente, et non pas à eux.

On entend un bruit de voix à la porte de gauche. Le domestique entre, mais la porte qu'il avait refermée est poussée par M. du Coudrais qui écarte le domestique et entre furieux.

MONSIEUR DU COUDRAIS.

Ah ! laisse-moi passer, sale larbin ! Je te dis que j'entrerai !

Le domestique a un geste d'excuse et sort.

SCÈNE V

M. DU COUDRAIS, M. LEMERCIER, MARTIGNY, LE PRÉSIDENT MARTIGNY.

MONSIEUR DU COUDRAIS, *à Martigny.*

Monsieur, si ce qu'on dit est vrai, vous n'êtes pas un honnête homme !

MARTIGNY.

Que dit-on ?

MONSIEUR DU COUDRAIS.

Le valet de chambre et Pauline, sa femme, sont cités comme témoins.

MARTIGNY.

Eh bien ?

MONSIEUR DU COUDRAIS.

Ils sont prêts à dire, sur votre demande, tout ce qu'ils ont pu voir ou entendre au service de mon malheureux fils !

MARTIGNY.

Eh bien ?

MONSIEUR DU COUDRAIS.

Vous m'aviez promis de laisser dans l'ombre toute cette partie de ma misère... Vous comprenez ce que je veux dire ?

MARTIGNY.

Je n'ai rien promis. Et je n'avais pas le droit de vous promettre rien de semblable. Ce que je vous ai dit, je vous le répète : je ferai tout mon possible pour ne pas provoquer ces dépositions. Mais si je suis amené à les croire indispensables, j'ai le devoir de les faire entendre.

MONSIEUR DU COUDRAIS.

Eh bien, moi, je vous le défends ! Cherchez un autre moyen de blanchir votre cliente.

MARTIGNY.

Vous n'avez rien à défendre ici.

MONSIEUR LEMERCIER.

Et il ne convient pas, monsieur du Coudrais, que vous le preniez sur ce ton devant moi dont votre fils a fait le malheur.

MONSIEUR DU COUDRAIS.

Votre fille n'a-t-elle pas fait le mien ?

MONSIEUR LEMERCIER.

Elle a été une martyre.

MONSIEUR DU COUDRAIS.

Qui s'est bien vengée, en tout cas.

MONSIEUR LEMERCIER.

Comment? Vengée ?

MONSIEUR DU COUDRAIS.

Suffit.

MONSIEUR LEMERCIER.

Tout le malheur qui vous accable vient de lui... de lui et des vôtres, et de vous !

MONSIEUR DU COUDRAIS.

Des miens, de moi ?

MONSIEUR LEMERCIER.

Ma pauvre enfant a vécu trois ans avec ce monstre. Et aujourd'hui qu'elle se trouve sous le coup d'une abominable accusation, il faudrait s'exposer à la faire condamner pour ménager la mémoire de son bourreau !

MONSIEUR DU COUDRAIS.

Son bourreau ! Il a été aussi sa victime !

MONSIEUR LEMERCIER.

Comment ? Victime !

MONSIEUR DU COUDRAIS.

Ne faites pas l'innocent. Vous savez bien comme moi que c'est elle qui l'a tué.

MONSIEUR LEMERCIER.

Vous mentez !

M. du Coudrais fait un mouvement pour se jeter sur M. Lemercier. Martigny l'arrête.

MARTIGNY.

Allons, monsieur du Coudrais, c'est à son père que vous parlez. Vous savez bien qu'il n'y a aucune preuve contre elle.

MONSIEUR DU COUDRAIS.

Des preuves ! Vous voulez des preuves ! (*Tirant son portefeuille.*) Vous voulez des preuves... J'en ai, moi, des preuves... elles sont là, les preuves !

LE PRÉSIDENT, *vivement.*

Gardez-les... Vous n'avez pas à les apporter ici !

MONSIEUR LEMERCIER.

Je ne crains rien.

LE PRÉSIDENT.

Mon fils, n'écoute pas. Retire-toi !

MONSIEUR LEMERCIER.

Restez, monsieur Martigny. Je le veux !... Il en a trop dit... Je veux tout savoir. (*A M. du Coudrais.*) Montrez-les vos preuves ! Montrez-les ! Je vous en défie. Montrez-les ! mais montrez-les donc !...

Le président Martigny fait un grand geste de découragement.

MONSIEUR DU COUDRAIS, *dépliant des papiers.*

Attendez... Attendez... Les voici... Voici... (*Il lit.*) « Je soussigné, Alfred Malon, garde assermenté, déclare sur l'honneur que le soir de la mort de M. du Coudrais, alors que j'allais vers les Peupliers Blancs, pour savoir qui avait tiré le coup de feu que je venais d'entendre, j'ai vu madame du Coudrais passer devant moi sans me voir et jeter dans la rivière un objet petit et pesant. Signé : Alfred Malon, garde... » (*Martigny prend le papier et le lit.*) Voilà des preuves !... Est-ce une preuve cela ? Ce n'est pas tout... Cette autre déclaration est de mon berger, depuis cinquante ans en service dans la famille... (*Il lit.*) « Ce soir-là que monsieur a été tué, je passais devant la porte du château, j'ai vu monsieur sortir avec un fusil, et je l'ai entendu dire à madame : « Je vais tuer ton amant »... Et un peu après, cinq minutes peut-être, j'ai vu madame sortir et courir après lui. Je n'ai pas cru que c'était sérieux parce qu'il y avait souvent des disputes, et après, j'ai eu peur, et c'est à cause de cela que je n'ai rien dit... Signé : Auguste Lobre, berger ». Eh bien, en voilà des preuves, je suppose !...

Un long silence pendant lequel il remet fébrilement les papiers dans son portefeuille, et le portefeuille dans sa poche.

Puis M. Lemercier, qui a grand peine à contenir sa douleur, se dirige vers la porte en s'excusant par des paroles confuses.

SCÈNE VI

LES MÊMES, *moins* LEMERCIER.

MONSIEUR DU COUDRAIS.

Ah ! Il ne dit plus que je mens !

LE PRÉSIDENT, *allant à Lemercier.*

Mon pauvre cher ami !... Allez. Je crois qu'on a besoin de moi ici. (*Après la sortie de Lemercier, à M. du Coudrais*) : Vous venez, monsieur, de commettre une action inutile et méchante.

MONSIEUR DU COUDRAIS.

Allons donc ! Vous ne me ferez pas croire que je lui ai appris quelque chose !

LE PRÉSIDENT.

Il n'y a qu'à le regarder... (*Un temps.*) Mais... Pourquoi produisez-vous ces pièces aujourd'hui ? Et si vous vouliez faire condamner madame du Coudrais, pourquoi ne les avez-vous...

MONSIEUR DU COUDRAIS.

Mais je ne veux pas la faire condamner ! Je ne le veux pas ! Jamais ! Tout au contraire, et je vais vous dire ce que nous avons fait pour...

LE PRÉSIDENT.

Vous avez déjà trop parlé. En révélant à son avocat la culpabilité de l'accusée qui nie, vous avez rendu la défense singulièrement moins facile... C'est assez.

MARTIGNY.

Non. Je vous en prie. Maintenant je veux tout savoir.

MONSIEUR DU COUDRAIS.

Et moi je veux tout vous dire, parce que lorsque vous saurez tout, vous me comprendrez et vous renoncerez à ces témoins...

MARTIGNY.

Nous verrons...

MONSIEUR DU COUDRAIS.

Vous y renoncerez, je vous dis, quand vous saurez ce que ma femme et moi nous avons souffert, ce que nous avons accepté pour cacher notre honte, et vous comprendrez que notre sacrifice mérite bien quelque sympathie... Je vous dis que nous avons mérité... par une telle souffrance, un tel effort... Vous comprenez ce que je veux dire? Il faut m'entendre tout de même avec un peu de bonté... J'en suis brisé... Voilà... (*En s'asseyant.*) Vous permettez... Je n'en puis plus... Voilà : nous avons cru d'abord, comme tout le monde, qu'il avait été tué par quelque vaurien... Sa malheureuse femme en montra une douleur, évidemment sincère, mais dont nous ne comprenions pas la violence. Lorsqu'on lui parlait de l'événement tragique, elle avait des à-coups de désespoir comme en eût à peine éprouvé la femme la plus aimée. Elle resta plusieurs mois pour ainsi dire sans cesser de pleurer : nous ne savions pas que c'était le remords qui la torturait. Elle faisait peine à voir. Et tant, qu'un jour, la comtesse, la mère pourtant, le lui reprocha avec des paroles de tendresse. Elle y répondit par une sorte de cri de terreur, s'arracha des bras qui l'enlaçaient, tomba aux genoux de ma femme et s'effondra ensuite dans une crise nerveuse. Lorsqu'elle put parler, elle nous supplia de la laisser partir et c'est alors qu'elle vint s'installer à la ville chez cette vieille parente où elle est encore. Nous la plaignions, nous l'aimions en reconnaissance du courage avec lequel elle avait supporté la vie que lui faisait son mari, car nous savions qu'elle avait été malheureuse, pas autant qu'elle le fut, mais tout de même. Cependant il fallut nous résoudre à ne plus la voir, tant elle y montrait de répugnance, vous comprenez. Puis un jour, nous apprîmes qu'on avait retiré de la rivière le propre revolver de mon fils, celui par lequel il avait été tué, vous le savez. Jusque-là nous avions rejeté avec indignation les soupçons qui avaient pu nous être suggérés ou qui nous avaient traversé l'esprit. Et même après cette découverte, ma femme se refusait à y penser. Vous comprenez. Le lendemain, je reçus une visite où la terrible vérité me fut révélée. Les deux vieux serviteurs dont je vous ai parlé vinrent me rapporter ce que je vous ai dit et me demandèrent ce qu'ils devaient faire. Je pris d'eux les déclarations écrites qui sont là, et, afin qu'ils ne fussent pas indiscrets, je les envoyai chez mon beau-frère. J'étais autorisé aux plus grands doutes. Je n'avais pas encore la certitude. La certitude me fut donnée par ma belle-fille elle-même.

MARTIGNY.

Elle a avoué ?

MONSIEUR DU COUDRAIS.

Je l'ai fait venir. Je lui ai montré ces lettres. Elle a avoué. Elle m'a demandé pardon. « J'avais le droit de faire ce que j'ai fait », a-t-elle dit ensuite. Mais ni les prières ni les menaces n'ont pu obtenir d'elle une parole de plus. Subitement, elle a gagné la porte, affolée, et elle est allée se jeter dans le petit lac qui baigne le château. On l'en a retirée à demi-morte... Ma femme était absente. Qu'est-ce que je devais faire, lorsqu'elle rentrerait... Cela... Cela que je venais d'apprendre, fallait-il le révéler à la mère ?... Pensez ! Pensez... la victime... la criminelle... Vous me comprenez. Pouvais-je garder cela pour moi ? Je n'en ai pas eu la force... La comtesse, voyez-vous, est une femme de grand cœur... Je suis indigne d'elle, je le sais. Je la respecte comme je respectais ma mère, et elle le mérite... Et je l'ai fait beaucoup souffrir, mais elle a la bonté de m'aimer tout de même... Je savais bien la peine qu'elle aurait en apprenant cette chose effroyable. Mais je sentais qu'elle pourrait me reprocher mon silence. Vous comprenez? Je ne crus pas devoir garder ce secret pour moi. Elle a tout su. Alors, dans notre douleur, notre colère, notre haine, nous avions décidé, d'abord, de tout révéler à la justice.

MARTIGNY.

Oh !

MONSIEUR DU COUDRAIS.

Mais songez donc, monsieur. Il a pu avoir tous les torts, c'était tout de même notre enfant ! Je nous vois encore à ce moment-là tous les deux, près de la cheminée, ne disant rien, comme hallucinés. Et alors, voilà que la porte s'ouvre et Lucie, notre fille, paraît .. Notre fille... dix-huit ans... celle pour qui nous vivons... Nous avons compris que, pour elle, il fallait se taire, que pour l'honneur de la famille, il fallait ensevelir au plus profond de nous-mêmes le souvenir de l'affreuse tragédie... Et alors... Vous allez voir... vous allez voir si nous avons eu du courage. Nous avions donc pris la décision de ne pas dénoncer la coupable. Mais voilà que la justice l'accuse. Il a fallu alors, pour ne pas paraître l'accuser nous-mêmes, la revoir ostensiblement. Nous avons déposé en sa faveur devant le juge d'instruction, et nous avons ainsi beaucoup aidé à ce qu'elle fût laissée en liberté. Je ne sais pas si vous pouvez vous représenter nos tortures. Nous devenions presque ses complices... Ses complices dans le meurtre de notre fils... Il le fallait. Pourtant, en échange, nous lui avons demandé de ne rien dire contre lui. Elle a compris. Elle a compris tout cela, ce que notre silence représentait de sacrifice et de douleur, et tout ce que nous acceptions pour qu'il ne fût pas dit que dans notre famille, un meurtre avait pu être commis, et nous lui avons juré de nous taire, mais elle nous a juré aussi de ne jamais se reconnaître coupable, et de ne jamais révéler les tares physiques et morales de notre enfant. Il s'agit de notre honneur et du bonheur de notre fille. Vous voyez ce que, de tous côtés, on a fait pour sauvegarder l'un et l'autre. Elle a tenu sa parole. Ne l'y faites pas manquer malgré elle. Et après l'audience, comme je lui ai promis, lorsque tout sera terminé, je viendrai vous apporter, pour que vous les détruisiez, ces deux lettres, ces deux déclarations.

LE PRÉSIDENT.

Et si le silence que vous imposez à la malheureuse a pour résultat de la faire condamner ?

MONSIEUR DU COUDRAIS.

Elle en accepte le risque.

LE PRÉSIDENT.

Vous ne voulez pas qu'on sache que votre fils était un débauché, mais vous acceptez l'idée que votre belle-fille soit déclarée coupable d'un meurtre ?

MONSIEUR DU COUDRAIS.

Est-ce possible ? En sommes-nous là ? elle pourrait être condamnée ?

LE PRÉSIDENT.

Oui.

MONSIEUR DU COUDRAIS.

Alors... Je ne sais plus... Je ne sais plus ce que je dois faire.

MARTIGNY.

Il faut vous en rapporter à moi. Vous m'inspirez une grande sympathie, une profonde pitié. Soyez certain que, tout ce qu'il sera possible de faire pour vous épargner les révélations que vous redoutez, je le ferai.

MONSIEUR DU COUDRAIS.

Alors, je m'abandonne à vous, je vous mets entre les mains tout... tout... vous comprenez ce que je veux dire.

LE PRÉSIDENT.

Vous ne savez rien des motifs secrets qui ont poussé madame du Coudrais à son acte ?

MONSIEUR DU COUDRAIS.

Rien. (*Un silence.*) Monsieur Martigny, puis-je promettre à la mère que... les témoins que l'on vous a fait citer, vous renoncerez à leur audition ?

MARTIGNY.

Je ne puis pas vous l'affirmer.

MONSIEUR DU COUDRAIS.

Alors... Qu'est-ce que je vais lui dire ? Elle sera à l'audience, monsieur Martigny. Ayez pitié d'elle ? Ménagez-la... Ayez pitié d'elle !...

MARTIGNY.

Allez, monsieur, je vous le répète, je ferai tout ce qu'il me sera possible pour ne pas accroître votre douleur.

MONSIEUR DU COUDRAIS.

Merci.

Il sort.

SCÈNE VII

MARTIGNY, LE PRÉSIDENT MARTIGNY.

MARTIGNY.

Je suis vraiment très inquiet...

LE PRÉSIDENT.

Je le comprends. Tu ne peux plus guère attendrir le jury en attirant la pitié sur l'accusée et tu ne peux pas non plus emporter un acquittement par l'affirmation d'une innocence dont tu sais maintenant qu'elle n'est point. Il ne te reste qu'à montrer le peu de valeur des preuves apportées par l'accusation.

MARTIGNY.

Si je m'en tiens là, madame du Coudrais est condamnée.

LE PRÉSIDENT.

J'en ai peur.

MARTIGNY.

Il faut donc que je ne m'en tienne pas là.

LE PRÉSIDENT.

Que feras-tu ?

MARTIGNY.

Que puis-je faire ? Choisir le moindre mal.

LE PRÉSIDENT.

C'est-à-dire ?

MARTIGNY.

C'est-à-dire, malgré tout, montrer l'indignité du mari.

LE PRÉSIDENT.

Malgré ce que tu viens d'entendre ?

MARTIGNY.

J'ai la charge de défendre madame du Coudrais et non d'épargner à la famille du mari une honte d'ailleurs méritée.

LE PRÉSIDENT.

Mais madame du Coudrais elle-même t'interdit les révélations de ce genre.

MARTIGNY.

Suis-je tenu de lui obéir ?

LE PRÉSIDENT.

Certes oui. Tu n'as pas à substituer ta conscience à la sienne.

MARTIGNY.

Il est des noyés qu'on sauve malgré eux.

LE PRÉSIDENT.

Je ne suis pas certain que ce soit toujours un bien. Mais ne nous laissons pas aller aux comparaisons qui n'ont aucune valeur dans un raisonnement. Il ne me semble pas que tu aies le droit de défendre un client contre sa volonté.

MARTIGNY.

Mon devoir est de tout faire pour le sauver.

LE PRÉSIDENT.

Tout, c'est beaucoup dire.

MARTIGNY.

Si ce moyen m'échappait il ne me resterait plus que l'affirmation de l'innocence.

LE PRÉSIDENT.

Non, cela ne te reste pas, car tu ne peux pas plaider contre ta conscience. Est-ce à toi qu'il faut dire cela et te citer l'article que le Président des Assises doit te lire ou tout au moins te rappeler : « Le Président avertira le conseil de l'accusé qu'il ne doit rien dire contre sa conscience. »

MARTIGNY.

Dois-je, alors, rendre le dossier ?

LE PRÉSIDENT.

Cela équivaudrait à un témoignage à charge.

MARTIGNY.

Alors?

LE PRÉSIDENT.

Je t'ai répondu.

MARTIGNY.

Je ne puis la sauver qu'en affirmant son innocence.

LE PRÉSIDENT.

Mentir? Toi !... Tu ne peux faire, honnêtement, qu'une chose : montrer que l'accusation n'apporte pas de

preuves. Rien de plus. Voilà ton devoir. Et tu le sais bien
toi-même, que c'est ton devoir.

MARTIGNY.

Votre logique est terrible... et inhumaine.

LE PRÉSIDENT.

Les principes sont faits pour gêner, et c'est en gênant
qu'ils sont utiles.

MARTIGNY.

Il y a peu de mes confrères qui hésiteraient.

LE PRÉSIDENT.

Hélas!

MARTIGNY.

Et chaque jour, dans tous les tribunaux du monde...

LE PRÉSIDENT, *se levant.*

Oui, chaque jour, il y a des avocats qui avilissent leur
profession. Il est d'autant plus nécessaire qu'elle soit
honorée par d'autres. Le public, écœuré, déçu, désemparé,
ne trouvant parfois qu'un exploiteur alors qu'il attendait
un conseil, étourdi par les éclats d'une éloquence dont
le vide et la puérilité lui apparaissent bientôt, en arrive
à dire avec dédain : « C'est un avocat ; pour la même
scmme d'argent il plaidera avec une égale conviction le
pour et le contre ». Ne laissez pas s'installer cette opinion
qui n'est justifiée que pour un petit nombre d'entre vous.
Ne méritez pas l'insulte qu'on vous fait en vous appelant
« marchands de paroles ». Votre contact quotidien avec
la souffrance humaine vous crée des devoirs plus hauts.
Elle vous grandit en vous implorant. Mon enfant, tu dois
être de ceux-là dont l'Ordre est fier. Il n'y a pas de complaisances, ni de marchandages possibles, ni de subtilités
défendables lorsqu'il s'agit du devoir professionnel.

MARTIGNY.

Le devoir professionnel, c'est la défense complète,

absolue, sans limites, de celui qui nous confie le soin de son honneur. Au criminel surtout, nous ne devons avoir qu'une pensée : disculper l'accusé. Je me dois tout à mon client.

LE PRÉSIDENT.

Tu lui dois ton talent, mais non pas ton honneur.

MARTIGNY.

Mon honneur c'est de le sauver, c'est de le défendre contre le formidable appareil qu'on appelle la justice humaine : policiers, gendarmes, geôliers, juges, prison, code. En face de cette puissance, gigantesque par son organisation, redoutable par son irresponsabilité, la loi a senti que la plus élémentaire équité lui commandait d'en placer une autre, celle du défenseur, mandataire de la Pitié, contrepoids de la passion et de l'erreur sociales, mandataire de l'indulgence, contre l'insensibilité du magistrat endurci et incompréhensif... Oui, je dis bien : c'est un contre poids qu'elle a voulu mettre dans un des plateaux de la balance, et si à ce contre-poids on n'avait pas réservé cette place, la balance n'aurait plus raison d'être et la Justice ne serait plus qu'une statue insensible, un bandeau sur les yeux, un glaive à la main et un cœur de pierre dans la poitrine ! Mais, à côté de cette Force, la Loi, dans un accès de fraternité, dans un remords peut-être, dans une inquiétude certainement, la loi a placé là défense. Elle lui a donné des droits étendus, elle l'a honorée, elle la protège, elle lui donne les libertés les plus grandes. Elle va jusqu'à couvrir ses excès de parole.

LE PRÉSIDENT.

Mais pas le mensonge !

MARTIGNY.

Elle l'autorise.

LE PRÉSIDENT.

Jamais !

MARTIGNY.

Elle l'autorise, je vous dis! Elle l'accepte! Elle le suppose! Puisqu'elle exige que tout accusé soit assisté d'un défenseur! Et comme parmi les accusés il n'y a pas que des innocents, il faut donc admettre que des avocats sont obligés, pour satisfaire à la loi, de plaider pour des coupables, pour des accusés qu'ils savent coupables. Et c'est ce que je vais faire.

LE PRÉSIDENT.

Si je te comprends bien, tu vas affirmer l'innocence de madame du Coudrais.

MARTIGNY.

Oui.

LE PRÉSIDENT.

As-tu pensé à ceci, que tu commettrais un abus de confiance?

MARTIGNY.

Moi?

LE PRÉSIDENT.

Toi. Tu vas tromper des jurés, et tu n'y réussiras que parce qu'ils te croient incapable de les tromper. Tu vas exploiter l'estime que leur a inspirée non seulement ta vie, mais celle de ton père et la mienne.

MARTIGNY.

Si je me borne à dire : « Ma cliente affirme qu'elle n'est pas coupable », et si je m'arrête là et si je n'affirme pas à mon tour ce serait comme si je disais : « L'accusée affirme. Croyez-la si vous voulez, moi, je ne la crois pas. »

LE PRÉSIDENT.

D'accord. Mais tu ne te contenteras pas d'une affirmation. Il te faudra feindre l'émotion, l'indignation. Il te faudra mentir avec aplomb, avec ardeur, avec une habileté que tu dissimuleras afin d'être mieux certain qu'elle réussira à tromper. Toi! tu t'abaisseras à jouer cette comédie ? Tu auras peut-être des larmes, tu auras des indignations, tu mettras ta main sur ton cœur, tu parleras de ton honneur, et ces larmes, ces paroles, ces gestes, ces cris seront des mensonges ! Et tu simuleras, tu joueras la sincérité !

MARTIGNY.

Le moyen de faire autrement ?

LE PRÉSIDENT.

Tu sais que tes mensonges obtiendront l'acquittement. Mais, dans ce cas, tu usurpes la place du justicier ! C'est de toi, alors, que dépend le châtiment de la coupable ?

MARTIGNY.

Juridiquement, elle n'est pas coupable.

LE PRÉSIDENT.

Je refuse la distinction. On est toujours coupable lorsqu'on tue. Et jamais il n'a été autant besoin de le proclamer ! Tu vas, toi, de ta propre autorité, déclarer qu'elle n'a aucun compte à rendre à la société du meurtre qu'elle a commis ! Qui te permet de te situer toi-même au-dessus de cette règle qui est notre sauvegarde. Qui t'a investi de cette autorité ?...

MARTIGNY, *les poings fermés, allant vers son grand-père, d'une voix sourde.*

Et vous, vous, êtes-vous bien certain, vous, de n'avoir jamais, dans toute votre carrière d'accusateur public, demandé le châtiment d'un accusé dont la culpabilité n'était pas évidente ? N'avez-vous jamais, sans conviction, sans certitude, appelé les foudres de la loi, et seulement pour remplir votre mission, pour exercer votre métier ! Coupable !... Vous savez, vous magistrats, quand un homme est coupable ? Alors, vous connaissez toute sa vie, et le poids de son hérédité, et les influences des milieux qu'il a traversés ? Non !... Vous demandez qu'on le frappe cependant...

LE PRÉSIDENT.

Le moyen de faire autrement?

MARTIGNY.

Vous me répétez les mots que je vous disais tout à l'heure... Lorsque vous faisiez ce que je dis, vous vous trompiez sur votre devoir, comme je me trompe peut-être sur le mien. Mais moi, je suis excusable, parce que je me trompe dans le sens de l'indulgence et de la pitié.

LE PRÉSIDENT.

Vraiment! Tu en es bien sûr! Je n'étais pas à la fois juge et partie, moi... mon garçon, et tu aurais peut-être moins de scrupules aujourd'hui si tu n'étais pas amoureux! Ose donc me déclarer, là, dans les yeux, qu'aucun autre sentiment que la générosité ne te pousse au mensonge! Tu ne l'oses pas. Ton impudence a trouvé sa limite. Tu me reproches d'avoir peut-être aidé à condamner sans connaître toutes les circonstances du crime. Et toi, connais-tu toutes celles qui ont amené cette femme à tirer sur son mari? Non? Elles te sont cachées, volontairement, obstinément cachées. Il y a, à côté de ce que nous savons, je ne dis pas un amant, mais tout au moins un amour. C'est pour cet autre homme qu'elle a tué. Et ne me dis pas que la passion excuse l'assassinat. On me l'a trop souvent répété pour que cet argument éveille en moi autre chose que du mépris.

MARTIGNY, implorant.

Vous êtes terrible!... terrible!... Mais dites-moi quelle conduite je dois tenir.

LE PRÉSIDENT.

Oh! c'est tout simple : celle d'un honnête homme. Avec cette petite formule-là, mon enfant, tu peux aller dans la vie, tu ne risqueras jamais de te tromper. Et méfie-toi si tu te trouves porté à la trouver trop simple : c'est le

signe que tu fais fausse route. Va, mon ami : en honnête
homme ! Et laisse faire les dieux! Va faire ton métier, va
remplir ta mission, va exercer ton sacerdoce... En honnête
homme... Et garde-toi contre les entraînements de ta
propre parole !

*Martigny ne répond pas, et rassemble les feuilles du
dossier, éparses sur son bureau.*

RIDEAU.

ACTE TROISIÈME

SCÈNE PREMIÈRE

MARTIGNY, MADAME MARTIGNY. *Martigny, assis, consterné. Madame Martigny, debout à côté de lui.*

MADAME MARTIGNY.

Et tu le savais ?

MARTIGNY.

Je le savais. M. du Coudrais nous avait tout dit.

MADAME MARTIGNY, *très tendre, très maternelle.*

Et, le sachant, tu as pu plaider comme tu l'as fait !

MARTIGNY.

Oui.

MADAME MARTIGNY.

J'ai pleuré à t'entendre...

MARTIGNY.

Les choses ne sont pas aussi simples que vous croyez.

MADAME MARTIGNY.

C'est ton amour pour elle qui t'a poussé là ?

MARTIGNY.

Non. Je ne l'aime plus, puisqu'il est évident qu'elle en aime un autre.

MADAME MARTIGNY.

Alors ! Je ne comprends pas.

MARTIGNY.

J'en rougis devant vous...

MADAME MARTIGNY.

J'ai pleuré, moi... (*Tendre reproche.*) Oh ! mon enfant !

MARTIGNY.

Pourrai-je vous faire comprendre ce qui se passe en nous lorsque nous plaidons ! Je sais bien que j'ai menti et pourtant, au moment même où je parlais, je ne mentais pas. J'étais sincère.

MADAME MARTIGNY.

Tu savais !... Donc, tu n'étais pas sincère !

MARTIGNY.

Comment vous expliquerai-je ? Il se produit, chez un orateur, surtout chez un avocat, une sorte de dédoublement mystérieux. Celui qui parlait n'était plus tout à fait moi, et il était convaincu. Comment vous faire comprendre que ma parole a créé en moi une conviction contraire à la vérité. Cela est cependant. J'ai été le premier persuadé par les mots que je prononçais. Le premier ému c'était moi et les larmes que vous me reprochez d'avoir fait couler de vos yeux avaient d'abord fait pleurer les miens. On ne sait pas la puissance de la parole : c'est une puissance qui peut devenir indépendante de celui qui la prononce. Sortie de lui, elle est autre que lui, elle est plus forte que lui, elle l'envahit, l'absorbe, le domine, l'entraîne. Lorsque l'on s'assied, on est étonné soi-même de ce qu'on a pu dire. Chez nous c'est souvent la parole qui crée la pensée et un mot plus vif en appelle un autre plus vif encore. On marche derrière elle, comprenez-vous, comme un aveugle entraîné par un guide éperdu. Elle est puissante sur celui qui la pro-

nonce avant de l'être sur ceux qui l'écoutent. En affirmant l'innocence de madame du Coudrais qui est coupable, que je sais coupable, je ne parlais pas contre ma
pensée d'alors et c'est très sincèrement que j'étais ému,
je vous le jure. Maintenant, je me rends compte de ce
qui s'est passé, et j'en suis humilié, mais je ne puis que
vous demander pardon d'avoir diminué en vous l'image
que vous vous étiez faite de votre fils. Ne me condamnez
pas. Plaignez-moi. L'homme est une pauvre chose, inexplicable, et je suis très malheureux. Songez cependant que
je n'ai pas fait le mal et qu'il vaut mieux, pour tous, que
madame du Coudrais n'ait pas été condamnée...

MADAME MARTIGNY.

Oui... Mais quand on pense que d'autres peuvent faire
le mal et invoquer les mêmes excuses!

Entre le président Martigny.

SCÈNE II

Les Mêmes, LE PRÉSIDENT MARTIGNY.

LE PRÉSIDENT MARTIGNY, morne.

Je viens d'apprendre ton succès et je t'en félicite, si tu
t'en réjouis toi-même. Mais tout n'est pas fini. Tu as,
paraît-il, dévoilé toutes les turpitudes de la victime, et tu
avais cependant donné à M. du Coudrais l'espérance que
tu lui épargnerais ce surcroît de chagrin.

MARTIGNY.

Je n'ai pu faire autrement.

LE PRÉSIDENT.

As-tu oublié qu'il possède encore deux lettres qui

accusent ta cliente. Sans doute, il n'en peut plus faire
état devant des juges, mais il peut les divulguer. Il devait
te les apporter après l'audience. Je doute qu'il le fasse
après ce qui s'est passé.

MARTIGNY.

En effet, il est dans une violente colère, moins contre
moi que contre M. Lemercier qui a su découvrir et faire
parler les deux témoins. Et pourtant c'est bien moi qui
ai fait usage de leurs dépositions.

MADAME MARTIGNY.

Que s'est-il passé?

MARTIGNY, à sa mère.

Mère, vous parliez de ceux qui font le mal en se laissant entraîner par leur parole... Je dois vous dire que
j'ai été de ceux-là. J'ai eu un accès d'irritation, de colère,
contre cette femme pour laquelle je venais de me
dépenser, de me donner, et qui restait sans franchise,
sans confiance, verrouillée dans cette obstination inquiétante ou sotte, dans ce refus d'aveu et de sincérité qui
l'avait conduite là. Je la sentais, derrière moi, non pas
insensible, certes, mais fermée, raidie, presque hostile.
Parfois je me retournais, j'espérais d'elle un sanglot qui
eût attendri le jury, et je la voyais tremblante de terreur,
mais les yeux secs. Et alors... Ah! c'est alors que j'ai senti
cette déformation professionnelle dont je parlais tout à
l'heure. La résistance du jury, celle de l'accusée m'ont
exaspéré. Tout m'était ennemi. J'ai voulu l'acquittement.
je n'ai plus eu que ce but. Tout ce qui pouvait me gêner
pour l'atteindre n'existait plus. Je ne sais quels mystérieux effluves venaient du jury à moi et m'indiquaient
que je ne lui avais pas encore imposé ma volonté. J'ai
senti que l'idée du meurtre commis par madame du
Coudrais n'était pas éteinte en lui. Il fallait donc offrir
tacitement une excuse au crime soupçonné. Et surtout,

surtout, provoquer la pitié. Rendre, à tout prix, l'accusée sympathique, pitoyable. Pour cela, je devais briser son impassibilité, la contraindre aux larmes, lui forcer le cœur... C'est alors que j'ai senti l'absolue nécessité de montrer ce qu'était M. du Coudrais. J'ai alors évoqué toutes les tortures qu'il faisait subir à sa femme, je les ai étalées, expliquées, exagérées, oui, exagérées. Ah! je vous jure que le souci de la vérité et le souvenir des prières de M. du Coudrais étaient bien loin de moi. J'aurais piétiné toute l'humanité pour arriver à mes fins. Chaque fois que, me retournant vers l'accusée, je retrouvais le même visage contracté, j'en recevais comme un coup de fouet qui m'excitait jusqu'à la démence. Et quand je me suis assis, demandant quelques instants de repos, j'avais senti chez les douze jurés tout esprit de critique aboli et leurs nerfs sous la domination des miens. Le sort de madame du Coudrais m'était indifférent, l'enjeu de la partie m'était indifférent, ma joie était de la sentir gagnée. Je ne connais pas les émotions du joueur, mais je les sens pauvres, à côté de celles que l'on éprouve au cours d'un tel combat. La plénitude de vivre je ne l'avais jamais approchée. Toutes les forces dont on est doué sont en action, on a l'ivresse de se manifester complètement, de mettre en plein exercice toutes ses facultés. On est supérieur non seulement aux autres, mais à soi-même. On se dépasse. (*Un silence.*) Mais ensuite on retombe dans son rang réel, on se réveille dans l'abattement, la bouche amère comme au matin d'un lendemain de noce. La chute est d'autant plus rude qu'on s'était élevé plus haut, on a honte de soi, de son orgueil : on s'était cru un héros et l'on s'aperçoit qu'on n'a été qu'un histrion. (*Un silence.*) Et c'est alors que le châtiment m'est apparu. Assis à mon banc, épuisé, baigné de sueur et d'orgueil, je regardais d'un œil torve cette assemblée que j'avais fascinée, j'étais dans l'épuisement de la volupté, dans la torpeur de l'assouvissement,

Alors!... Alors!... Je vis venir vers moi une femme en
deuil, droite, rigide, menaçante, inquiétante comme un
spectre, pâle à faire peur. C'était madame du Coudrais,
la mère du mort que je venais de traîner dans la boue.
Elle me souffleta d'un seul mot presque à voix basse. Je le
reçus à la face comme un crachat. Je crus que j'allais
défaillir. Elle passa. (*Un silence.*) Mon émoi dura peu et
vous allez voir quels pantins sont ceux qui sont les
esclaves de leurs mots et de leur rôle. Immédiatement
m'apparut le parti que je pouvais tirer de l'invective.
Oh! cela n'a pas été aussi net, aussi simple; ce ne fut
pas l'effet d'un raisonnement, mais l'inconsciente poussée d'un démon intérieur. Tout le monde était frémissant. J'appréhendais le moment où M. du Coudrais allait
invectiver M. Lemercier, assis non loin de lui. De son
côté, M. Lemercier, devant qui je venais d'invoquer le
long martyre de son enfant, pleurait de rage et paraissait
rendre M. du Coudrais responsable de tant de malheurs.
Les deux pères venaient de voir revivre tout le drame
devant eux. Je redoutais les pires violences, de la part
de l'un ou de l'autre. Je me levai. Je repris la parole et
je jetai l'incident dans le débat comme un dernier atout
dans la partie. Je me mis à implorer la pitié pour la
famille de la victime. L'injure reçue, j'en fis un moyen
d'éloquence. J'implorai la pitié de tous sur cette malheureuse mère, dont l'indignation s'était ainsi traduite,
je suppliai qu'on n'ajoutât pas à sa douleur en condam-
nant celle qui était là et qui avait fait partie de la famille
éplorée. J'exaltai la noblesse des sentiments du père, de
la mère, je parlai de la jeune fille, de l'honneur sécu-
laire, des ancêtres, de l'avenir, que sais-je! De nouveau,
j'eus dans mes yeux des larmes, et enfin, madame du
Coudrais éclata en sanglots. Son sanglot m'a rempli le
cœur de joie, comme pourrait faire à un général au bord
de la défaite l'arrivée du secours désespérément attendu!...
Je sentis alors que j'avais gagné! Vous entendez, je sen-

tis que j'avais gagné ! Je me tus, et dix minutes après le
jury imbécile apportait un verdict d'acquittement. (*Avec
un rire nerveux*). Et le père est venu me serrer la main !

MADAME MARTIGNY.

Rien ne dit que la mère acceptera qu'il se dessaisisse
des lettres accusatrices.

LE PRÉSIDENT.

Hélas ! non, et le pauvre Lemercier n'est peut-être pas
au bout de ses tourments.

MARTIGNY.

En tout cas, pour ce qui me concerne, je considère
l'affaire comme terminée. Voici le dossier que je lui rendrai, et cet énigmatique pli cacheté qu'elle avait confié à
Courtalain, et qui est venu entre mes mains : (*Lisant.*)
« N'ouvrir que sur ma demande. A détruire sans lire
après ma mort ». Quel mystère est caché derrière cette
mince enveloppe !... Après tout, cela ne me regarde pas !

> *Il rejette le paquet sur son bureau. Entre M. Lemer-
> cier.*

SCÈNE III

Les Mêmes, LE DOMESTIQUE *puis* M. LEMERCIER.
Le domestique entrant, la figure radieuse.

LE DOMESTIQUE.

C'est M. Lemercier et sa fille qui viennent pour remercier Monsieur.

MARTIGNY, *subitement contrarié*.

Dans un moment... j'appellerai. (*Le domestique sort. A
ses parents, à voix basse*) Je ne veux pas la voir...

MADAME MARTIGNY, LE PRÉSIDENT.

Pourtant... Tu ne peux pas...

MARTIGNY.

Plus tard. Je vous en prie. Je suis trop irrité contre elle.

LE PRÉSIDENT.

Mais son père?

MARTIGNY.

Le père, soit. Mais... elle... Que lui dire?

MADAME MARTIGNY.

Elle... C'est vrai... (*Après une courte hésitation.*) Eh bien... je vais la recevoir... moi.

> *Elle sort et fait entrer M. Lemercier qui, plein d'effusion lui dit, à la porte, des paroles confuses de reconnaissance.*

MONSIEUR LEMERCIER.

« Je vous remercie encore ». (*Il va vers le président Martigny.*) Il nous a sauvés ! Il nous a sauvés ! (*Un silence.*) Mais, hélas ! tout n'est pas encore fini. Vous n'avez pas vu M. du Coudrais?

MARTIGNY.

Non.

MONSIEUR LEMERCIER.

Il avait, m'avez-vous dit, promis de vous rapporter les tristes lettres?

MARTIGNY.

Oui, mais...

MONSIEUR LEMERCIER.

Vous croyez qu'il ne voudra pas les rendre?

MARTIGNY.

Je n'en sais rien.

MONSIEUR LEMERCIER.

Tant que nous ne les aurons pas, tant qu'elles ne

seront pas détruites, le malheur ne sera pas définitivement écarté de nous.

LE PRÉSIDENT MARTIGNY.

Elle ne vous a toujours rien avoué ?

MONSIEUR LEMERCIER.

Rien. Ah ! surtout, mon Dieu, qu'elle ignore, au moins pour quelque temps, que je sais ! Elle ne veut plus demeurer dans ce pays, et je l'en approuve. Je compte l'emmener avec moi en Afrique. Là-bas, il est probable qu'elle se détendra et qu'elle voudra soulager son cœur en me faisant le douloureux aveu... Je saurai la consoler, et peut-être réussira-t-elle à oublier, à refaire sa vie. (*A Martigny.*) Vous allez causer avec elle, n'est-ce pas ?

MARTIGNY, *se défendant.*

Je vous en prie...

MONSIEUR LEMERCIER.

Oui... Vous lui en voulez d'avoir été obligé de mentir pour elle... Allez jusqu'au bout de votre sacrifice, je vous en supplie : laissez-lui croire que vous avez été sincère et que vous êtes convaincu de son innocence... Faites un effort... Ce sera la dernière fois que vous la verrez... Nous partons ce soir même pour Bordeaux. Vous l'avez si bien défendue !... Vous avez si fortement montré tout l'excès de ses souffrances... que moi-même, je lui ai tout pardonné... tout ce qu'elle a pu faire.. Je vous sais un gré infini de l'avoir soustraite au châtiment, je vous suis plus reconnaissant encore de m'avoir rendu la possibilité de l'aimer sans arrière-pensée. Serez-vous seul impitoyable ? Recevez-la, comme je vous le demande.

LE PRÉSIDENT.

Mais oui. C'est ton devoir, mon enfant. D'ailleurs tu as ces papiers à lui remettre.

MARTIGNY.

Eh bien... soit... Mais tout à l'heure.

LE DOMESTIQUE, *annonçant.*

M. du Coudrais...

MONSIEUR LEMERCIER.

Il vient apporter... les lettres.

MARTIGNY.

Peut-être... (*Au domestique.*) Faites entrer.

Après un long moment de silence, entre M. du Coudrais.

SCÈNE IV

LES MÊMES, M. DU COUDRAIS.

MONSIEUR LEMERCIER.

Vous nous rapportez les lettres?

MONSIEUR DU COUDRAIS.

Non, monsieur.

MARTIGNY.

Vous les aviez promises.

MONSIEUR DU COUDRAIS.

A une certaine condition.

MONSIEUR LEMERCIER.

Que comptez-vous faire de ces terribles papiers?

MONSIEUR DU COUDRAIS.

Ce que je jugerai convenable.

LE PRÉSIDENT.

Par quoi êtes-vous amené ici alors?

MONSIEUR DU COUDRAIS, *à Martigny.*

Je viens demander à M. Martigny de m'aider à réparer dans

la mesure du possible le mal qu'on lui a fait commettre,
Voici : une partie est irréparable, et ma femme vous a
dit son indignation, vous a jeté à la figure le mot que
vous ne méritiez peut-être pas, vous, mais que méritait
celui qui vous a poussé. Je reconnais qu'ensuite vous
avez essayé de l'atténuer en faisant de ma famille et moi
un éloge qui a un peu calmé ma colère. Mais il ne faut
pas que le mal s'étende. Il y a les journaux qui, si on les
laisse faire, imprimeront tout et permettront dans dix
ans, vingt ans, à quelque malfaiteur de ressusciter votre
outrageante plaidoirie... J'ai pu obtenir de tous ces
messieurs, sauf d'un, le silence. C'est celui-là même avec
qui je vous ai vu vous entretenir amicalement. Il m'a
dit : « Tout dépend de Mᵉ Martigny, s'il me demande de
me taire, je me tairai. »

MARTIGNY.

C'est fait. Je le lui ai demandé.

MONSIEUR LEMERCIER.

C'est fait ?

MARTIGNY.

Oui. J'ai sa parole.

MONSIEUR DU COUDRAIS.

Alors c'est bien. Adieu, monsieur.

Il va pour sortir.

MONSIEUR LEMERCIER, *suppliant.*

Rendez-nous les lettres, monsieur du Coudrais.

MONSIEUR DU COUDRAIS.

Non.

MONSIEUR LEMERCIER.

Quel intérêt avez-vous à les conserver ?

MONSIEUR DU COUDRAIS, *violent.*

Je garde des armes contre vous. Je garde la possibilité
de me venger de vous. Je vous empêche de partir d'ici
délivré de toute angoisse et de toute inquiétude.

LE PRÉSIDENT MARTIGNY.

Ne pensez-vous pas qu'il y a eu autour de vous assez de larmes et de misères ?

MONSIEUR LEMERCIER.

N'êtes-vous pas assez vengé ?

MONSIEUR DU COUDRAIS.

Non ! non ! Mille fois non ! A cause de vous, monsieur Lemercier, et par vous, je viens de souffrir mille morts dans mon orgueil et ma tendresse de père... Parce que vous l'avez voulu, on a déchiré mon pauvre enfant sous mes yeux. On a étalé ses tares, on a exagéré ses vices, on a décrit, exploité sa maladie, on a dévoilé ses bassesses. Vous n'avez pas voulu qu'on le laissât dormir en paix dans cette tombe où votre fille l'a jeté... Plus on le montrait abject, et plus vous étiez content.

MARTIGNY.

Si vous pouvez reprocher ses divulgations, c'est à moi.

MONSIEUR DU COUDRAIS.

Non ! Vous faisiez votre métier, vous ! Vous déchiriez la proie qu'on vous avait livrée ! Peu vous importe le mal que causeront vos paroles. Vous les jetez sur des absents comme des projectiles aveugles, vous sacrifiez à un effet oratoire, à la joie d'une heureuse rencontre de mots la douleur de gens qui ne sont pas là ou qui ne peuvent riposter. On appelle ça la liberté de la défense. Vous en faites la liberté de l'outrage. C'est la liberté pour vous, pour vous seul. Et même si votre victime avait la possibilité de répondre, comme il lui manquerait ce que vous appelez votre talent, elle serait vaincue d'avance et n'aurait fait que s'attirer de nouveaux sarcasmes... Oui, je sais, pour une raison ou pour une autre vous en avez eu honte vous-même. Cela peut vous excuser un peu, vous, mais vous seulement. Aussi je vous laisse à votre remords sans croire, d'ailleurs qu'il vous empêchera de recommencer.

LE PRÉSIDENT MARTIGNY.

Ayez pitié! Faites vous-même ce que vous reprochez à mon fils de n'avoir pas fait.

MONSIEUR LEMERCIER.

N'aurez-vous pas pitié de moi!

MONSIEUR DU COUDRAIS.

De vous! Non, je vous dis! C'est vous qui avez informé votre avocat, vous qui avez appelé les domestiques à révéler au public les hontes qui vont peser sur moi et sur les miens! Vous, le père, vous avez eu l'impudeur de livrer à ia foule tous les secrets de ce ménage, et les tristesses de son intimité.

MONSIEUR LEMERCIER.

Je l'ai fait pour défendre l'avenir de mon enfant.

MONSIEUR DU COUDRAIS.

Et moi je défends la mémoire du mien en gardant les léttres qui vous font peur. (*Se frappant la poitrine.*) Je les ai là, et je les garde!

MONSIEUR LEMERCIER.

Mais, ma parole, à vous entendre, on croirait que vous n'avez rien à vous reprocher, vous! La première faute, celle d'où sont sortis vos malheurs et les miens c'est vous qui l'avez commise, vous! Vous aviez un fils déséquilibré, épileptique, chassé du lycée, chassé de toutes les maisons où vous l'aviez placé. Alcoolique à quinze ans, débauché à dix-sept. Au sortir de l'école d'agriculture, où on l'avait admis avec peine et en âge de s'établir, comme on vous avait recommandé pour lui la vie au grand air, vous lui avez acheté ce domaine? Ce n'était pas tout... Il fallait le marier. Et c'est alors que vous avez commis votre crime. Ma fille était seule chez sa parente, que vous connaissiez. Moi, j'étais avec sa mère en

Afrique où je m'efforçais de refaire ma fortune et de lui gagner une dot. Elle était isolée, sans conseils, sans affection. Vous l'avez attirée chez vous afin de faire d'elle la compagne sacrifiée d'avance qu'il fallait à votre malade. Et de plus, vous me l'avez confessé, vous vouliez, dans votre orgueil de hobereau, un héritier de votre nom. Vous aviez pris ma fille comme on prend une esclave.

MONSIEUR DU COUDRAIS.

Elle ne s'est pas fait prier pour accepter. Cela la flattait d'entrer dans une famille titrée. Vous ne vous êtes pas fait prier non plus, monsieur Lemercier. L'orgueil du hobereau a été aidé par la vanité du bourgeois.

MONSIEUR LEMERCIER.

Je croyais qu'elle serait heureuse.

MONSIEUR DU COUDRAIS.

Et moi je croyais aussi que mon fils serait heureux.

MONSIEUR LEMERCIER.

Elle en a été bien punie.

MONSIEUR DU COUDRAIS.

Mon fils en a été plus cruellement châtié.

MONSIEUR LEMERCIER.

Je ne sais pas...

MONSIEUR DU COUDRAIS.

Taisez-vous ! Elle vit !

MONSIEUR LEMERCIER.

Elle vit pour une existence de remords et de désespoir. Je sais, maintenant, le martyre qu'elle a supporté.

MONSIEUR DU COUDRAIS.

Elle a su le faire cesser, la misérable !

MONSIEUR LEMERCIER.

Ah ! oui, misérable ! Il a fallu qu'elle le soit pour en arriver là !... Elle était la douceur, la simplicité, la bonté mêmes. Qu'elle ait fait ce qu'elle a fait, cela prouve que nous ne savons pas tout ce qu'elle a dû souffrir. Et maintenant, qu'est-ce qui l'attend? Elle a voulu se suicider. Je tremble à la pensée qu'elle recommence, et je lui prévois un tel avenir, si douloureux, qu'à moi, son père, il est venu la pensée de lui dire... « Ensemble, veux-tu, mourons ensemble »... Voilà où j'en suis, monsieur du Coudrais, et il vous faut un cœur bien dur pour que je ne vous fasse pas pitié, et pour que vous teniez à laisser planer sur nos têtes la menace d'une révélation, la terreur d'un malheur qui à tout instant, à celui que vous aurez choisi, peut s'abattre sur nous, déjà si malheureux!

MONSIEUR DU COUDRAIS, *gagné par l'émotion.*

Malheureux! Ne le suis-je point, moi?

MONSIEUR LEMERCIER.

Votre malheur est derrière vous, dans le passé, le nôtre est devant nous et s'étale sur tout notre avenir... Voilà ma vieillesse, la voilà! (*Sanglotant.*) Ma fille! Ma fille! Vous m'avez pris le bonheur de ma fille.

> *Long silence troublé seulement par les sanglots de Lemercier. M. du Coudrais le regarde longuement, et va vers lui.*

MONSIEUR DU COUDRAIS.

Oui... Je suis malheureux... Mais vous l'êtes aussi. Nous souffrons tous les deux, de douleurs qui se ressemblent bien... Des douleurs de pères... des douleurs qui ne finiront qu'avec nous... Nous sommes deux pauvres vieux.

MONSIEUR LEMERCIER.

Oui, deux pauvres vieux...

MONSIEUR DU COUDRAIS.

Tenez.

> *Il sort les lettres de sa poche lentement, et les lui donne, M. Lemercier s'est levé... Il les prend.*

MONSIEUR LEMERCIER, *à voix basse.*

Merci.

MONSIEUR DU COUDRAIS.

Adieu.

Ils se serrent les mains... M. du Coudrais va sortir.

LE PRÉSIDENT MARTIGNY.

Monsieur du Coudrais... (*Il lui tend la main.*) Vous êtes
un brave homme... N'avez-vous rien à dire à mon fils ?

MONSIEUR DU COUDRAIS.

Dites-lui que je lui pardonne.

MONSIEUR LEMERCIER, *au Président Martigny.*

Venez.

MADAME MARTIGNY, *qui entre.*

Mon enfant, madame Du Coudrais est là, excédée d'émotion, de douleur, de terreur, épuisée de sanglots, à demi-
morte. Songe à ce qu'elle supporte depuis deux ans, à tout
ce qui vient de s'abattre sur elle pendant ces quatre
heures d'audience. Malgré tout elle veut te voir, seul, tout
de suite, car elle part ce soir. Reçois-la.

LE PRÉSIDENT, *à Martigny.*

Reçois-la et rappelle-toi que la bonté est la forme supérieure de la justice.

*Il fait entrer Louise qui était à la porte et sort avec
madame Martigny.*

SCÈNE V

LOUISE, MARTIGNY.

Elle s'approche de Martigny, silencieuse, et se met à genoux.

LOUISE.

Je vous demande pardon...

MARTIGNY.

Relevez-vous, madame, relevez-vous.

LOUISE, *les mains jointes.*

Je vous demande pardon.

MARTIGNY.

Je vous en prie, relevez-vous... Pardon... De quoi?

LOUISE.

Des mensonges que je vous ai fait commettre... Depuis votre lettre à laquelle j'ai répondu si durement, j'ai senti peu à peu que vous me saviez coupable. J'en ai eu la certitude en voyant votre émotion tout à l'heure, lorsque vous avez affirmé le contraire. J'ai compris le sacrifice que vous me faisiez. Plusieurs fois j'ai été sur le point de vous délivrer de cette torture en criant : « C'est moi ! » Mais j'avais juré de me taire, et ceux qui m'ont imposé ce serment avaient le droit de l'exiger. Ceux-là, c'est le père, la mère de celui qui est mort par moi. Je ne pouvais pas le leur refuser, n'est-ce pas, et je ne pouvais pas manquer à la parole donnée... Comme vous avez été généreux et bon !... Tout ce que vous avez fait pour la pauvre petite créature que je suis ! J'ai senti ce qu'il vous fallait d'efforts pour parler contre votre conscience, et je vous écoutais, honteuse, effrayée, ravie, et pleine de pitié pour vous. Je joignais les mains derrière vous, comme en adoration devant un Dieu qui s'immolait pour moi... Dites-moi que vous me pardonnez !

MARTIGNY.

Je n'ai pas à vous pardonner, madame. J'ai cru devoir agir comme j'ai agi... Je vais maintenant vous rendre le dépôt qui m'a été remis.

LOUISE.

Si vous saviez comme je comprenais votre colère, lorsque vous vous heurtiez à mon refus de parler ! Vous

êtes cependant celui à qui j'aurais voulu me confier...
Mais j'avais promis... n'est-ce pas... j'avais promis... Je
sens que vous m'en gardez rancune et c'est tout naturel.
Je ne sais pas trouver les mots qui m'expliqueraient...
excusez-moi. Soyez bon. Aidez-moi à me reprendre.
Depuis des mois je vis, hallucinée, une existence en
dehors de la mienne, je suis comme endormie ; je me
laisse pousser par les choses et les gens sans comprendre ; j'étouffe dans de l'horreur, du remords, des
angoisses. Chaque matin, j'ai la surprise et l'épouvante,
au réveil, de me dire : « C'est moi ! C'est moi qui ai fait
cela, moi qui ai fait cela... » Je suis acquittée... cela n'a
pas encore de sens lorsque je ne fais pas un effort pour
comprendre... Mais il faut que vous m'écoutiez .. Je vais
partir ce soir. Jamais plus — jamais plus ! — vous ne me
reverrez. Je serai comme une morte dans votre cœur.
J'y veux laisser de moi une image fidèle. Et me confier à
vous, pleinement, cette fois.

MARTIGNY.

A quoi bon, madame, renouveler toutes vos douleurs ?

LOUISE.

Vous ne voulez pas ? Vous ne voulez pas ?...

MARTIGNY.

Il vaut mieux, pour vous-même, madame,.. Je n'ai pas
besoin de révélations pour comprendre que toutes les
excuses atténuent votre responsabilité... Allez... Partez !
Vivez en paix ! Tâchez d'oublier. Je vous garde un profond respect, et si vous pouviez penser avoir besoin d'un
pardon, je vous le donne de tout mon cœur... Voici le
dépôt que M⁰ Courtalain m'a remis en votre nom. Le
voici, avec les cachets intacts. (*Il le lui tend. Elle le prend
machinalement, égarée, elle fait deux pas vers la porte, puis,
à mi-voix, à elle-même.*) Ce n'est pas possible ! Ce n'est pas
possible !... Il me renvoie... (*Elle regarde Martigny, et, du
même ton.*) Ce n'est pas possible !... Je ne vais pas m'en

aller avec ça... et vous laisser aux prises avec des doutes, des suppositions... (*Résolue.*) Je ne veux pas d'un pardon de complaisance. Non. C'est au-dessus de mes forces... (*Lui tendant le pli.*) Ouvrez ceci.

MARTIGNY.

Non.

LOUISE, *s'animant, s'exaltant.*

Ouvrez, je vous dis !... Ouvrez !... C'est ma justification... Vous ne voulez pas... Donnez ! (*Tout en disant ce qui suit, elle rompt les cachets, s'efforce de briser la ficelle qui résiste, puis avec les ongles, avec les dents, elle cherche à déchirer l'enveloppe, fait un nouvel effort sur le lien, aperçoit des ciseaux sur le bureau, s'en empare, coupe, les rejette et tombe assise pour déplier l'enveloppe.*) Vous saurez !... De force... Vous saurez... Malgré vous... C'est une ligne à lire... rien qu'une ligne... vous n'allez pas me refuser ça, peut-être. Une ligne à lire, elle est de mon mari... Il avait la manie de m'écrire des menaces, des injures, sur des bouts de papier... Heureusement, il m'a écrit celui-là !... Ah ! enfin... Le voici... Ça, c'est un livre que vous m'aviez prêté. Ce n'est rien... (*Ses mains tremblantes tendent à Martigny un papier qu'elle a extrait d'une enveloppe.*) Vous connaissez son écriture... Eh bien... Voilà... Voilà... Prenez ! Prenez ! Lisez !...

MARTIGNY, *après avoir jeté un coup d'œil sur le papier.*
Oh !...

Ils se regardent longuement.

LOUISE.

Vous avez lu ? Vous avez lu ?

MARTIGNY.
Oui.

LOUISE.

Eh bien, qu'est-ce qu'il y a... Qu'est-ce que vous avez lu ?

MARTIGNY, *lisant.*

Je sais que M. Martigny est votre amant. Je vais le tuer.

LOUISE, *triomphante.*

Ah! vous avez lu!... Vous avez lu! Maintenant, je commence à respirer... « Je sais que M. Martigny est votre amant. Je vais le tuer »... Voilà ce qu'il a écrit. Et à présent, enfin! Vous l'avez lu! Vous voyez que j'avais raison de vous y forcer! Vous le voyez!... Et il y a la date! Il y a la date... Vous la connaissez, cette date?

MARTIGNY.

Oui. C'est celle de sa mort.

LOUISE.

C'est celle de sa mort... Parce que je n'ai pas voulu que ce soit celle de la vôtre....

MARTIGNY.

Quoi! Je n'ose comprendre... Ce serait pour moi!

LOUISE.

Oui, ç'a été pour vous! Maintenant, il faut que je vous explique comment. Vous ne l'avez pas su. Vous étiez l'objet de sa haine.

MARTIGNY.

Moi?

LOUISE.

Vous.

MARTIGNY.

Mais, depuis deux ans...

LOUISE.

C'est justement depuis que vous avez cessé vos visites que sa jalousie, dispersée jusqu'alors, s'est concentrée sur vous. Votre éloignement, au lieu de le rassurer, l'exaspérait, lui paraissait une preuve. On n'explique pas cela : il était comme fou. Alors, chaque semaine, les jours où vous veniez à votre rendez-vous de chasse, la

torture ne cessait pas pour moi. Le vendredi, le jeudi
déjà, il commençait : « C'est demain, c'est après-demain,
que vient votre amant ! » Et le samedi : « Vous l'attendez... Le temps vous semble bien long... » Mais le
samedi soir, c'était le martyre. Il allait vous épier, inter-
prétant vos gestes, vos attitudes... Ou il se cachait dans
le parc. Souvent, il m'enfermait dans ma chambre...
D'autres fois, il feignait de s'absenter, il se faisait envoyer
une dépêche, partait avec sa valise, revenait en sour-
dine, ou me disait : « Vous avez beau vous cacher tous
les deux, je vous pincerai... » Il voulait me faire avouer.
Une fois, il m'a tenue quatre heures à me dire : « Avouez
donc, je le sais, je le sais... » Enfin, ce samedi-là, le
jour qui devait être le jour terrible, il fut plus féroce
que jamais... Et tant, que moi, après avoir entendu sur
votre compte et sur le mien mille grossièretés immondes,
je perdis la tête, et dans une folie d'exaspération, de
dépit, de sotte vengeance, dans un désir d'être délivrée,
je lui criai : « Eh bien, oui, je l'aime, je l'aime... »
C'était le soir... Je m'étais retirée chez moi... J'entendis
du bruit, je descendis. J'entendis le sifflet du petit train
qui vous amenait d'ordinaire...

MARTIGNY.

Mais ce jour-là, j'ai plaidé jusqu'à minuit...

LOUISE, *toute droite, hallucinée, en somnambule.*

Je sais. Je sais... Nul ne pouvait le prévoir je vous dis.
Je descends et je trouve ce papier... Alors je comprends
que je vous ai désigné à la mort. Moi, vous ! Moi, vous !...
Son fusil n'est plus là !... Je vois le revolver dans le tiroir
entr'ouvert, je le saisis. Je cours sur les traces du malheureux, je l'atteins, je le supplie, il est à l'affût comme sur
un gibier. Je crois entendre des pas, les vôtres. Lui aussi.
Il épaule. Alors, sans savoir, sans comprendre, je lui
jette le coup de revolver... Il tombe... Je reste là...
J'écoute... Rien... Même le bruit de sa respiration s'arrête...

Ayant perdu ma raison, je fis quelques pas, je lançai le revolver là où on l'a trouvé, et je rentrai... Je croyais vous avoir sauvé la vie, et cela diminuait mon horreur de moi-même. Après je ne sais plus. J'ai été malade. Puis, il y a eu la famille, le revolver retrouvé, le serment exigé, tenu... Vous savez le reste et la pauvre loque... (*Un cri et des sanglots.*) Ah! oui, la pauvre loque que je suis devenue pour toujours.

MARTIGNY, *allant à elle. D'une voix profonde.*

Louise! C'était pour moi... Mais alors... Vous m'aimiez!

LOUISE.

Oui, mon ami! Oui, je vous aimais.

MARTIGNY.

Vous m'aimiez!

LOUISE.

Et je sais que vous m'aimiez aussi. Oh! Vous avez tout fait pour me le cacher. Mais une femme devine toujours, lorsqu'elle est aimée...

MARTIGNY.

Mon amie!

LOUISE.

Je n'ai plus le droit de vous aimer.

MARTIGNY.

Pourquoi! Pourquoi! Vous êtes libre, maintenant.

LOUISE.

Je suis libre par un crime, et j'ai échappé à la justice par mes mensonges... et par le mensonge que vous avez fait pour moi. Je me suis avilie, et je vous ai avili... Oui, si nous osions nous unir, j'oublierais pendant quelque temps peut-être, et vous aussi. Mais toute une vie! Comprenez-vous : toute une vie! Nous ne nous l'avouerions jamais peut-être, mais moi, je ne pourrais m'empêcher

de songer combien mon bonheur aurait coûté aux autres!
Il serait né dans le sang et dans les larmes... La mère,
cette mère en deuil, celle qui vous a jeté son cri de
révolte, si vous aviez entendu ses sanglots, vous compren-
driez qu'ils sont inoubliables pour moi... Et je ne vous
ai pas encore dit tout mon martyre... Ma victime est toujours là!... Le jour, je puis encore, par instants, échapper
au fantôme. Mais mes nuits! mes nuits!... Mon ami, je ne
puis vous donner que mon cœur. Vous l'avez, il est à
vous... Gardez-le, aussi longtemps que vous voudrez.
Sachez que je vous aime, que je vous aimerai toujours,
et dites-moi que j'ai raison de m'éloigner de vous. Vous
pleurez!... Vous ne me croyez pas! .

MARTIGNY, *douloureux.*

Si je ne vous croyais pas, je ne pleurerais pas.

LOUISE.

Mon pauvre et cher ami! Vos sanglots me déchirent le
cœur.

MARTIGNY.

Je ne vous verrai plus!

LOUISE.

Nous sommes des condamnés qui ne peuvent espérer
leur grâce. Adieu... Laissez-moi emporter ce livre que
vous m'aviez prêté : *la Princesse de Clèves.* C'est l'histoire
de deux amants malheureux comme nous... Adieu, mon
ami.

MARTIGNY, *lui donnant le livre.*

Prenez-le donc, et pensez que, le premier, j'ai pleuré
en le lisant et en pensant à vous.

LOUISE.

Adieu. La mort cette fois est plus forte que l'amour.

MARTIGNY.

Je ne vous verrai plus! Toute une vie qui aurait pu
être heureuse avec vous, je la passerai sans vous.

LOUISE.

Il plane sur les pauvres vivants des forces irrésistibles et méchantes.

MARTIGNY.

Mais peut-être... Un jour...

LOUISE, sans force, mais résolue.

Jamais !

MARTIGNY.

Partez donc. Ayez du courage. Moi, je n'en ai plus.

Il s'effondre en sanglots. Elle s'éloigne. Arrivée près de la porte, elle lui envoie, des deux mains et de tout son cœur, un ardent baiser.

RIDEAU.

TABLE

FIN DU TOME HUITIÈME

E. GREVIN — IMPRIMERIE DE LAGNY — 1928.

A LA MÊME LIBRAIRIE

(Volumes à 12 fr., sauf indication contraire)

ANDERSEN. — Contes (Traduction Leyssac).

G. APOLLINAIRE. — L'Hérésiarque
— Anecdotiques (16 fr.).

E. BARRET BROWNING. — Poèmes et Poésies.

BJOERNSTJERNE-BJOERNSON. — Au delà des Forces.
— Un Gant ; Le Nouveau Système.

LÉON BLOY. — Belluaires et Porchers.
— Propos d'un Entrepreneur de démolitions (20 fr.).
— Le Sang du Pauvre.
— Lettres à sa fiancée (en réimpr.).
— Le Pal, suivi des Nouveaux Propos d'un Entrepreneur de Démolitions (16 fr.).
— Lettres à Pierre Termier (16 fr.).
— Lettres à ses Filleuls, Jacques Maritain et Pierre Van der Meer (15 fr.).

ÉLÉMIR BOURGES. — La Nef (en réimpression).
— Le Crépuscule des Dieux.

BRIEUX, de l'académie française. — Théâtre Complet. Le vol. 16 fr.

JACQUES CHARDONNE. — L'Épithalame. Roman. 2 vol. Les 2 : 24 fr.
— Le Chant du Bienheureux.

CHTCHÉDRINE. — Les Messieurs Golovleff.

ABEL FAURE. — L'Individu et l'Esprit d'autorité (8 fr. 50).
— L'Individu et les Diplômes (8 fr. 50).

PAUL GÉRALDY. — Toi et Moi. Poèmes (10 fr.).
— Aimer (10 fr.).
— Les Noces d'argent. — Les Grands Garçons.
— Le Prélude (10 fr.).
— Robert et Marianne (10 fr.).

LÉON HENNIQUE — Un Caractère.
— Pœuf (10 fr.).

IBSEN. — Les Prétendants à la Couronne.
— Les Guerriers à Helgeland.

SELMA LAGERLÖF — La Légende de Gösta Berling.
— Jérusalem en Dalécarlie.
— Jérusalem en Terre Sainte.
— Les Miracles de l'Antéchrist.

ÉMILE GUILLAUMIN. — La Vie d'un Simple (Journal d'un Fermier).

RUDYARD KIPLING — Lettres de Marque.
— Au Hasard de la Vie
— La Cité de l'Épouvantable Nuit.
— Parmi les Cheminots de l'Inde. Une Vraie Flotte. — 1 vol.
— Nouveaux Contes des Collines.
— Trois Troupiers
— Brugglesmith.
— Au blanc et noir.

KROPOTKINE. — Autour d'une Vie Mémoires. Les 2 vol. 20 fr.
— La Conquête du Pain.

PIERRE MILLE. Paraboles et Diversions.

MARLOWE. — Théâtre. 2 vol. (20 fr.)

T. de QUINCEY. — Les Confessions d'un Mangeur d'Opium.
— Souvenirs autobiographiques du Mangeur d'Opium (en réimpr.).

SHELLEY. — Œuvres Poétiques 3 v. (chacun 16 fr.)
— Œuvres en Prose (16 fr.).

STEVENSON. — Enlevé !

STRINDBERG — La Danse de Mort.
— Le Songe ; Deux Féeries. — La Sonate des Spectres : Éclairs (chaque vol. : 16 fr.).
— Cinq pièces en un acte.
— Fermentation.

SWINBURNE. — Chants d'avant l'Aub.

SCHNITZLER. — Anatole.
— La Ronde.

TOURGUENIEFF. — Dimitri Roudine.

OSCAR WILDE. — Intentions.
— Le Crime de Lord Arthur Savile.
— Le Portrait de Dorian Gray (16 fr.).
— La Maison de la Courtisane.
— Une Maison de Grenades.
— Le Portrait de M. W. H.
— Théâtre. 3 vol.

St. E. WHITE. Terres de Silence.

TOLSTOÏ. — Œuvres Complètes. Traduction littérale et intégrale sur les manuscrits originaux